NEUF

Karine Glorieux

NEUF

Journal d'une grossesse

ROMAN

Révision : France de Palma
Conception graphique et mise en pages : Folio infographie
Couverture : Cyclone Design
Photo de la couverture : Photos.com

Imprimé au Canada

ISBN 2-923351-26-6

Dépôt légal – Bibliothèque et Archives nationales du Québec, 2006
© 2006 Éditions Caractère inc.

Le miracle de la naissance, ce n'est pas la création d'un bébé,
c'est la création de deux adultes.

VIEUX PROVERBE CHINOIS

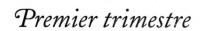

Premier trimestre

SEMAINE 3

12 janvier

Quand, dans *Kill Bill 2*, Uma Thurman fait un test de grossesse, elle a de la classe. Elle est fière et hautaine, incroyablement sexy, prête à affronter la deuxième petite ligne rouge qui, c'est inévitable – on ne filme pas une scène comme ça pour rien –, apparaîtra. Je ne suis pas Uma Thurman et mon existence n'est pas régie par les lois d'Hollywood.

J'ai fait le test toute seule, comme une grande, sans projecteurs ni caméras, dans l'intimité de ma salle de bain crasseuse, éclairée par un néon qui me donne un teint terriblement verdâtre. Je ne voulais pas que Pascal subisse à nouveau ma paranoïa aiguë (pour reprendre ses termes). Les hommes ne comprennent absolument rien à la psyché féminine. Comme si courir à la pharmacie pour acheter un test de grossesse soixante-douze fois par année était *nécessairement* un signe de névrose. Et le fait d'avaler aux deux semaines cette petite pilule merveilleuse qui détruit toute trace d'embryon si «consommée dans les soixante-douze heures suivant l'acte sexuel» démontrerait un excès de paranoïa? C'est plutôt la preuve de ma santé mentale, physique, morale et spirituelle. Je me soucie de l'équilibre de mon corps et de notre couple, moi. La dernière fois, pourtant, Pascal a été catégorique: «Écoute, je comprends ta décision d'arrêter les contraceptifs parce que cigarettes et pilule font mauvais ménage. Et, soit dit en passant, je ne rouspète pas quand tu t'allumes une cigarette après l'amour. Mais je t'en prie, Laurie, ne me fais plus subir l'épreuve du test de grossesse. D'ailleurs, tu as pensé à l'argent que tu dépenses à acheter ces bidules? Sérieusement, je crois que tu dois te fier à la nature: le jour où tu seras enceinte, tu le sauras.» Depuis quand Pascal connaît-il ma nature au point d'affirmer que je *saurai* ce genre de choses? Vraiment, il a le don de me surprendre. D'habitude, ses commentaires à propos de ce qui se passe dans mon corps se limitent à: « Bon, tu as tes règles, c'est ça?», commentaires qui surviennent généralement quand je suis a) déprimée; b) trop expressive – et que les gens autour de nous commencent à nous regarder bizarrement; c) enragée, d) toutes ces réponses, qui résument pour lui l'hystérie féminine. Côté psychanalyse freudienne, il est fort, Pascal. Par contre, je dois l'admettre, pour ce qui est du coût des tests, il a raison. J'aurais pu prendre cet argent pour m'acheter un stérilet – et plein d'autres choses essentielles à notre bonheur: des sous-vêtements léopard, de l'encens, tous les disques de Nina Simone, des menottes en plastique rose, que sais-je? – et je ne me serais pas retrouvée dans cette situation aujourd'hui.

Je ne lui ai donc pas avoué que j'avais acheté un nouveau test. Il est parti travailler ce matin, comme si de rien n'était, et je me suis aussitôt précipitée dans les toilettes. L'urine du matin est plus efficace, paraît-il. En tout cas, cette urine-là a été assez efficace pour que le doute fasse place à la certitude. J'ai fait pipi dans le petit contenant, m'en suis mis sur les doigts, c'est dégoûtant. J'ai fumé une clope en attendant le résultat, en essayant de ne pas regarder avant trois minutes, tel que recommandé par le mode d'emploi. Je n'ai pas tenu plus d'une minute, et déjà la deuxième ligne apparaissait. Deux lignes = enceinte. Enceinte! J'en ai échappé ma cigarette dans la toilette, mes mains trem-blaient comme si je venais d'apprendre que j'avais un cancer généralisé ou qu'on venait de m'annoncer que ma balance était déréglée et que je ne pesais pas cinquante-cinq, mais plutôt *soixante-cinq* kilos (ce qui risque d'ailleurs d'arriver. Au secours!).

Enceinte. Statistiquement parlant, il n'y a aucune raison pour que je sois enceinte. J'ai trente ans, mon niveau de fertilité est donc plutôt bas, je ne fais pas l'amour *si* souvent et nous pratiquons la méthode éprouvée (sinon approuvée) du *coïtus interruptus* (en latin dans le texxxte). Je me suis dit que ça devait être une erreur. Je n'ai pas assez bien regardé le petit boîtier avant d'y déposer mon urine. Sans doute qu'une employée chinoise – sont certainement faits en Chine, ces tests – a échappé sans le faire exprès une goutte de son urine et que c'est elle et non moi qui est enceinte. Je dois appeler la compagnie, avertir quelqu'un, la pauvre Chinoise a peut-être déjà un enfant, il faut qu'elle sache qu'elle en attend un deuxième, je suis même prête à l'aider à émigrer ici si elle décide de garder son bébé. Mais moi, je ne suis pas assez fertile pour qu'une deuxième ligne rouge apparaisse sur un test de grossesse ! Et Pascal ! Il se nourrit principalement de chips BBQ, il ne peut pas produire de spermatozoïdes assez vigoureux pour franchir le long col, que dis-je ?, l'in-ter-mi-na-ble col de mon utérus !

J'ai jugé qu'il était quand même plus prudent d'acheter un autre test, juste pour être certaine. Mais quand j'ai vu ma tête dans le miroir (état lamentable : mascara coulé, cheveux en bataille. Comment Pascal a-t-il pu poser ses lèvres sur cette horreur avant de quitter l'appartement ?), j'ai pensé qu'il était hors de question que je mette les pieds dehors, ne serait-ce que pour me rendre à la pharmacie. Vraiment, avec cette gueule, il vaut mieux que je ne mette pas d'enfant au monde. Je ne peux pas faire ça, il m'en voudrait toute sa vie. En fouillant dans les tiroirs de la salle de bain, j'ai trouvé une autre boîte contenant un test. Je me suis souvenue en avoir acheté quelques-uns lors d'une vente (quelle femme économe ! Je profite même de ces aubaines-là !). J'ai recommencé l'opération, ai encore reçu du pipi sur la main, et ai encore vu apparaître une deuxième ligne rouge. Misère.

◆

Téléphone à ma mère. Je lui annonce la nouvelle.

— Ma puce… tu… tu es certaine ?

— Maman, je ne suis peut-être pas forte en maths, mais je suis capable de comprendre qu'un et un font deux. Deux lignes, ça veut dire enceinte.

— Mais je sais très bien que tu peux analyser le résultat d'un test de grossesse, ma puce. Mais… tu es certaine de vouloir le garder ?

Par *vouloir*, ma mère entend évidemment *pouvoir*. Génial. Elle ne met pas en doute ma capacité d'additionner mais s'interroge sur mon aptitude à mettre au monde un bébé. Ma mère est du genre empathique. Juste pour moi, elle serait prête à balancer toutes ses convictions. Habituellement contre l'avortement, elle accepterait de m'aider si je décidais de me débarrasser de la crevette que j'ai dans le ventre. Par empathie. Parce qu'elle sait, sans même me consulter, que je ne veux pas d'enfants. En veux-je ?

— De toute manière, maman, s'il te plaît, n'en parle à personne. Je ne veux pas que toute la ville se mette à me lorgner le ventre. Bon, je dois te laisser, je vais être en retard au boulot. J'ai une mine affreuse, il faut que je me coiffe, il me reste deux minutes.

— Réfléchis bien avant de prendre une décision, Laurie. Tu sais, avoir un enfant comporte de nombreuses responsabilités.

Nooooon ? Vraiment, j'ai parfois l'impression que ma mère me prend pour une parfaite imbécile. Dernier regard au miroir, qui me fait regretter de ne pas porter de tchador. Faudrait que je me convertisse à l'islam, juste pour ça.

◆

J'hésite. Dois-je appeler Pascal ? Lui apprendre ça au téléphone me semble manquer de délicatesse, d'originalité. Sans compter qu'il est du genre à rester muet à l'annonce d'une telle nouvelle. Or, comment interpréter le non-verbal quand on ne voit pas son interlocuteur ? Non, je dois attendre à ce soir. Est-ce que je raconte tout à Audrey ? Non. Elle risque d'ameuter les collègues et de me faire perdre mon boulot. Je les imagine bien, les autres : pour un crime aussi immonde, ils sont sans doute prêts à me lapider sans pitié sur la place publique. Enceinte ! Une faute plus grave que n'importe quel parricide, fratricide. Pire que d'emprunter à la banque pour se faire refaire les seins ou de consommer de la cocaïne lors d'un premier rendez-vous amoureux. Sacrifier ma (brillante) carrière pour faire un môme ! Déchéance !

J'ai passé l'avant-midi à consulter discrètement le Web dans l'espoir de trouver des manières inspirantes d'annoncer à un homme qu'il risque d'être père avant la fin de l'année. Les sites de discussion sur la grossesse pullulent. À croire que toutes les filles enceintes sont complètement seules et désespérées, abandonnées par leurs proches et amis comme si elles avaient la gale ou la grippe aviaire.

Je vais avoir mon bébé dans un mois mais je suis déjà en congé. Toutes mes amies travaillent, personne ne vient me voir. J'en ai MARRE !

Juju

J'ai encore des nausées après cinq mois de grossesse. En plus, je ne dors plus, je suis hyper fatiguée. Que faire ?

Izzzza

J'ai gagné plus de quinze kilos et je ne suis qu'à mon sixième mois. Je me trouve tellement moche ! Connaissez-vous des trucs pour ne pas devenir obèse durant la grossesse ?

Mima

Aucune ne dévoile son véritable nom, évidemment, elles ont trop honte de leur misère. Enfin, de toutes les idées pour annoncer l'événement trouvées sur Internet, je ne retiens que deux choses : que je serve l'apéro à Pascal dans un biberon ou que j'écrive « Bébé à bord » sur mon ventre, tel que proposé par Doudoune et Nana, je risque d'avoir l'insupportable impression d'être ridicule et de manquer d'imagination. De me sentir comme la fille sans personnalité qui entre dans une boutique et qui achète exactement les vêtements que porte le mannequin de la vitrine, chaussettes comprises. Non, je dois trouver ma propre façon de faire part du joyeux tragique surprenant événement à Pascal.

◆

13 janvier

Horreur. Pourquoi la vie ne ressemble-t-elle pas plus à un film américain où chaque réplique est juste et mène inévitablement à une fin heureuse ? Je me voyais déjà, vedette d'une existence banale mais ô combien satisfaisante, recevant les larmes de joie de mon amoureux − Brad ou John ou Jack − qui me dirait : « Honey, I've been waiting my whole life for this moment. I love you… and I already love our baby. » Mais non, Pascal est bien trop pragmatique pour se laisser aller à ce genre de commentaire romantique. Après de nombreuses tergiversations, j'ai décidé de lui laisser le soin de découvrir lui-même l'extraordinaire nouvelle que j'avais à lui annoncer. Bon, je n'avais pas l'intention de le faire poireauter trop longtemps s'il n'arrivait *vraiment* pas à deviner de quoi il s'agissait, mais j'avais confiance en lui. Après tout, nous sommes à une étape de l'évolution du couple où, inévitablement, les enfants arrivent. Nous :

- vivons ensemble depuis près de deux ans ;
- nous fréquentons depuis quatre ans ;

- avons voyagé en Asie et en Amérique latine (enfin, presque : nous adorons le Quartier chinois et avons passé une semaine dans un tout-inclus à Cuba) ;
- avons regardé tous les films de tous les clubs vidéo de notre quartier, nouveautés comprises ;
- nous sommes engueulés à propos de tout (et surtout de rien) ;
- sommes allés à New York où nous avons lamentablement échoué à essayer de reproduire des scènes de *Manhattan* et de *When Harry Met Sally* (mais Dieu merci, Pascal est plus beau que Woody Allen et plus grand que Billy Crystal) ;
- ne fermons plus pudiquement la porte quand nous allons aux toilettes.

Que pouvons-nous espérer de plus ? Comment pouvons-nous faire évoluer notre relation autrement qu'en mettant au monde un rejeton ?

Bien sûr, nous n'avons que très vaguement abordé la question de la progéniture, si ce n'est pour conclure que nous n'étions pas prêts à abandonner notre quiétude pour aller changer des couches. Bien sûr, la semaine dernière encore, nous avons conclu qu'avoir un enfant au XXIe siècle – cent ans irrémédiablement voués aux horreurs de tous genres – serait pire pour notre karma que de commettre les pires vilenies. Bien sûr, je lui ai juré plus d'une fois, la larme à l'œil, que je ne lui ferais jamais ça, qu'au nom de notre amour, il pouvait compter sur moi. Mais ça, c'était AVANT que la deuxième ligne n'apparaisse, telle un M – pour maman, évidemment – qu'on viendrait de m'imprimer au fer rouge sur la fesse. Maintenant, tout a changé. Je ne suis plus la même. Mais Pascal ne peut pas comprendre ça, sans doute. Il n'est pas mère, lui, il ne sait pas.

Bref, quand j'ai présenté à Pascal une feuille de papier où était imprimé, à une échelle 1 = 10, un minuscule embryon de trois semaines – âge approximatif de notre enfant – il n'a rien compris. J'aurais dû m'en douter. « C'est quoi ? Une nouvelle tumeur que Marie-Pierre s'est découverte ? »

Parenthèse : Marie-Pierre = amie d'enfance souffrant d'une grave maladie, l'hypocondrie. Diagnostic posé à quinze ans lorsqu'un médecin eut la bonne idée de nommer ses nombreux maux. Dans la cour de récréation, Marie-Pierre me confia ensuite, toute fière, en articulant bien chaque son : « Tu sais quoi ? Moi, je suis hy-po-con-dri-a-que. » Épatée, impressionnée, jalouse, j'en parlai le soir même à ma mère, qui m'envoya vérifier la définition du mot dans le dictionnaire (Hypocondrie : État d'anxiété habituelle et excessive à propos de sa santé, *dixit* le Petit Robert). Chute rapide de ma jalousie. Fin de la parenthèse.

Une nouvelle tumeur de Marie-Pierre ! Pascal ne voyait-il pas, dans mon regard ultra émotif, dans mon pas lourd, que je portais son fils – ou sa fille, peu importe, on n'est pas sexiste, après tout ? Non ! L'essentiel est invisible aux yeux de l'homme, paraît-il. Devant son inaptitude à comprendre l'indice éloquent que je lui présentais, j'ai donc dû prononcer les mots qui allaient renverser son destin : « C'est un embryon, mon amour. Je suis enceinte. » Un être normalement constitué aurait alors pris sa douce et tendre moitié dans ses bras, l'aurait embrassée, non ? Non ? Pascal a encaissé le choc, s'est assis sur l'immonde chose beige qui nous sert de fauteuil de salon. Et il m'a demandé s'il y avait quelque chose à boire. Genre vodka ou whisky. Quelque chose à boire ! Je lui annonce qu'il va être père et il pense à boire. Sans moi, bien entendu, vu mon état. Conclusion : Pascal est un alcoolique égocentrique qui refuse de se laisser aller à l'émotion. Bon, devant mon indignation, il a quand même délicatement tenté de se rattraper. « Laurie, j'ai l'impression qu'un tsunami vient de balayer mon existence passée. Laisse-moi juste le temps de me remettre. » Un tsunami. Bien sûr. Pourquoi n'y avais-je pas pensé? Dire qu'il existe en ce monde des hommes toujours adéquats, quelle que soit la situation! Et moi, je suis tombée sur un être complètement dépourvu de douceur et de sensibilité, capable de transformer une bonne nouvelle en catastrophe naturelle. J'aurais dû me faire bonne sœur et aller aider les lépreux de mère Térésa. Eux, au moins, ils sont reconnaissants. Mais Pascal! Quel ingrat.

◆

14 janvier

Comment cela a-t-il pu nous arriver? Que vais-je répondre quand mon adolescent avide de réponses me demandera de lui décrire les détails de sa conception? Au fait, je dois absolument me souvenir du moment où cet enfant a été conçu. Est-ce que c'était…? Nooon. Je crois que c'était… Aïe. Le soir de Noël. Beurk! Quelle soirée ratée!

SEMAINE 1

25 décembre

Je déteste le temps des Fêtes. En cela, je suis semblable à quatre-vingt-quinze pour cent de la population, les cinq pour cent restant étant des masochistes inconsidérés, des fanatiques religieux ou des dyslexiques incapables de différencier le oui du non dans un sondage au cours duquel on leur demanderait: «Aimez-vous le temps des Fêtes?» Seul réconfort: que nous soyons dans ma famille ou dans celle de Pascal, que nous ne voyons heureusement qu'une fois l'an, l'alcool coule à flots, ce qui me permet de me maintenir dans un état second qui me rapproche plus de la dinde que des êtres humains se trouvant à la même table que moi. Résultat : quand les nombreux repas familiaux se terminent, il me reste rarement autre chose qu'un intense mal de foie, quelques kilos supplémentaires et le vague souvenir d'avoir dit n'importe quoi. À cela s'ajoute une légère euphorie, de celles que ressentent ceux qui réussissent sans trop de heurts à passer à travers une épreuve difficile.

Cette année, mon père, soixante-huitard recyclé en artiste incompris, a trouvé un excellent moyen de célébrer Noël. Il a proposé que nous n'achetions pas de cadeaux mais que nous fabriquions nous-mêmes les objets que nous donnerions aux autres. Très *peace and love*, le père. Très pro-artisanat, anti-société de consommation. Et surtout radin. Incapable de sortir un sou de sa poche pour ses enfants. Ce n'est pas récent, comme habitude, bien sûr, mais ça me décourage à chaque fois. Quand nous étions petites, ma sœur et moi, ce même père – hélas, on n'en a qu'un – nous faisait porter d'atroces vêtements BRUNS trouvés dans les ventes de charité, nous forçait à manger de la luzerne qu'il cultivait lui-même et à lire des livres de Krishnamurti, son gourou barbu (tous des barbus, les gourous. Quel conformisme !), auxquels nous ne comprenions absolument rien. Il nous interdisait d'aller au cinéma, de boire du Kool-Aid rose fuchsia et du Coca-Cola – BRUN, beaucoup moins intéressant – de lire des *Archie* en mâchant de la gomme Bazooka, bref, de vivre comme des enfants *normaux*. Pas étonnant que ma mère l'ait quitté pour le PDG d'une compagnie financière qui roulait en BMW et fumait des cigares cubains. Enfin, pas tout à fait, mais, comparée à la Renaud 5 déglinguée de mon géniteur, sa Volkswagen ressemblait à une BMW et ses petits cigarillos à la vanille semblaient être le *nec plus ultra* des cigares comparés aux Gitanes sans filtre infectes que fumait mon père. Pas étonnant non plus que ma sœur, par esprit de contradiction, soit devenue designer de mode et qu'elle ait développé un goût particulier pour la viande rouge. Seule chose étrange : elle porte *toujours* – stigmates de son enfance – des vêtements bruns. Signés, oui, mais bruns. Et moi ? On dit souvent que je ressemble à mon paternel. Je ne sais jamais quelle réaction avoir : dois-je injurier ou gifler celui/celle qui me fait pareille remarque ? La plupart du temps, très zen, je me tais, tout en tournant ma langue sept cents fois dans ma bouche en répétant «Ton père et ta mère tu respecteras.» J'ai au moins retenu ça de mes cours d'enseignement religieux.

Le réveillon de Noël s'est déroulé chez ma mère qui, par charité chrétienne, invite chaque année mon père et, par obligation familiale, quelques cousins, cousines, tantes et oncles qui, obligation familiale oblige, ne manquent jamais à l'appel. Quand je les vois tous réunis ainsi, s'ennuyant autour d'une table chargée de victuailles – la nourriture est d'ailleurs le seul sujet de conversation de la soirée –, je me dis à chaque fois que l'institution familiale est un atroce fardeau et répète comme un mantra : «Je n'aurai pas d'enfants, je n'aurai pas d'enfants, je n'aurai pas d'enfants.» Je finis invariablement par m'installer dans un coin sombre, en compagnie d'une bouteille de champagne ou deux, de Pascal, de ma sœur Ève et de son copain du moment – toujours beau, jamais très brillant – à médire des membres de la famille.

Une anecdote à retenir cette année : moment hilarant quand mon père a offert ses cadeaux à l'assemblée. Un artiste, le père. Photographe, plus précisément. Sa muse : tous les cailloux du monde, qu'il photographie avec une attention et un amour à rendre jaloux ses enfants. Son cadeau de Noël : photo d'un caillou qu'il a trouvé assez inspirant pour en donner un portrait à tout le monde. Un gros plan. On ne voit que du gris. Pascal, qui connaît pourtant par cœur l'œuvre de mon père, n'a pu s'empêcher de demander en rigolant de quoi il s'agissait. Le copain de ma sœur – François ? Justin ? Christian ? Zut, je ne me souviens plus – a affirmé que ça ressemblait à un morceau d'asphalte, ce qui n'a pas eu l'heur de plaire à l'artiste, qui déteste que l'on confonde inventions de l'homme et créations naturelles. La bande de zouaves qui constituent ma famille maternelle a lancé, sans grande conviction, des «très original» et des «vraiment intéressant» avant de laisser traîner le cadeau sur une chaise ou un fauteuil dans le but évident de l'oublier là. Hypocrites. Heureusement, personne d'autre n'a respecté la suggestion de mon père. Nous ne sommes donc pas rentrés à la maison avec des cache-pots en macramé, des abat-jour en papier de soie et autres affreuses décorations *home made*, mais plutôt avec toutes sortes de bidules *made in China*. Tant mieux. D'ailleurs, mon père n'est-il pas un peu communiste? Il devrait être content que nous soutenions ainsi l'économie prolétarienne chinoise.

◆

Mais ce soir, c'est la famille de Pascal que nous visitions. Sympathique comme tout. Cette année encore, sa mère était intolérable et intolérante, son père criait, PAS PARCE QU'IL EST SOURD D'OREILLE MAIS PARCE QU'IL RESSENT TOUJOURS UN BESOIN impérieux de forcer les gens à l'écouter. À table, ils parlaient constamment en même temps. Quant à sa sœur Dominique, vieille pimbêche frustrée de trente-huit ans, elle a passé la soirée à sermonner son fils et son frère comme s'il n'existait aucune différence entre les deux. Son fils, je le rappelle, a maintenant atteint l'âge vénérable de deux ans, et Pascal est son aîné de trente-deux ans. «Victor, ne mange pas avec tes doigts!» «Pascal, arrête de gâcher ton appétit en grignotant avant le souper!»

Le père de Victor, en bon divorcé, était absent. Dommage. Il était le seul de la famille à ne jamais parler de politique et à me regarder dans les yeux quand il m'abordait. Les autres semblent me considérer comme un genre d'animal domestique inoffensif que Pascal trimballe avec lui pour se désennuyer. Je ne suis pas une chose assez sérieuse pour qu'on m'adresse la parole. Sauf quand il s'agit de s'occuper du petit Victor. «Laurie, tu peux jouer un peu avec Victor? Il aime tellement que tu lui fasses des spectacles de marionnettes!». Et paf! Exit l'ignorante qui ne sait pas où placer le Kurdistan sur un globe terrestre et qui confond Khomeiny et Arafat (il est mort? C'est vrai? Je devais écouter autre chose à la télévision ce soir-là, une reprise du *Love boat*, sans doute. Ah, Gopher, quel bel homme!). J'ai passé la moitié de la soirée par terre avec Victor à chanter *Ainsi font font font les petites marionnettes*. Quand la mère de Pascal – la bonté incarnée! – a remarqué dans quelle position affligeante je me trouvais, elle m'a dit: «Laurie, ma pauvre enfant, il faut que tu te nourrisses.» Elle m'a apporté une assiette pleine de ragoût qu'elle a déposée à mes côtés, par terre. Sans couverts. Un animal domestique, que je suis. Misère. Si je n'avais pas une TRÈS, TRÈS haute estime de moi-même, je le prendrais mal, très mal même.

◆

Nous avons dormi dans la chambre d'enfant de Pascal, dans son lit simple, sous son couvre-lit parsemé de shtroumphfs... chtroumfphs... schtroumpfs (vraiment, Peyo s'est payé la tête de tout le monde avec ses créatures au nom impossible ! La langue française n'est-elle pas assez compliquée pour que les bédéistes nous fichent la paix? Non mais. Je lui en schtroumpferais bien une, moi). Je ne sais trop comment expliquer pour quelle raison la mère de Pascal tient absolument à ce que sa vieille chambre conserve son «cachet d'antan». Soit dit en passant, c'est aussi dans cette pièce que Pascal a connu toutes les joies et les turpitudes gluantes de l'adolescence, période que sa mère préfère sans doute oublier, avec son lot de draps humides et d'irrévérence des règles strictes de la maison. Tiens, finalement, dans cette famille, personne n'accepte que le petit dernier soit devenu un adulte. Pas surprenant qu'il ait des manières d'arriéré (exemples : attend qu'on lui serve ses repas, s'avachit devant la télé une fois consommés les mets délicieux que je lui ai préparés, ne fait pas son lit, ne se brosse pas les dents, pue des pieds mais garde les mêmes chaussettes pendant une semaine). Bref, nous étions collés l'un contre l'autre, pas tant par choix que par manque d'espace, la panse pleine et l'haleine fétide (trop bu, vraiment). Je regardais les schtroumpfs en expliquant à Pascal :

— Tu sais, plus que Cendrillon, c'est la Schtroumpfette qui a marqué mon imaginaire de petite fille. Cendrillon, le soulier de vair, les belles-sœurs, c'était intéressant. Mais la Schtroumpfette, ça, c'était passionnant ! Tu imagines : une Schtroumpfette pour cent schtroumpfs ! L'embarras du choix ! Le rêve de toute fille !

— Hmmmm. Et un seul schtroumpf, ça te suffit pour ce soir ?

— Étant donné l'espace dont nous disposons, je crois que je devrai en effet me contenter d'un seul schtroumpf. Dommage.

Faire l'amour dans un lit simple en fantasmant sur des petits bonhommes bleus, entourée des vestiges de la vie de mon amoureux (à noter : remarquables vaisseaux spatiaux en Lego. Pascal aurait dû être astronaute) n'est pas ce que j'ai connu de plus excitant. Empâtés comme nous l'étions, nous avons fait de notre mieux pour nous convaincre que nous n'étions *pas encore* un vieux couple complètement nul. Il n'aurait manqué qu'une interruption de la mère de Pascal – genre : « Chéri, tu as oublié ton biberon de lait » – et la scène aurait été parfaite.

Post-scriptum (14 janvier) :

Et c'est de cette soirée-là que je devrai me souvenir toute ma vie ! Quelle déveine !

SEMAINE 4

18 janvier

Déjà un kilo de plus ! Je croyais que durant les premières semaines, les femmes avaient toutes des nausées incroyables qui provoquaient une chute soudaine (quoique très temporaire, hélas !) du poids. Mais non, c'est bien ma chance : je n'ai pas le moindre mal de cœur. Au contraire, j'ai une envie de saucisses et de fromage qui ne me lâche plus. Le Tunisien du coin m'adore, je passe mon temps à lui acheter des sandwichs merguez. Et j'ai un gros bouton sur le front ! Pourquoi ? Pourquoi, au moment où je suis plus Femme que jamais, dois-je traîner de pustuleuses réminiscences de l'adolescence ? J'ai presque réussi à dissimuler l'horrible bosse en me coupant une petite frange. Beurk ! Me voilà l'air complètement ridicule. Mon coiffeur m'avait pourtant avertie le mois dernier, lorsque je lui avais fait part de mon désir d'avoir une coupe à la Uma Thurman (encore elle !) : « Ah non, Laurie ! Ça te donnerait l'allure d'un chien battu, avec ton visage rond et ton front court. » Voilà. Je ressemble maintenant à un chien battu. Et tout ça à cause d'un bébé. Notre relation commence mal. Bah, peu importe. Si la grossesse me donne des boutons, je n'aurai qu'à me transformer en femme à barbe hirsute pour dissimuler mon acné. Je me trouverai un emploi dans un cirque (ou dans un zoo ?) et deviendrai riche. De toute façon, je risque de me faire renvoyer quand mon patron apprendra mon état.

Finalement, j'ai confié mon secret à Audrey. Après tout, c'est plus qu'une collègue, non ? Nous mangeons ensemble tous les midis et elle m'a déjà prêté son déodorant un matin où j'avais oublié de badigeonner mes aisselles d'antisudorifique. N'est-ce pas là un signe ultime d'amitié ? D'ailleurs, Audrey est fantastique pour la simple et bonne raison qu'elle est prête à tout pour faire plaisir aux autres. C'est la seule employée du bureau qui trimballe avec elle une trousse de toilette complète (combien de fois son coupe-ongles m'a-t-il sauvé du calvaire d'une journée passée avec un ongle cassé?). Et elle met ses produits à la disposition de celles qui, comme moi, sont un peu étourdies et n'ont pas le temps, ou ne pensent pas toujours, à se pomponner avant d'arriver au boulot. Bon, bien sûr, Audrey arrondit ses fins de mois en vendant des produits Yves Rocher, et sa générosité est enrobée d'un discours publicitaire tout à fait casse-pieds sur les mascaras et les rouges à lèvres prêtés, mais reste qu'elle est plutôt sympathique. Contrairement à ce que j'appréhendais, elle a bien réagi à la nouvelle :

— C'est vrai ? Wow ! Enceinte ! Mais c'est merveilleux, Laurie.

— Tu trouves ? J'avais l'impression que tu allais me regarder comme une extra-terrestre quand je te confierais ça.

— Mais non ! Où vas-tu chercher ça ? Et tu es enceinte depuis combien de temps ?

— Oh, juste quelques semaines. Depuis Noël.

— Ah bon ! Et tu en parles déjà ? Parce que tu sais, avant le troisième mois, on dit qu'il vaut mieux ne rien dire. Je crois qu'à ton âge, tu as quatre-vingts pour cent de chance de faire une fausse couche. Je ne veux pas te faire peur mais j'ai des tas de copines à qui c'est arrivé. Tiens, la semaine dernière encore, mon amie Alice a fait une fausse couche. Et elle était pourtant au quatrième mois. Ça a été horrible, je te jure. Dis-moi, c'est nouveau, cette frange ? Ça te va *teeeellement* bien.

Le seul problème, avec Audrey, c'est qu'elle a une quantité formidable de copines et que chacune d'entre elles a vécu des expériences qui éclipsent toujours celle qu'on vient de lui raconter. Ultra démoralisant, surtout dans le cas présent.

À trouver : statistiques sur les fausses couches. Quatre-vingts pour cent me semble excessif, mais on ne sait jamais…

◆

René, mon patron, est venu s'asseoir à mes côtés ce matin, un café à la main. Surprise! D'habitude, c'est moi qui vais lui chercher son café. D'ailleurs, durant les premiers jours qui ont suivi mon embauche, j'étais insultée à chaque fois qu'il me demandait: «Ma cocotte, irais-tu m'acheter un café? Deux sucres, une crème.» Cette tâche-là n'était pas spécifiée dans mon contrat et j'avais l'impression qu'une assistante de production (mon titre) n'avait pas la responsabilité de s'occuper des cafés de son patron. Je n'étais pas une secrétaire, après tout! (Pascal dit qu'assistante de production = secrétaire, en langage politiquement correct. N'importe quoi!) Mais depuis que j'ai constaté la stupidité de René et que j'ai perdu tout respect pour lui, j'accomplis toutes les tâches qu'il m'impose sans rechigner parce que JE sais qu'il est moins intelligent que moi et qu'un jour, le monde entier le découvrira. Il suffit d'être patiente. Mais ce matin, il sirotait silencieusement son café en me dévisageant. J'avais l'impression qu'il s'attendait à ce que je lui révèle quelque chose, je ne sais quoi, les chiffres gagnants de la loto ou le véritable sexe de la Mona Lisa peut-être.

— Dis-moi, ma cocotte, certaines rumeurs circulent à ton sujet. À propos d'une grossesse…

Et voilà! Audrey a parlé! J'aurais dû me méfier. Cette arrogante pouffiasse ne pouvait pas se taire. Toujours à faire l'intéressante, à chercher l'attention des autres. Quel perfide serpent! J'ai quand même pensé à ce qu'elle m'avait dit à propos des trois premiers mois de grossesse, et j'ai décidé de tout nier. Pour l'instant.

— Moi, enceinte? Vous êtes fou? Me voyez-vous avec un bébé? Non, non, non, jamais de la vie!

— C'est bien ce que je me disais. Je ne pouvais pas croire que tu avais décidé de devenir mère. Tant mieux, ma cocotte, tant mieux. Bon. Tu vas me chercher un autre café? Deux sucres, une crème.

Quel imbécile. Comme si je ne savais pas, après trois ans à son service, qu'il prend deux sucres et une crème dans son café! Ça ne m'empêche pas de toujours mettre deux crèmes, dans l'espoir que ça soit suffisant pour le rendre gros et laid ou, à tout le moins, cardiaque.

Qu'a-t-il voulu dire par «Je ne pouvais pas croire que tu avais décidé de devenir mère»? Me pense-t-il incapable d'assumer la maternité? Qu'en sait-il, lui? Ce n'est certainement pas avec son Sylvain – ou son Pierre, ou son Léo, selon les semaines – qu'il va réussir à faire de vigoureux enfants. Et les femmes, les *cocottes*, il les préfère dans son bureau plutôt que dans son lit. Vraiment, si René n'était pas homosexuel, il aurait tous les défauts du monde. Il est:

- égocentrique;
- pédant;
- prétentieux;
- stupide;
- ignorant;
- arrogant;
- borné;
- misogyne;
- chauve.

Ah! Je me sens mieux. Je vais aller acheter son café. Et je mettrai trois crèmes aujourd'hui, tiens. Ça lui apprendra.

◆

21 janvier

Discussion avec Pascal sur le désir d'avoir/de ne pas avoir d'enfants.

Résultat :

CONTRE

Un enfant coûte cher (vêtements à la mode, école privée si nous voulons qu'il sache accorder ses participes passés, ski l'hiver, voile l'été).

Un enfant requiert du temps, ce dont nous manquons déjà.

Un enfant empêche de réaliser certains rêves (exemple : faire le tour du monde en vélo, monter l'Himalaya, se baigner nu dans une piscine publique).
Un enfant = beaucoup de responsabilités. En sommes-nous capables ?

POUR

Nous pouvons nous organiser pour réduire les dépenses (vêtements achetés dans les friperies – très tendance, école publique – après tout, qui a besoin de savoir accorder les participes passés ?

Suffit d'avoir un bon correcteur informatique –, ski et voile ? Nous n'allons tout de même pas en faire un bourgeois ! Et pourquoi pas du polo, une fois parti !)

Solution : Pascal demande une augmentation salariale, l'obtient, et je laisse mon boulot pour devenir mère au foyer. Solution hypothétique qui risque peu de se réaliser, souligne Pascal, qui suggère plutôt le contraire (lui à la maison, moi au travail). Jamais de la vie !

POUR

De toute façon, nous ne le ferons jamais.

Peut-être que ça forcera Pascal à apprendre : comment faire fonctionner une laveuse ; comment cuisiner autre chose que du *chili con carne* (très bon, mais c'est la seule recette qu'il connaît) ; quand acheter du papier hygiénique (c'est-à-dire avant la fin du dernier rouleau).

Pascal pense que nous devrions réfléchir avant de prendre une décision. «Je croyais qu'il y avait une pilule spéciale pour détruire les résidus de ce genre de soirée.» Les résidus... J'espère que le bébé n'a rien entendu. Sinon, ce sont des séances chez le psy garanties. «Mon père n'a jamais voulu de moi. Il m'a même traité de résidu. Comment puis-je aimer la vie?» Si ça se trouve, notre enfant finira dépressif, suicidaire. Et alcoolique. L'alcool! Zut! C'est à cause de l'alcool que je n'ai pas utilisé de «méthode de contraception d'urgence», comme disent les pharmaciens avec le large sourire de ceux qui font le bien tout en faisant de l'argent (ou le contraire?). J'ai eu la tête dans les nuages jusqu'au retour des vacances, et il était alors trop tard pour la contraception d'urgence. Zut.

Faire recherche: alcool et grossesse.

◆

22 janvier

L'alcool. Aïe. Si la conception a vraiment eu lieu le soir de Noël – comment en douter? Pascal était aux États-Unis du 3 au 11 janvier, et entre Noël et le 3 janvier: vie sexuelle = néant – le bébé a déjà bu:

- une douzaine de bières;
- environ 8 bouteilles de vin (dont 2 bouteilles de piquette);
- une bouteille de champagne;
- 15 *Long Island Iced Tea*;
- 8, 9 ou 10 verres de porto (petits, mais quand même);
- 2 *Sex on the Beach*;
- 3 *White Russian*.

À ce stade-ci de son existence, il a donc déjà le foie amoché, le cerveau atrophié et j'aurai beau me nourrir de tofu biologique et de carottes sans OGM durant les prochains mois, cet enfant, inexorablement, sera handicapé, victime de mes excès. Non! Je ne peux pas être mère. Et je ne suis pas prête à assumer le poids d'un rejeton attardé.

SEMAINE 5

24 janvier

Je viens de lire un article sur l'alcoolisme fœtal. Panique totale. L'alcool est à proscrire à tout prix durant la grossesse et SURTOUT lors du premier trimestre (sauf peut-être si on est Irlandaise : la bière fait alors partie intrinsèque du corps de la mère, au même titre que le sang et la salive. Hélas, je n'ai pu trouver aucun ancêtre irlandais dans mon arbre généalogique). Je me suis fait un *Long Island Iced Tea* pour me calmer. D'ailleurs, c'est décidé, je me fais avorter. Je ne passerai pas ma vie à subir le regard vide, mais ô combien culpabilisant, d'un enfant qui me rappellera que je suis responsable de sa misère. Ce serait trop triste.

Pascal est arrivé alors que j'entamais mon deuxième verre en fumant une cigarette. «Mais qu'est-ce que tu fais? Il n'y a pas d'alcool là-dedans, au moins? Et tu fumes!» Il s'est emparé de la cigarette, comme si c'était un couteau dans les mains d'un *serial killer* et l'a écrasée. Quel revirement de situation! Hier encore, Pascal affirmait douter fortement de la «pertinence de ce projet» – pertinence de ce projet! On dirait le langage d'un gestionnaire ou d'un gérant de banque – et le voilà soudainement préoccupé par ma consommation d'alcool et de nicotine! Je l'ai rassuré.

— Pascal, tu vas être content. J'ai choisi l'avortement.

— Quoi ?

Il m'a pris le verre des mains et l'a bu d'un trait.

— Écoute Laurie, il faudrait que tu te branches. Ce matin, tu es partie en m'injuriant, en me traitant de salaud irresponsable parce que je ne pensais pas être mûr pour la paternité, et ce soir tu décides de te faire avorter.

— Mais le bébé risque d'être débile profond !

— Débile profond ? Et pourquoi donc ?

Ah, ces hommes ! Il faut tout leur expliquer.

— L'alcoolisme fœtal, Pascal, ça te dit quelque chose ?

— J'imagine que c'est l'alcoolisme partagé par la mère et le fœtus.

Parfois, la perspicacité de mon amoureux me surprend. Vraiment, il aurait dû s'inscrire à *Génies en herbe* quand il était ado.

— Mais tu n'es pas alcoolique, Laurie.

— Merci. Mais une seule goutte peut suffire à rendre notre enfant retardé.

— Voyons, Laurie. D'où tu tiens cette information ?

— D'un article que j'ai lu.

— Ah bon. Et où ça ?

— Sur Internet.

— Voyons, Laurie ! Combien de fois je t'ai dit d'arrêter de te fier à tout ce que tu trouves sur Internet ! Tu as vérifié les sources ?

— Non. Mais ça avait l'air sérieux. Je veux dire… Il n'y avait pas de fautes d'orthographe.

Pascal a levé les yeux au ciel, comme il le fait toujours quand il trouve que j'ai l'intelligence d'une lectrice de *Paris-Match* (qu'est-ce qu'il a contre *Paris-Match* ? Je trouve les photos très belles. Et c'est la seule revue où l'on parle encore de Brigitte Bardot. Je l'aime, moi, Brigitte). Il s'est fait un autre *Long Island*

Iced Tea avant de murmurer doucement, comme si c'était moi, la débile profonde : « Bon. Je te verse un verre de lait et on discute calmement de tout ça, chérie ? »

Après trois verres de lait et quatre clopes (faudrait aussi que j'arrête de fumer, j'imagine. Après ça, je deviens sainte… ou martyre), j'ai *presque* décidé de garder le petit. Ah, le plaisir de bercer un mignon bébé… Mais s'il naît handicapé ? Misère. Je ne suis pas faite pour être mère. Et j'ai *vraiment* envie d'un *Long Island Iced Tea*…

◆

26 janvier

Voilà. Mon enfer vient de débuter. Non seulement je risque de passer les prochaines années à changer des couches, à moucher un nez *constamment* morveux, à me désespérer devant les joints et les revues cochonnes trouvés au fond d'un sac d'école, non seulement j'irai de problème en problème quand l'enfant sera né mais, en plus, je n'aurai pas de répit durant la grossesse. Les nausées ont commencé à me gâcher l'existence. Horreur ! Déjà que ça n'allait pas très bien aujourd'hui, maintenant j'ai de bonnes raisons de me jeter dans une rivière les poches remplies de cailloux (c'est mon père qui serait content que ses cailloux m'aient inspirée).

Je suis rentrée du boulot après une journée MERDIQUE. Je n'ai pas mangé avec Audrey depuis mardi dernier et elle fait comme si rien ne s'était produit. La garce. Moi qui m'attendais à ce qu'elle vienne me supplier de lui pardonner, bidon d'essence et allumettes à la main, prête à s'immoler pour racheter sa faute. Mais non. Elle me sourit, me salue, dîne avec Sophie, la *secrétaire* du directeur du marketing – quelle honte ! Nous nous sommes si souvent moquées ensemble des secrétaires, trop nulles pour atteindre le poste privilégié d'assistante de production. Et moi, pendant qu'elle lunche avec la caste inférieure, je mange mon sandwich en jouant au solitaire à l'ordinateur. La déprime totale. Je n'emprunte même plus son rouge à lèvres Rose glacée, qui me va si bien aux dires de plusieurs personnes – à l'exception de Pascal, qui ne remarque pas ce genre de détails. D'ailleurs, il ne remarque jamais rien (exemple : que j'ai pris un kilo deux cents grammes et que j'ai une frange affreuse. Tant mieux !). Je crois que je devrais aller à la boutique Yves Rocher acheter cent bâtons de rouge à lèvres Rose glacée. De quoi faire suer Audrey, qui ne vit que pour les commissions de ses ventes. Elle m'en voudrait à mort de ne pas lui avoir passé la commande.

Je vais prendre rendez-vous avec le médecin pour obtenir plus d'information sur l'alcoolisme fœtal et/ou l'avortement. Pascal dit que je dois choisir ce qui me convient. Autant dire qu'il s'en lave les mains. Quel irresponsable ! J'espère au moins qu'il paiera la pension alimentaire le jour où il m'abandonnera pour une pétasse de vingt ans sans enfant, en me lançant : « C'était TA décision, pas la mienne. » Après-demain, j'en parlerai aux filles à notre rendez-vous plus ou moins mensuel – les soupers de gouines, comme les surnomme affectueusement Pascal. Elles sauront sans doute m'aider à faire le bon choix.

◆

Je n'ai pas réussi à travailler de tout l'après-midi. J'ai l'impression d'avoir la pire gueule de bois de ma vie (décidément, mon sandwich double merguez ne passe pas). Pourtant, je n'ai pas consommé une once d'alcool hier soir. Croix de bois, croix de fer, si je mens je vais en enfer. Sans blague. Pascal a bu toute une bouteille de vin alors que j'avalais péniblement des verres d'eau tiède – l'eau froide, ça me donne mal au ventre et Marie-Pierre assure que c'est cancérigène. Eh oui, pendant que je noyais mon angoisse existentielle dans l'eau tiède, Pascal dégustait tranquillement un bon bordeaux. Et après, il se demande pourquoi j'ai boudé toute la soirée ! S'il faut vraiment que je me tape de l'eau tiède durant neuf mois, j'aimerais au moins qu'il s'abstienne de boire de l'alcool en ma présence. C'est vrai, quoi : on ne mange pas du gâteau au chocolat devant un diabétique.

Mais si le repas d'hier a été pénible, celui d'aujourd'hui a été à l'image de ma journée : effroyablement nauséeux. Si la tendance se maintient, nous nous séparerons avant la fin de la grossesse. Le problème, c'est que le mercredi, Pascal prépare le repas. Autant dire que le mercredi nous mangeons *toujours* du *chili con carne*. Je sais, c'est triste à mourir, nous avons déjà des habitudes de vieillards. Et pourtant, l'idée de départ était tout à fait innovatrice, jeune et branchée. J'avais lu dans le magazine *Clin d'œil* un article sur la répartition des tâches dans le couple. On y expliquait que les femmes d'aujourd'hui assument de *toutes* les tâches ménagères, même celles qui étaient traditionnellement réservées aux hommes – sortir les poubelles, visser des vis, clouer des clous, se débarrasser du gras de bacon sans bloquer l'évier. Résultat : les femmes se transforment vite en vieilles grébiches frustrées et ont l'impression de perdre le contrôle de leur homme et de leur vie alors qu'en vérité ce sont ELLES qui ont instauré le système qui les emprisonne. C'est fou ce qu'on peut apprendre en lisant des magazines féminins (et je ne parle pas ici de l'article sur les orgasmes multiples présenté dans le même numéro. Fascinant). La journaliste donnait des conseils judicieux pour sortir de ce cercle vicieux et rendre la vie de couple plus attrayante. Entre autres : FORCER son conjoint à développer sa créativité en l'enjoignant de préparer les repas de temps en temps. Le témoignage de Mathieu, vingt-neuf ans, six pieds deux pouces, pompier, était éloquent : il affirmait que les heures passées dans la cuisine avaient non seulement fait de lui un maître ès sushi, mais aussi un amant plus tendre, puisqu'il profitait des moments où il palpait la chair du poisson cru pour penser aux voluptueuses caresses qu'il pourrait faire une fois venu le temps de palper la chair de sa copine – pourtant,

35

l'odeur du poisson cru n'est pas très aphrodisiaque. Le couple Mathieu/Linda, sourire à l'appui, était maintenant comblé, grâce à *Clin d'œil* (d'ailleurs, pas de doute que Linda lirait l'article sur les orgasmes multiples). Hélas, entre Pascal et moi, ça ne s'est pas déroulé aussi bien et la soirée que nous venons de vivre risque d'avoir abrégé notre vie de couple d'au moins cinquante ans. Je pense d'ailleurs porter plainte à *Clin d'œil* (puis-je les poursuivre? Me renseigner).

Dès que j'ai mis les pieds dans l'appartement, j'ai senti (au sens propre et figuré) que les choses allaient tourner au vinaigre. Pascal avait commencé la cuisson de son fameux *chili*, et chaque particule d'air semblait imprégnée de l'odeur des oignons, des fèves et de la viande. Un être humain normal aurait sifflé, approuvé, se serait écrié: «Miam! Ça sent bon!» Mais je suis enceinte. L'odeur m'a prise au nez et j'ai dû retenir un haut-le-cœur que Pascal aurait sans doute mal pris. Il est susceptible, le pauvre, surtout lorsqu'il s'agit de son *chili*. J'ai donc fait comme si tout allait bien. Sauf qu'au moment d'avaler la première bou-chée, mon corps a réagi malgré moi. J'ai vomi tout ce que j'avais avalé durant la journée – sandwich aux merguez, Crush à l'orange (pour la portion de fruits), café *latte* (pour rester éveillée pendant que René me donnait ses directives pour les prochains jours), Kit Kat Chunky au caramel (nouvelle saveur, il fallait que j'essaie), et beaucoup d'eau tiède (en plus, il paraît que ça fait disparaître la cellulite). Au lieu de me plaindre et de me bercer, Pascal a pris un air dégoûté et a passé le reste de la soirée devant l'ordinateur, à jouer à Civilization. Il m'en voulait. Pas moyen de lui expliquer que ce n'était pas *sa* faute – ni la mienne, soit dit en passant. Vraiment, je me demande si je devrais avoir un enfant avec un homme qui se comporte lui-même comme un bébé.

◆

27 janvier

J'ai pris un rendez-vous avec un gynécologue-obstétricien (recommandé par Marie-Pierre, à qui je n'ai rien avoué). Zut. Il ne me verra pas avant la fin du premier trimestre de grossesse, c'est-à-dire dans mille ans !

◆

28 janvier – 23 h 53

Contrairement à mon habitude, je suis arrivée la première. Je n'aime pas arriver la première et m'asseoir seule dans un restaurant. Je me sens toujours comme une mésadaptée sociale abandonnée de tous, qui joue au solitaire avec son ordinateur le midi, s'achète un chat pour lui tenir compagnie, déteste le volley-ball et tous les sports d'équipe, *et mange seule au restaurant* ! À tous coups, il se trouve dans la pièce un ex ou quelqu'un avec qui j'allais au secondaire, qui quitte le restaurant avant que mes copines n'arrivent, gardant à jamais l'image d'une fille sans amis, seule à une table, désespérée. J'aurais envie de leur dire à quel point ma vie sociale est passionnante, à quel point je suis choyée et comblée. Mais je me contente d'un petit « Salut » embarrassé, ce qui ne fait qu'empirer la situation.

Quand je suis arrivée, le restaurant (El Coyote, spécialités mexicaines. Si ça se trouve, il n'y aura que du *chili* au menu) était plein. Le serveur m'a installée au bar, juste à côté de deux latinos musclés qui regardaient un match de football à la télévision.

— Désolé *señora*, votre réservation était à 8 h et il n'est que 7 h 30. Voulez-vous une bonne Margarita en attendant que la table se libère ?

— Oui. Un pichet. Mais sans alcool.

— Un pichet de Margarita sans alcool ? D'accord, *señora*.

Señora, señora, il pourrait bien m'appeler *señorita*, je ne suis pas mariée après tout ! C'est décourageant, je suis à un moment de ma vie où je prends comme un compliment qu'on me fasse du « Mademoiselle » et comme une insulte qu'on m'appelle « Madame ». Bah, une bonne crème à la vitamine A, C ou E, aux acides de fruits tropicaux ou au gras de canard pourra sans doute remédier à la situation. À moins que ça ne soit contre-indiqué en cas de grossesse. Oui, je parie que c'est contre-indiqué, juste pour forcer les femmes enceintes à être ridées, fatiguées, incroyablement moches et repoussantes. La beauté et la jeunesse appartiennent aux femmes sans enfant, c'est évident. Et je quitterais ça pour m'enfermer dans un appartement avec mes rides, mon ventre devenu mou et un rejeton braillard ? À l'aide ! Y a-t-il une faiseuse d'anges dans la salle ?

Au moment où le serveur m'a apporté mon pichet de Margarita − décoré de parasols miniatures en papier, j'adore − mes voisins ont poussé un petit gloussement moqueur, comme s'ils avaient l'impression que je m'apprêtais à prendre la cuite du siècle. J'ai senti que je devais me justifier :

— C'est un pichet de *virgin* Margarita, ai-je dit, en insistant sur le *virgin*.

— *Virgin. Ah si ! Que interessante !*

Les deux gars se sont regardés comme si je venais de leur faire une proposition indécente. Ils pensaient sans doute que je leur demandais de m'aider à perdre ma virginité. J'ai essayé de clarifier les choses :

— Je suis enceinte.

Ils ont soudainement perdu tout intérêt pour moi :

— Enceinte ? Ah. *No, gracias.*

L'écran de télévision a repris leur attention. Le match de football avait fait place à une pub où des jeunes, bronzés et frétillants de santé, s'éclataient en se répandant de la mousse de bière sur le corps. Beaucoup plus intéressant qu'une femme enceinte. Et voilà : je viens de découvrir le mot le plus anaphro-disiaque du monde. Plus moyen d'être désirable ou digne d'attention, je suis enceinte.

Je fumais ma dixième cigarette et entamais mon quatrième verre de Margarita sans alcool (super : la lime ne me donne pas mal au cœur) quand le serveur m'a enfin placée à une table. J'ai attendu encore dix pénibles minutes l'arrivée de Marie-Pierre. Puis, les autres sont apparues presque simultanément : Sarah, Valérie, et Isabelle, qui m'a demandé tout de go :

— Hé, Laurie, qu'est-ce qui t'est arrivé ?

Je me suis tâté le ventre, surprise qu'elle ait remarqué le changement. Mon état se voyait-il déjà ?

— Pas ton ventre, tes cheveux ! On dirait Uma Thurman.

Fiouf ! Je peux encore passer pour une fille non enceinte, une fille normale.

— Ah, tu trouves ? Moi, je dirais plutôt que je ressemble à un chien battu.

— Voyons, Laurie ! À la limite, tu ressembles peut-être à un joli épagneul, mais pas à un chien battu !

Isabelle a toujours eu le don de me donner des complexes, même quand elle essaie de me complimenter. Ça doit être parce qu'elle est psy. Enfin, l'important c'est que ni Isabelle ni les autres n'ont remarqué qu'un changement plus radical que ma frange à la Uma Thurman avait eu lieu.

◆

29 janvier – 8 h du matin

Déception. J'avais prévu tout raconter aux filles, j'éprouvais même une certaine fierté à l'idée d'être la pionnière de ce qui deviendrait sans doute un révolutionnaire mouvement de procréation dans le groupe. Mais un événement inattendu a mis un terme aux révélations que je m'apprêtais à faire. Un couple est venu s'installer à côté de nous, avec deux jeunes enfants. Une famille. J'étais prête à m'attendrir, à demander aux filles si elles trouvaient touchant ce joli tableau qui s'offrait à nous : une mère – légèrement cernée, au tour de taille peu enviable et aux cheveux ternes, mais ces détails ne sont-ils pas finalement peu importants devant le miracle de la vie ? ; un père – nerveux, c'est vrai, souriant stupidement à Valérie dès que la mère avait le dos tourné, mais ça, c'est un problème de couple, les enfants n'y sont pour rien ; deux charmants bambins qui bavaient et gazouillaient calmement pendant que maman et papa buvaient une bière. Sauf que le plus vieux des enfants, un petit garçon de trois ou quatre ans, a commencé à hurler quand sa mère a refusé de commander un pichet de Margarita comme le mien, qu'il observait avec envie depuis quelques minutes. La pauvre mère essayait de le raisonner : « Mon chéri, c'est pour les adultes, des jus comme ça. Tu n'aimerais pas. Allez, le serveur va t'apporter un bon verre de lait. » Visiblement, le petit garçon se fichait éperdument de ce que sa mère disait. Il a continué à hurler jusqu'à ce que son père intervienne de façon plus musclée, en criant aussi fort que son fils : « Bon, maintenant, tu te tais, sinon je te confie au cuisinier qui te transformera en steak haché ! »

Marie-Pierre a suspendu la description détaillée de sa dernière maladie ; Isabelle s'est mise à rire, ce qui était tout à fait déplacé à en juger par le regard assassin que la mère lui a lancé ; et Sarah a soupiré : « C'est incroyable ! Il y a des restaurants spécialement conçus pour les familles ! Ils auraient pu aller chez McDonald's au lieu d'embêter les honnêtes citoyens. Moi, je ne tolère pas les cris d'enfant ! »

La mère avait l'air de plus en plus découragée, le père pestait. Ils ont fini par annuler leur commande, ont habillé leurs enfants qui criaient maintenant tous les deux, et ils ont disparu en semant un murmure de désapprobation dans la salle. Les filles ont ensuite passé la soirée à maudire les enfants. Sarah – qui a trente-cinq ans, un fiancé, un amant stable et un amant temporaire, et donc très peu de temps pour fonder une famille – était indignée : « Quelle calamité ! Aux États-Unis, il existe des groupes qui s'opposent à ce que les familles fréquentent les lieux publics. Moi, je suis tout à fait d'accord avec eux. Franchement, si les gens sont assez stupides pour se gâcher l'existence en mettant au monde des monstres, tant pis pour eux ! Mais qu'ils ne viennent pas nous embêter avec leur marmaille ! Après tout, les bêtes sauvages, on les met dans les zoos. Je ne vois pas pourquoi on ferait autrement avec les enfants ! »

Après sa tirade, j'ai quelque peu perdu l'ambition de convertir mes amies à la maternité. Je suis allée vomir mes *enchiladas* et suis rentrée à la maison en prétextant une indigestion. Pascal regardait un vieux western de Sergio Leone (je déteste les westerns, particulièrement ceux de Sergio Leone). Je lui ai demandé ce que nous allions faire avec le bébé. Il m'a répondu distraitement, sans quitter les yeux de l'écran de télévision : « Le bébé ? Ah, oui, le bébé. Ne t'en fais pas, Laurie. Tout va s'arranger tout seul. »

Tout seul ? Je ne vois vraiment pas comment !

SEMAINE 6

2 février

Pascal n'a rien trouvé de plus brillant que d'aller tout raconter à sa sœur ! Il a tenté de se faire pardonner en m'imputant la responsabilité de son geste :

— Tu m'as accusé toute la fin de semaine de ne pas assumer la conséquence de mes actes, de nier l'existence du problème. Il fallait que j'en parle à quelqu'un, et je n'allais tout de même pas aborder le sujet avec mes amis! Tu me vois, toi, leur demander de mettre de côté leur bâton de hockey, leur bière et leur virilité pour que je puisse leur demander ce qu'ils pensent de la paternité? Non, on ne parle pas de ces choses-là entre gars. Puis, d'ailleurs, tu devrais être contente. Si j'en parle, c'est que j'assume, non?

— OK, on peut dire que c'est bon signe. Mais tu sais ce qu'elle a fait, ta sœur, quand elle a appris que j'étais enceinte? Elle l'a crié sur tous les toits! Elle a même trouvé le moyen de rejoindre *ma* sœur. Tu imagines!

Évidemment, ma sœur s'est précipitée sur le téléphone pour m'engueuler parce que je ne lui avais rien dit. J'en ai pour des semaines à essayer de me réconcilier avec elle. Et c'est sans compter ma mère, qui s'est aussi fait envoyer au diable par ma frangine parce qu'elle avait gardé le secret. Elle a eu beau dire qu'elle était convaincue que j'allais me faire avorter (toujours aussi empathique!), ma sœur l'a accusée de comploter avec moi et de l'exclure des décisions familiales – des décisions *familiales*! Elle se prend pour qui? Aaaah! Combien de bouquets de fleurs vais-je devoir donner à ma mère pour qu'elle passe l'éponge? Et combien de sorties au resto avec ma sœur vais-je devoir me farcir? Tout le budget que je consacrais aux tests de grossesse va y passer. Et moi qui avais pensé mettre cet argent de côté pour ouvrir un compte épargne-études pour notre enfant! Maintenant, nous n'aurons plus les moyens de lui payer des études décentes. Il ne lui restera qu'à devenir plombier ou boucher. Sa brillante carrière de médecin vient de tomber à l'eau. Et tout ça à cause de qui? De Pascal, évidemment! Non, vraiment, je crois que je n'ai plus que deux choix:

1. Je me fais avorter.
2. Je m'enfuis en Inde, prends une nouvelle identité et élève l'enfant sous le nom d'Omar Gandhi, à des milliers de kilo-

mètres de son père. Loin de l'influence néfaste de son géniteur, il aura peut-être la possibilité de devenir quelqu'un de bien.

◆

3 février

Misère. Je n'arrive déjà plus à remonter la fermeture éclair de mes Levi's.

◆

4 février

Je suis allée boire un verre avec ma sœur (elle = gin tonic, moi = Perrier, un peu mieux que de l'eau tiède, mais tellement moins bien qu'un bon cocktail), dans l'espoir d'obtenir un cessez-le-feu. Depuis deux jours, date du déclenchement des hostilités, c'est comme si on se préparait à une guerre mondiale. Ma sœur, arme en main – le téléphone, très efficace – cherche à se faire des alliés. Étonnant. Elle est furieuse : non seulement je lui ai caché mon état pendant plusieurs semaines mais, en plus, je semble prête à *sombrer* dans la maternité, chose qu'elle juge tout à fait inaccep- table. En terrain allié, elle a trouvé ma mère, bien sûr, qui ne me considère pas plus apte à la reproduction qu'à la réussite. Ma mère n'a jamais compris qu'avec un baccalauréat en études lit- téraires, je n'aie pu trouver mieux qu'un poste d'assistante dans un organisme sans but lucratif qui organise chaque année un Festival de littérature – de la littérature ! Comment sa fille peut- elle passer ses journées à encourager *ça* ? Pour elle, mon travail est le reflet de ce que je suis : condamnée à toujours être la subordonnée de quelqu'un, incapable d'avoir un pouvoir réel sur quoi que ce soit. Incapable de flirter avec le succès, contrairement à ma sœur, dont les vêtements ont la cote dans les réceptions mondaines et les galas où se pavanent les stars. Et Ève n'a presque pas étudié, elle ! Conclusion : ma sœur a le succès dans le sang (ce qui la rapproche de ma mère), et moi, je ne suis bonne à rien (comme mon père).

Ève a décidé, pour m'aider à prendre une décision éclairée, que je devais faire un stage sur le terrain. Elle m'a organisé un rendez-vous chez Rachel, une vieille amie à elle, avec qui elle a repris contact pour l'occasion. Rachel a vécu ses premiers émois amoureux avec Ève mais, contrairement à ma sœur – et au bon sens – elle s'est mariée avec son premier amoureux, qui lui a fait trois enfants en l'espace de cinq ans. Elle est aujourd'hui *femme au foyer*, un métier très emmerdant, sans grande chance d'avancement et pas valorisant du tout. Ma sœur tient absolument à ce que je sois initiée à ce type de vie pour prendre ma décision en connaissance de cause.

— Et si ton patron te demande où tu vas vendredi prochain, tu lui diras que tu as rendez-vous chez le dentiste. Maman motivera ton absence, s'il le faut.

— Ève ! J'ai trente ans !

— Bon, alors, arrange-toi seule. Mais n'oublie pas : vendredi matin, à 7 h…

— 7 h ?

— Quoi ? Tu crois qu'elles font la grasse matinée, les mères au foyer ? Détrompe-toi ! Donc, vendredi à 7 h, Rachel t'attendra pour un stage accéléré d'une journée.

◆

5 février

J'ai discuté avec mon père. Enfin, j'ai plutôt écouté mon père me parler. Il a trouvé une carrière de gravier particulièrement inspirante où il a pris plus d'une centaine de clichés. Hélas, le contremaître, qui ne comprend rien à l'Art, l'a renvoyé sous prétexte qu'il dérangeait. Pauvre papa !

Je lui ai demandé :

— En passant, Ève t'a téléphoné ?

— Bien sûr. Hier.

— Et elle ne t'a pas dit… ?

— Pas dit quoi ?

— Que je… que je suis enceinte.

— Ah oui, c'est vrai. Félicitations ! Tu dois être contente. Oh, en parlant de bébé, dis-moi, tu n'aurais pas une copie d'une de ces photos que j'ai faites dans le Maine, tu sais, avec des galets très, très blancs ? Parce que je n'arrive plus à mettre la main dessus.

— Papa, quel est le lien avec les bébés ?

— Mais voyons, Laurie : mes bébés, ce sont mes photos. Quelle question à poser à un photographe !

Au moins, il m'a félicitée. C'est le premier de la famille. Toujours ça de pris.

SEMAINE 7

6 février

J'ai eu mal au ventre toute la nuit. Je vais sans doute faire une fausse couche et tous mes problèmes seront réglés. À moins que mon mal de ventre ne soit dû aux soixante sandwichs biscuits soda-cheddar mangés hier soir ? J'avais tellement faim ! Ce matin : mal de cœur terrible. Je bois une tisane au gingembre. Il paraît que c'est bon pour faire passer les nausées, selon Izzzza, que j'ai contactée sur Internet. C'est terrible : je me suis inscrite à un site de discussion sur la grossesse ! Évidemment, j'ai pris un pseudonyme pour garder l'anonymat. Ma nouvelle identité : Uma (eh oui. Pourquoi pas ? Je n'allais quand même pas choisir Chien battu!), mot de passe : Patate. Beurk! Je crois que je vais vomir.

◆

7 février

À ce stade-ci, le fœtus n'est pas plus grand qu'une fève. Je peux encore me faire avorter. Ce n'est pas un bébé, pas un bébé, pas un bébé, pas un bébé. Bon.

◆

Pascal ne m'est d'aucun secours! Il répète sans cesse : « C'est TA décision. » Pfff! Facile à dire.

Okay, je tire à pile ou face : pile, je le garde, face, je me fais avorter. Non, je ne peux pas faire ça! Si jamais mon enfant apprenait un jour que son existence est liée au hasard d'un pile ou face, il ne s'en remettrait pas. Des plans pour qu'il décide de jouer sa vie à la roulette russe.

◆

8 février

Je le garde. Je VEUX être mère.

◆

9 février

L'avortement, il paraît que ça ne fait pas mal, selon Doudoune (sur le site de discussion. Finalement très utile et plein de renseignements), qui s'est déjà fait avorter quatre fois. Et, en plus, c'est gratuit. Dire qu'il faut payer pour se faire arracher une dent! Je vis vraiment dans une société formidable.

◆

10 février

Journée catastrophique chez Rachel. Misère. Ma mère et Ève ont raison. Même si je voulais élever un enfant, je ne *pourrais* pas. Je n'ai pas les habiletés pour être mère.

Premier faux pas : je ne suis pas arrivée chez elle à 7 h. J'avais pourtant mis le réveil à 5 h 30 ! Mais mon inconscient s'est sournoisement emparé de mon corps et l'a forcé à appuyer à répétition sur le bouton *snooze*. Faut dire que j'étais très fatiguée. Pascal et moi avons regardé des épisodes de *24 heures chrono* jusqu'à 2 h du matin. Résultat : j'ai mis les pieds hors du lit à 7 h 13. J'étais en retard avant même de commencer la journée. J'ai passé un coup de fil à Rachel pour lui dire que j'étais prise dans un bouchon de circulation. Je n'ai à peu près rien compris de sa réponse puisqu'une armée de bébés criaient à tue-tête derrière elle. J'ai répondu : « Oui, oui » – pour essayer d'être un peu positive malgré tout – et j'ai raccroché. Je me suis habillée en quatrième vitesse – pantalons blancs et t-shirt rose pâle, pas ce qu'il y a de plus amincissant comme tenue, mais j'avais espoir que ça réussisse à égayer la matinée. J'ai pris le taxi sans réaliser à quel point Rachel habite loin de chez moi, et mon budget cigarettes de la semaine y est passé. Ma sœur m'avait pourtant bien expliqué que les familles vivent dans des quartiers résidentiels éloignés de tout ce qui pourrait rappeler aux parents les activités formidables qu'ils ne peuvent plus faire (théâtres, restaurants, clubs échangistes, etc.). Je me suis grillé deux clopes, ai avalé dix comprimés de gingembre – pour les nausées. Triple dose, mais c'est naturel, donc je ne risque pas d'intoxication – avant de sonner. Dès que Rachel a ouvert la porte, j'ai su que la journée se passerait mal. D'ailleurs, j'ai d'abord cru m'être trompée d'adresse. Je dois préciser que Rachel était autrefois la fille la plus populaire de l'école. Splendide avec ses longues boucles auburn, gracieuse, souriante. Quand ma sœur sortait en boîte avec elle, elle rentrait à tout coup déprimée : Rachel la Barbie se faisait draguer par de superbes Ken pendant qu'Ève regardait le plafond. Mais à trente-deux ans, Rachel est devenue boulotte, avec des seins pendants, un nez aussi rouge et morveux que celui de ses enfants, les cheveux très courts et grisonnants. Rien à voir avec les beautés de *Desperate Housewives* !

— Ah, Laurie ! Voici Nathan, s'est-elle exclamée avant de me balancer dans les bras un bébé barbouillé de gruau. Tu tombes à pic, il vient de faire caca et les deux autres ne sont pas encore habillés. Je dois reconduire Antoine à l'école pour 8 h et Léa à la garderie avant 8 h 30.

Devant mon air démuni, elle a lancé :

— Tu sais changer une couche, au moins ?

Puis elle a ajouté, sans me laisser le temps de répondre :

— Dis donc, tu n'as pas changé !

Je croyais qu'elle me complimentait. Mais non.

— Toujours aussi inconsciente ! Des vêtements clairs ! Tu crois que tu viens passer la journée dans un musée ? Je t'avertis, je ne paie pas le nettoyeur !

Comme pour expliciter les paroles de sa mère, Nathan a posé ses deux mains sur mes seins, y laissant de belles traces beiges et gluantes. Puis, j'ai constaté que sa couche avait débordé et qu'une purée verdâtre décorait le haut de mes pantalons. Génial, l'accueil.

J'ai remplacé Rachel dans chacune de ses activités quotidiennes, souriant niaisement à ses trois petits diables en essayant de me convaincre que mes propres enfants seraient sans doute beaucoup plus attachants. Quand je suis rentrée à la maison, j'étais lessivée… et assez sale et puante pour que personne ne s'assoie à côté de moi dans le métro malgré l'heure de pointe. J'aurais bien pris un taxi, mais je n'avais plus d'argent. J'ai d'ailleurs dû puiser dans mon budget cadeaux pour Pascal pour m'acheter des cigarettes.

Durant la journée, mes vêtements se sont graduellement couverts des substances suivantes :

- À 7 h 53 : un jet de jus d'orange sorti du fusil à eau d'Antoine (très drôle) ;
- À 7 h 57 : du chocolat fondu provenant du biscuit que finissait Léa – quelle idée de faire manger des biscuits au chocolat à une fillette de trois ans ! De quoi la rendre hyperactive (ce qu'elle était) ;
- De 7 h 57 à 3 h 36 : cadeaux de Nathan : du spaghetti, du lait (caillé. Il régurgite souvent, dixit sa maman. Touchant), de la bave, de la morve et de l'urine dorée qui a fait comme un soleil malodorant sur mon t-shirt (je ne savais pas qu'il fallait se méfier de l'organe sexuel mâle même chez un enfant d'un an).

De plus, j'ai accompli en un temps record les exploits olympiques suivants : donner un bain au bébé, changer la couche, bercer le bébé en écoutant cent fois le même épisode des *Teletubbies*, changer la couche, jouer avec le bébé tout en pliant les vêtements et en préparant le repas du soir, changer la couche, nourrir le bébé et profiter de sa sieste pour aller à l'épicerie, changer la couche, aller chercher les plus grands à l'école/la garderie et éviter qu'ils ne s'étripent avant l'arrivée à la maison, changer la couche du bébé et de Léa (elle n'est pas encore propre ?). Tout se serait très bien terminé si je n'avais pas relâché ma vigilance au dernier moment. Rachel, qui avait dirigé chacun de mes mouvements depuis le début – très énervant, mais j'étais trop dépassée pour passer quelque commentaire que ce soit – m'a demandé de surveiller ses enfants pendant qu'elle allait chercher son doux et tendre époux au travail. Et dès qu'elle a mis les pieds dehors, ses bambins, déjà turbulents, se sont transformés en monstrueux, en cauchemardesques Gremlins. Antoine s'est mis à grimper partout en criant : «Je suis Spiderman et je vais vous attraper, méchants voleurs!» Pour lui échapper, Léa courait en lui lançant des raisins (sa collation). Et Nathan, qui se tient à peine debout, essayait d'imiter ses aînés. Pas étonnant que Léa se soit cognée contre le coin de la table de la cuisine. Quand j'ai vu le sang qui dégoulinait de sa tête rousse, j'ai bien cru que Spiderman allait m'arrêter pour homicide involontaire. Après tout, j'étais l'adulte responsable censée veiller à leur sécurité. Mais je me suis ressaisie : Léa hurlait trop fort pour être morte. Les parents sont rentrés à ce moment, Antoine a lancé : «C'est la faute de Laurie» et Nathan a avalé un raisin qui a failli l'étouffer. J'ai profité du brouhaha général pour enfiler mon manteau. Je serais partie sans demander mon reste si Rachel ne m'avait pas arrêtée.

— Tu restes pour souper, Laurie ?

Au lieu de m'exclamer : « Non ! Jamais de la vie ! », j'ai poliment menti :

— Pas ce soir, désolée. Je suis prise.

Elle a soupiré avant de conclure :

— Bon. Et un conseil : n'oublie pas que tu ne peux *jamais* retourner un enfant au magasin sous prétexte qu'il fonctionne mal.

Sur ces encouragements, j'ai pris congé de Rachel et de ses petits trésors.

Si, par pure folie, je garde le bébé, j'engage une gouvernante. Quitte à trouver un deuxième boulot pour la payer, comme laver la vaisselle, de nuit, dans un restaurant grec.

◆

Bonjour les filles,

J'ai vécu une expérience traumatisante qui m'a enfin décidée : je me fais avorter. Je n'aurai jamais le talent qu'il faut pour être mère et je veux éviter de donner naissance à un innocent que je pervertirai. Je ne suis pas prête. Et je veux vivre ma vie. Je voulais quand même vous remercier pour tous les conseils que vous m'avez donnés. *So long.* Uma

Chère Uma,

Je ne sais pas ce qui s'est passé pour que tu prennes cette décision, mais je suis certaine que tu ferais une excellente mère. Il suffit d'avoir confiance. Tu sais, moi, je regrette de n'avoir pas eu plus tôt confiance en moi. Ça m'aurait peut-être évité les cinq avortements. Doudoune

Cinq ? Tu m'avais dit quatre. Une chance que c'est gratuit ! Si tu vivais aux États-Unis, tu serais endettée jusqu'à ta mort (ce qui serait plutôt ironique, non ?). Uma

Uma,

Je ne sais pas trop ce que tu veux dire par « Je veux vivre ma vie. » Un bébé n'empêche pas de vivre sa vie ! Regarde Madonna : ce n'est pas parce qu'elle est mère qu'elle a arrêté de chanter. Julia Roberts a même eu des jumeaux, et ça ne l'a pas empêchée de continuer sa carrière. Et Céline Dion ! (D'ailleurs, j'ai trouvé le régime de Céline sur le Web. Avis à celles qui veulent retrouver leur taille d'avant la grossesse.) Et Britney Spears ! Je pense que tu devrais réfléchir avant de poser un geste irréversible. Mima

Mima,

Parlant de Céline, savais-tu qu'elle a un coiffeur qui la peigne tous les matins ? Et une femme de ménage, et un chauffeur, et un préposé au changement de couches. Dans ces conditions-là, avoir un enfant est très facile. Britney Spears ? Je pensais qu'elle était éternellement vierge. Uma

Uma,

Comment osez-vous décider de la vie ou de la mort d'un fœtus ? Dieu vous a ensemencée. Récoltez avec joie cette grâce. L'avortement est un meurtre ! Vous serez châtiée pour ce crime ! L'Association des Aimantes de la Vie inc.

Youhou, webmaster ? Je croyais qu'on interdisait l'accès du site aux intégristes. Je vais porter plainte. En passant, mesdames les Aimantes de la Vie, à ma connaissance, personne d'autre que mon amoureux ne m'a ensemencée. Uma

◆

12 février

Pascal s'est transformé en être parfait. Il m'a servi le petit déjeuner au lit. Même si je n'ai rien réussi à avaler (le matin, je ne tolère que les capsules de gingembre et les cigarettes), j'ai trouvé le geste charmant. Nous avons fait l'amour comme de jeunes amoureux et il m'a affirmé avec conviction que s'il croyait au mariage, il m'épouserait. Est-ce que ça veut dire qu'il m'aime tellement qu'il serait prêt à revoir ses convictions ou qu'il ne croit pas au mariage parce qu'il est avec moi ?

Si je garde le bébé, il finira peut-être par m'épouser. J'ai toujours rêvé de porter de longs gants blancs en satin. Un mariage serait l'occasion rêvée.

SEMAINE 8

Saint-Valentin.

Pascal est un être cruel qui manque du savoir-vivre le plus élémentaire. Les super sous-vêtements rouges en dentelle que j'avais achetés – très chers – l'année dernière à pareille date, POUR LUI PLAIRE, ne me font plus. Pourtant, je n'ai pris que deux kilos trois cents grammes (que je vais peut-être perdre grâce aux nausées) depuis un an. Mais, POUR LUI PLAIRE, je les ai quand même étirés le plus possible et j'ai réussi à les porter. Quand il m'a vue, il a éclaté de rire :

— Désolé, Laurie, mais je ne peux pas m'empêcher de t'imaginer en sous-vêtements en dentelle avec un gros bide de femme enceinte ! Tu vas ressembler aux hippopotames à tutu de *Fantasia* !

— Quoi ?

— Tu sais, les hippopotames qui dansent le ballet dans le film *Fantasia*, de Walt Disney.

Toujours le mot pour rigoler, ce cher Pascal. J'ai fini la soirée dans les toilettes, à manger *tous* les chocolats que je lui avais achetés (très bons, par ailleurs). Et il a eu beau gratter contre la porte en m'affirmant qu'il blaguait, qu'il me trouverait toujours sexy, je n'ai pas cédé à son chantage. S'il trouve les hippopotames sexy, qu'il s'exile dans la brousse africaine. En plus, il pourra pratiquer la polygamie et avoir son harem d'hippopotames.

◆

15 février

Je me suis lâchement abaissée à aller dîner avec Audrey et Sophie. Je suis faible, mais j'en ai assez des parties de solitaire à l'ordinateur. J'ai tout de suite mis la situation au clair avec Audrey :

— J'étais tellement occupée depuis deux semaines que je n'ai même pas eu le temps de luncher avec toi ! J'espère que je ne t'ai pas trop manqué ?

Audrey a fait l'indépendante et a simplement répondu :

— Non. Mais je suis *vraiment* contente que tu viennes avec nous ce midi. En passant, pas de fausse couche en vue ?

— Oh, tu sais, je m'étais trompée finalement. Un simple retard de règles.

— Ah oui ? Pourtant, Sophie croyait t'avoir entendu vomir dans les toilettes, l'autre matin.

Décidément, elles n'ont rien à faire, ces deux-là ! C'est à se demander pourquoi elles ont été embauchées. Certainement pour m'espionner. Il y a un complot contre moi parce que je suis enceinte ! Je vais les dénoncer à l'Association des Aimantes de la Vie inc.

◆

17 février

Marie-Pierre est venue souper chez moi pendant que Pascal allait à un 5 à 7 avec ses collègues. Misère. Ils vont encore se soûler et, demain, Pascal traînera une tête de cadavre toute la journée. Je suis toujours impressionnée par la quantité d'alcool que peuvent consommer les programmeurs en informatique, race d'êtres à part caractérisés par leurs lunettes, leurs chaussettes blanches, le débit rapide de leur voix et l'insignifiance de leur propos. Et plus ils boivent, plus ils parlent vite de choses banales et/ou incompréhensibles pour le commun des mortels. Mais

Pascal est différent (par moments). Au moins, il a lu Dostoïevski – dont il sait épeler le nom sans faire une seule faute – et porte des chaussettes noires. Enfin, tout ça pour dire que je ne suis jamais invitée à ces 5 à 7 et que ça me convient parfaitement.

Marie-Pierre, qui adore les plats surgelés – c'est sécuritaire, le froid tue les bactéries – et qui ne mange presque jamais au restaurant – trop dangereux –, avait apporté une *succulente* fricassée de tofu – quelle horreur ! – et une bouteille de vin biologique. Moi qui, depuis une semaine, ne peux rien supporter d'autre que des biscuits soda, du fromage cheddar et de l'eau citronnée (qui a dit que les femmes enceintes mangeaient des cornichons, des fraises et de la crème glacée ?) ! Marie-Pierre allait découvrir mon état ! Elle a le flair pour les maladies, elle allait bien se rendre compte que quelque chose clochait. Mais non. Elle me parlait des dangers de la viande en faisant réchauffer sa fricassée, et j'avais beau sortir le ventre et prendre des airs d'agonisante, elle ne paraissait rien remarquer d'anormal.

Marie-Pierre est ma meilleure amie. Je la connais depuis toujours. Il fallait que je lui parle de la bestiole que j'ai dans le ventre. J'ai pris un air de circonstance – genre propriétaire de pompes funèbres – avant de prononcer :

— Marie-Pierre, j'ai quelque chose d'important à te dire.

— Oh ! Mon Dieu, Laurie, ne m'annonce pas que tu as des problèmes de glande thyroïde ! Il paraît que c'est de plus en plus fréquent.

— Non, c'est...

— Pas le diabète tout de même ? Laurie, je le savais, tu manges trop de sucre. Combien de fois je t'ai parlé des conséquences néfastes que ça pouvait avoir sur ta santé ?

— Mais non, Marie-Pierre. Je suis enceinte.

Elle m'a dévisagée sans un mot. Je ne savais pas trop si elle aurait préféré que je souffre d'hypothyroïdie, de diabète ou de quelque autre maladie honteuse.

— Et tu… tu vas le garder ?

— Peut-être. Peut-être pas. Il faut que je prenne une décision.

— Oh ! Laurie ! C'est super !

Et elle s'est mise à pleurer comme une Madeleine. J'ai essayé de la réconforter.

— Qu'est-ce qu'il y a, Marie-Pierre ? Ne pleure pas, ce n'est pas si grave.

Entre deux sanglots, elle m'a répondu :

— Tu ne peux pas comprendre, Laurie. Moi, je ne pourrai jamais avoir d'enfant ! Je suis bien trop malade ! Mon corps ne supportera jamais une grossesse.

J'aime beaucoup Marie-Pierre. C'est ma meilleure amie. Mais, franchement, j'ai eu envie de la gifler. Je venais de lui apprendre que je portais un bébé et elle, toute à ses maladies imaginaires, elle n'a réussi qu'à s'apitoyer sur son sort ! Pourtant, sérieusement, elle est sans doute devenue la personne la plus en forme du monde à force de combattre les microbes, les bactéries, la dégénérescence des cellules, les poils et tout le reste. Elle pourrait en avoir des dizaines, de bébés. Jusqu'à soixante-six ans, si ça se trouve, et sans hormones artificielles. Enfin. La soirée a été complètement ruinée. Marie-Pierre n'a rien mangé – moi non plus – mais elle a bu toute la bouteille de vin – pas une goutte pour moi – et a gémi jusqu'à son départ. Pour faire cesser le flot de ses larmes, j'ai dû lui promettre que j'allais me faire avorter. Comme ça, elle ne souffrira pas chaque fois qu'elle posera les yeux sur mon enfant, ce qui lui rappellerait qu'elle n'enfantera jamais, *elle*.

Y a-t-il quelqu'un d'autre que les folles de l'Association des Aimantes de la Vie inc. pour m'inciter à garder le bébé ? Vraiment, je commence à comprendre pourquoi le taux de natalité au pays est si bas.

◆

18 février

Zut! Je dois bosser durant la fin de semaine. Et René qui part skier pendant que je me tape tout le travail en retard! Bah, je piquerai des sous dans la petite caisse et je me ferai une orgie de cigarettes, de biscuits soda et de tisane au gingembre.

◆

19 février

J'ai les cheveux gras et des boutons d'adolescente. Mima m'avait pourtant assuré que si la grossesse rendait obèse, elle avait l'avantage de donner un teint de pêche et des cheveux abondants. Je suis enceinte, grosse, boutonneuse et je travaille le samedi. Être un ver de terre me plairait plus.

◆

20 février

Pendant que je travaille, Pascal fait du patin avec une collègue. *Une* collègue? Je croyais qu'il n'avait que des collègues mâles. Petit cachottier, va. Si elle est belle, je l'étrangle (Pascal ou elle). Elle est sans doute belle. Je déteste Pascal. Je hais les femmes qui exercent des métiers d'homme.

À faire: apprendre à patiner. Oups. Probablement pas recommandé en cas de grossesse.

SEMAINE 9

21 février

Téléphone de ma sœur alors que Pascal et moi sommes en train de nous engueuler sur l'éducation de nos enfants. Il refuse d'envoyer ses rejetons dans une école alternative, de peur de les transformer en artistes-chômeurs analphabètes.

— Salut Laurie! C'est Ève! J'espère que je ne te dérange pas trop.

Pourquoi les gens posent-ils toujours des questions qui *forcent* leur interlocuteur à mentir?

— Non, non. Bien sûr que non. Salut Ève.

— Tant mieux. Dis-moi, j'espère que tu n'as rien organisé pour ton anniversaire, parce que Marc nous invite pour la fin de semaine à son chalet. Nous pourrions profiter de l'occasion pour célébrer tes trente et un ans. Maman et papa ont déjà accepté l'invitation.

— Marc? Qui est Marc, Ève?

— Maman ne te l'a pas dit?

— Non. Nous sommes en froid depuis qu'elle sait que j'ai peut-être l'intention de me reproduire et que ma sœur l'a engueulé parce qu'elle lui avait caché cette horrible nouvelle.

Ève a ignoré ma remarque, tout à son enthousiasme du moment.

— Marc, c'est un gars charmant que j'ai rencontré sur le Web il y a quelques semaines. Il est ingénieur.

— Et il invite déjà toute ta famille à passer la fin de semaine chez lui?

— C'est vraiment gentil, tu ne trouves pas? Il est tout à fait charmant.

— Ève, tu ne le connais même pas! Si ça se trouve, il va profiter de l'occasion pour nous tuer, nous déchiqueter et nous enterrer dans sa cave.

— Laurie, tu écoutes trop la télévision. C'est un homme…

— Je sais, je sais, un homme charmant.

— Exactement. Je corresponds avec lui depuis des semaines. Et…

— Et il est charmant.

— Voilà.

— Il est beau ?

— Oui, bien sûr.

— Il a du fric ?

— Oui. Ingénieur.

— Il est intelligent.

— Je ne dirais pas ça comme ça. Il est très… ingénieur. Bon, c'est fini ton questionnaire ? Tu acceptes, oui ou non ?

Décidément, ma sœur et ma mère font une belle paire. Je ne sais pas comment elles choisissent leurs critères de sélection masculine, mais elles se retrouvent chaque fois avec le même type d'homme : beau, riche et bête. Elles se font gâter pendant un moment, traînent leur amoureux comme un petit chihuahua dans les boutiques et les restaurants, et finissent par le larguer sans avertissement quand elles en ont fait le tour. Pfff ! Passe encore pour ma mère, elle est *vieille*, elle peut bien faire ce qu'elle veut. Mais ma sœur ! Ce n'est pas comme ça qu'elle va former une belle et grande famille. Oups ! C'est vrai : ma sœur ne veut surtout pas former une belle et grande famille.

— Alors Laurie, c'est oui ou non ?

Bof, pourquoi ne pas profiter des avantages marginaux que procure la famille ?

— D'accord. Mais la prochaine fois, essaie de te trouver un nouveau jules plus d'une semaine avant mon anniversaire. Là, tu me prends un peu de court. Je vais devoir annuler tout ce que mes amis ont organisé pour moi.

En fait, l'invitation de ma sœur tombe à pic. Cette année encore, la date de mon anniversaire a échappé à tout le monde. À moins que Pascal n'ait convié en cachette tous mes amis à une surprise-party dans le sous-sol d'un McDo, histoire de satisfaire un vieux fantasme, sous prétexte de me préparer aux affres de la vie de famille. Mais ça m'étonnerait beaucoup.

◆

Dans une semaine, j'aurai trente et un ans et j'entamerai le deuxième trimestre de ma grossesse. Le fœtus a maintenant la grosseur d'une petite prune et j'ai légalement encore le droit de me faire avorter. J'ai pris deux kilos même si je ne mange plus. Je suis déprimée.

◆

23 février

Téléphone de ma mère. Le premier depuis trois mille ans.

— Bonjour, ma puce. Alors, cet embryon, il pousse ?

— Maman, s'il te plaît, ne le traite pas d'embryon.

— Tu ne veux quand même pas que je l'appelle Julien ou Alice ! Vraiment Laurie, ce que tu peux être susceptible. Un embryon, c'est un embryon.

La conversation commençait plutôt mal. Ma mère l'a senti et a dû se dire que, puisque nous allions passer la fin de semaine en famille pour mon anniversaire, il était de son devoir de rétablir une belle relation entre elle et moi. Elle s'est radoucie :

— Et qu'as-tu décidé, ma belle puce ? Tu le gardes, ton… bébé ?

— J'hésite.

— Ah…

Elle a eu l'air déçu.

— Tiens, tu me fais penser à ton père, Laurie. Quand je lui ai demandé s'il préférait le divorce ou la séparation, il m'a répondu : « Je ne sais pas trop. Laisse-moi y réfléchir. » Il n'y a que vous deux pour hésiter quand il n'y a qu'un choix possible.

— Maman, premièrement, tu me racontes cette histoire depuis vingt ans à chaque fois que je n'arrive pas à prendre une décision et ça m'énerve. Deuxièmement, je ne vois pas comment tu peux affirmer qu'il n'y a qu'un choix possible. Je pense que…

— Bon, ma puce, je n'ai pas beaucoup de temps. On se voit samedi ? Je voulais savoir ce que tu préfères : un gâteau aux fraises ou une mousse au chocolat ?

— Je suis allergique aux fraises, maman.

— Ah, c'est vrai ! Où avais-je la tête ? Ce n'est pas le moment de te perdre, n'est-ce pas, avec l'embryon que tu portes ! Bon, c'est super, tu n'auras pas à hésiter trop longtemps. Mousse au chocolat. Allez, je t'embrasse, ma puce. Essaie de faire attention à ta ligne. Ce n'est pas parce que tu es enceinte que tu dois te laisser aller. Surtout que, si tu te fais avorter, tu auras du mal à perdre les kilos gagnés. Bon, à samedi !

— Ciao, maman. À samedi.

J'aurais pu avoir une maman gâteau qui m'aurait apporté des quiches tous les jours et m'aurait tricoté des chaussettes pour les journées froides. Mais non. On ne choisit pas ses parents.

◆

25 février

Surprise. Téléphone de Dominique, la sœur de Pascal. C'est la première fois que Dominique n'appelle pas chez nous pour reprocher quelque chose à Pascal, mais pour *me* parler. Mon Dieu, suis-je en train de devenir importante ?

— Félicitations, Laurie ! J'imagine que Pascal ne t'a pas transmis mes félicitations, n'est-ce pas ? Il oublie tout, mon frère.

Je me suis retenue pour ne pas lui lancer que, chose certaine, Pascal avait oublié de lui dire ce que je pensais de ses confidences déplacées à ma sœur. C'est fou ce que je peux être hypocrite parfois.

— Merci Dominique. C'est tellement gentil de ta part.

— Papa et maman te félicitent aussi.

Bien sûr, les parents de Pascal ne prendront pas la peine de venir nous voir, de se préoccuper de l'emplacement de la chambre du bébé ou de l'étanchéité des bavettes que nous achèterons. Encore moins de me féliciter personnellement. À l'heure qu'il est, ils doivent être passés d'athées à croyants, et doivent faire brûler des cierges dans une église dans l'espoir que je fasse une fausse couche.

— Maintenant, nous sommes dans le même bateau, toi et moi, hein ? a ajouté Dominique après une longue pause, comme s'il lui coûtait de prononcer ces mots.

— Euh… Enfin, c'est-à-dire que Pascal et moi ne sommes pas certains de garder le bébé.

J'ai utilisé le pluriel intentionnellement, pour montrer à quel point Pascal s'implique dans le processus décisionnel. Mais Dominique n'a pas été dupe.

— Pascal s'en fout, je suis certaine. Tu sais, ces décisions-là, ce sont les femmes qui les prennent. Moi, je te dis que tu devrais le garder. C'est tellement fantastique, avoir un enfant !

Et elle s'est lancée dans une défense et illustration enflammées de la maternité, me vantant toutes les joies que procure un enfant. J'ai repensé aux constantes remontrances qu'elle adresse à son fils, qu'elle dompte comme un chien, aux « Va dans ta chambre tout de suite, Victor ! » et aux « Mange ton repas si tu ne veux pas manger une claque ! » Je ne voyais pas du tout le lien entre ça et la joie. Mais, heureusement, Dominique est une fille réaliste : son optimisme n'a duré qu'un temps. Elle a enchaîné en parlant de l'autre membre de la famille, qui gâche toute cette belle harmonie familiale. L'Homme. Le terrrrrible, l'infââââme conjoint. Ai-je déjà mentionné que j'aimais beaucoup le mari de Dominique ? Et que Dominique est une femme frustrée ?

— Tu sais, Laurie, après un bébé, la relation de couple change beaucoup.

Nooon? Misère. Depuis que je suis enceinte, j'ai l'impression que tout le monde veut m'enseigner les rudiments de l'existence. Je ne suis quand même pas une gourde! Dominique a monologué pendant une bonne heure sur les changements occasionnés par la venue de Victor. À croire que ses rapports avec son ex étaient parfaits avant le bébé! Mon œil, oui. Enfin, heureusement que je pouvais jouer au solitaire avec l'ordinateur en écoutant ses jérémiades. Après exactement soixante-huit minutes et quatre parties, René est arrivé dans le bureau, ce qui m'a rappelé que j'étais au travail et m'a donné une excellente excuse pour raccrocher. Une autre bonne raison pour me faire avorter: je ne tiens absolument pas à me rapprocher de ma belle-sœur.

◆

26 février

Liste des questions à poser au médecin:

- Quelles sont les chances que le bébé soit normal? (Ne pas être gênée d'énumérer tous les verres d'alcool ingérés pendant le temps des Fêtes, quitte à passer pour une alcoolique et au risque d'être dénoncée à la Direction de la protection de la jeunesse.)
- La cigarette est-elle très nocive pour le fœtus? Bon, je ne peux quand même pas être parfaite! Je suis certaine qu'une clope de temps en temps n'aura aucun effet négatif sur le développement du fœtus. Mais autant éviter de poser la question, de crainte de tomber sur un puritain ou un partisan acharné de la Ligue anti tabac.
- Quelles sont les chances que le bébé soit mongol? (Même question que la première? De toute façon, utiliser plutôt le

terme « trisomique », pour ne pas passer pour une adepte de l'eugénisme ou une nazie.)

- Existe-t-il des tests pour diagnostiquer les maladies congénitales graves? (Cancers divers, propension au stress, à l'acné, à la boulimie et à l'obésité. Pascal a des Belges parmi ses ancêtres. Est-ce une tare congénitale?)
- Le régime Atkins est-il déconseillé durant la grossesse? Si oui, quel autre régime peut être suivi sans risque?
- Quand puis-je prendre un rendez-vous pour un avortement? (Utiliser plutôt « interruption volontaire de grossesse ». Bien moins choquant.)

SEMAINE 10

28 février

Il y a différentes façons de choisir le gynécologue-obstétricien qui fera un suivi de grossesse. Quand on a, comme moi, la chance d'avoir une amie qui a essayé presque tous les médecins de la ville – oui, oui, même les gynécos –, on part avec une longueur d'avance. C'est Marie-Pierre qui m'a suggéré de prendre rendez-vous avec le docteur Lamarre, qu'elle avait consulté pour une grossesse ectopique quand elle avait seize ans… et était encore pucelle. Il l'avait retournée à la maison avec son bébé imaginaire, en lui disant que, pour qu'elle soit enceinte, il fallait d'abord qu'elle fasse l'amour avec un homme. Elle était pourtant convaincue qu'un spermatozoïde particulièrement entreprenant avait réussi à grimper le long de ses jambes pendant qu'elle utilisait les toilettes publiques d'un centre commercial. Marie-Pierre avait été impressionnée par le sang-froid du médecin, qui n'avait même pas eu besoin de l'ausculter pour poser son diagnostic. Docteur Lamarre… Ça sonne comme docteur La Mort. J'aurais dû me méfier.

Je suis arrivée une demi-heure à l'avance pour réviser ma liste de questions et observer les signes de dépression qui, iné-vitablement, se liraient sur le visage des autres clientes. Pascal n'a pas pu venir, bien sûr, parce qu'il avait une réunion impor-tante.

Dans la salle d'attente, les filles se regardaient de travers. Les plus grosses se pavanaient, comme s'il y avait de quoi être fières, et les autres sortaient le ventre pour se donner une contenance, l'air de dire: «Hé, oh! Je suis aussi enceinte que vous.» Décourageant. J'ai lu un article sur le diabète de grossesse en mangeant une Kit Kat Chunky au caramel (décidément très bonne). J'ai failli le découper pour Marie-Pierre. Je la connais, elle est prête à essayer toute nouvelle maladie, ça l'aurait inté-ressée. Quand je suis sortie fumer une clope, une fille dont le ventre remontait jusqu'au menton m'a dit: «Vraiment, tu ne penses pas à ton bébé. Tu sais qu'il risque de naître avec les poumons d'un vieillard?» Je lui ai lancé un regard noir qui contenait toute la haine que je ressens pour les personnes qui ne se mêlent pas de leurs oignons, mais elle était déjà partie faire spectacle de son gros ventre dans la salle d'attente.

Après une heure et demie, trois Kit Kat, un paquet de mini-carottes biologiques (quand même) et cinq cigarettes (c'est excusable: j'étais nerveuse), le docteur Lamarre m'a fait entrer dans son bureau, une petite salle dont la moitié de l'espace était occupée par une immense armoire qui contenait sans doute des gants de caoutchouc, des seringues et des fœtus enfermés dans des bocaux remplis de formol. Le docteur Lamarre, le nez dans son dossier, m'a posé une série de questions:

— Première grossesse?

— Oui.

— Fausse couche?

— Non.

— Poids?

— Cinquante-sept kilos. Euh, non, Cinquante-huit. Et des poussières.

— Montez sur la balance.

J'ai obéi en espérant que la vérité ne ferait pas trop mal. La balance du médecin ne ment jamais.

— Soixante kilos.

Aïe. La vérité fait mal.

— Âge ?

J'ai failli répondre : «Quel âge me donnez-vous ?», en lui lançant un petit regard coquin, mais je ne crois pas qu'il m'aurait trouvée drôle.

— Trente et un ans demain.

— Date des dernières menstruations ?

— Dix décembre.

— Mariée ?

— Non.

— Consommation d'alcool ?

— Euh… Moyenne.

— Consommation de cigarettes ?

— Euh… Moyenne.

— Grossesse désirée ?

— Euh… Moyennement. Je ne sais pas encore si je… si nous allons garder le bébé.

Puis, toujours sans me regarder, le docteur Lamarre m'a demandé de m'étendre, a posé de la gelée sur mon ventre et y a appliqué un petit appareil qui s'est mis à faire un bruit répétitif. Je n'ai pas eu le temps de lui demander de quoi il s'agissait : il me distribuait déjà une série de dépliants avec l'air patibulaire d'un croque-mort :

— Je vous suggère de faire des tests sur les maladies génétiques en laboratoire privé. Vous aurez une échographie dans deux mois. Vous devez convenir d'une date avec l'hôpital. Si vous décidez de ne pas garder le fœtus, la secrétaire vous donnera un rendez-vous pour l'avortement. Si vous gardez le fœtus, vous devez arrêter de fumer et de boire.

— Et est-ce que…

— Vous trouverez toutes les réponses à vos questions dans les dépliants que je vous ai remis.

Le docteur Lamarre a fermé le dossier posé devant lui pour me signifier qu'il en avait fini avec moi. Visiblement, il n'était pas disposé à calmer mes angoisses. Six minutes seulement s'étaient écoulées depuis mon entrée dans le bureau. J'aurais dû me récrier, assurer avec force et conviction que j'avais droit à quinze minutes de consultation. Au lieu de cela, j'ai replacé quelques mèches de cheveux pour couvrir mes nouveaux boutons sur le front et ai timidement demandé :

— Euh, le bruit dans votre machine, tout à l'heure, c'était quoi ?

Il a jeté un coup d'œil à sa montre, et a répondu machinalement :

— Le cœur du fœtus.

Puis, il m'a finalement regardée, sans sourire. J'ai dû retenir un sursaut : il avait d'horribles yeux, pâles et vitreux comme ceux de l'Empereur dans *La Guerre des étoiles*. À l'aide ! Le côté sombre de la force !

Partagée entre l'émotion d'apprendre que j'avais entendu mon bébé et la crainte soudaine que le docteur La Mort m'hypnotise et me pique ledit bébé pour le transformer en Darth Vader ou l'enfermer dans sa gigantesque armoire avec le reste de sa collection de fœtus en bocaux, j'ai pris congé sans un mot.

Ne pas oublier si je garde le bébé : faire suivi de grossesse dans une maison de naissance. La médecine traditionnelle est beaucoup trop dangereuse.

◆

J'ai entendu le cœur de mon bébé! Mais… il battait beaucoup trop vite! D'après moi, cet enfant est cardiaque. Il faut que j'arrête le café.

◆

Décidément, ce n'est pas ma journée. Une série de messages rabat-joie sur le répondeur m'attendait à l'appartement.

— Salut chérie! C'est moi! Ne m'attends pas pour souper. J'ai du travail par-dessus la tête et nous allons finir ça ici, avec une pizza et du Coke.

Nous? Avec qui Pascal va-t-il partager sa pizza? Ça y est, je le savais: il me trompe!

— Salut Laurie! C'est Audrey. Bon, je comprends que tu ne veuilles pas en parler, mais je crois que René se doute de quelque chose. Alors, si tu n'es pas enceinte, essaie de te faire soigner. Tout le monde au bureau sait que tu as vomi dans les toilettes.

La garce. Je vais me faire congédier à cause d'elle, c'est sûr.

— Bonjour cocotte. Écoute, je ne retrouve pas la biographie des poètes scandinaves et nous devons l'ajouter à la demande de subvention qui doit être envoyée, je te le rappelle, cet après-midi. Alors, s'il te plaît, pourrais-tu passer au bureau après ton rendez-vous chez le dentiste? D'ailleurs, il faudrait que tu t'arranges pour avoir des rendez-vous chez le dentiste qui ne durent pas toute la journée et qui ne se présentent pas à chaque semaine. Et en passant, tu avais oublié de fermer ton jeu de solitaire sur l'ordinateur quand tu as quitté le bureau. On ne t'engage pas pour jouer aux cartes, cocotte.

Voilà! Je suis congédiée.

— Bonjour ma puce! C'est maman. Imagine-toi donc que j'ai acheté une mousse aux fraises! Je me demande où j'avais la tête. Enfin, je ne peux quand même pas la rapporter à la boulangerie, n'est-ce pas ? Es-tu *vraiment* allergique ?

Des fraises ! Non seulement Pascal me trompe et je perds mon boulot mais, en plus, ma mère cherche à m'assassiner. Au secours !

Bah. Adieu, monde cruel : j'ai débranché le téléphone et ai commandé des mets chinois, qui n'avaient d'ailleurs rien de chinois – tout est fait en Chine, mais dès qu'on veut de la nourriture *authentiquement* chinoise, on se retrouve avec de la bouffe américaine. D'ailleurs, les *fortune cookies* ont été inventés à San Francisco ! C'est à n'y rien comprendre. J'ai mangé en prenant ma tension artérielle avec un gros bidule au nom imprononçable prêté par Marie-Pierre (qui est convaincue que tout le monde doit prendre sa tension au moins deux fois par jour). Ma tension est normale. Je ne sais pas comment expliquer la rapidité des pulsations cardiaques du bébé. Et… si mon utérus abritait non pas un bébé humain, mais un genre de bébé mi-homme, mi-souris ? Ou un schtroumpf ? Avec les aliments modifiés génétiquement qu'on trouve partout aujourd'hui, rien n'est impossible.

Quand Pascal est rentré – très, très tard –, je dormais déjà. *Nous* dormions déjà, le schtroumpf et moi.

◆

1ᵉʳ mars

Ça y est. J'ai trente et un ans. Misère. Pascal ne m'a pas acheté de cadeau et a essayé de se faire pardonner en m'apportant un café au lit. Avec trop de sucre et pas assez de lait. Vraiment. Nous sortons ensemble depuis quatre ans et il ne sait toujours pas comment je prends mon café ! C'est le signe irrévocable de sa méconnaissance de ma nature profonde. J'ai quand même gardé mon calme et lui ai dit, sans m'emporter, que s'il m'avait trompé la veille, il ne faisait que reproduire ce que l'on retrouve dans tous les mauvais téléromans et qu'il ne méritait donc pas mon amour. Il m'a dévisagée comme s'il avait affaire à une cinglée : « Tu délires, Laurie ! Oh la la ! J'ai lu quelque part que les femmes enceintes perdent dix pour cent de leur intelligence. Mais je ne savais pas que leur niveau de paranoïa était inversement proportionnel ! » Je n'ai pas répondu à ses insultes. Maintenant que j'ai trente et un ans et un bébé cardiaque, je dois faire attention à mon cœur. Rester zen.

◆

Quelles amies géniales j'ai ! Sarah m'a téléphoné pour me dire que j'étais attendu au Laïka – *lounge* beaucoup trop branché pour une femme enceinte, mais j'essaierai de passer incognito – pour célébrer la fin de ma première année dans la trentaine. Elle était toute joyeuse au bout du fil :

— Bonne fête, Laurie ! Et bravo ! Tu n'as pas succombé à la débilité qui s'empare de la majeure partie des filles de trente ans qui décident du jour au lendemain qu'elles doivent se marier et faire des enfants !

— …

— À ce soir ! Nous t'attendons avec un pichet de *Long Island Iced Tea* !

Annoncerai-je ce soir à mes amies géniales que je souffre de débilité profonde ou vais-je taire mon état au cas où le sain avortement s'avérait plus tentant que cette terrible déficience mentale qu'est le désir de devenir mère ? Mmmh. De toute façon, dans le doute, j'essaierai de résister à la tentation du *Long Island Iced Tea*.

◆

Je déteste les endroits branchés. Je n'ai rien à me mettre. J'ai l'air d'un éléphant qui porte les fringues trop petites d'une fourmi naine. Ou d'une Américaine qui a magasiné à Paris. Zut.

70

J'emprunte les jeans de Pascal. Un peu grands, mais confortables. Ne pas oublier : je suis une Mère, je n'ai plus rien à prouver, et surtout, je n'ai plus à suivre la mode. Je suis maintenant au-dessus de toutes ces contingences matérielles.

◆

Voilà, c'est fait. Mes amies savent maintenant que nos destins risquent de se séparer, puisque si je continue comme ça, je vais finir par arrêter de boire, de fumer, de jouir de la vie – j'ai quand même fumé douze cigarettes hier, mais c'était mon anniversaire et avec la fumée secondaire, de toute façon, ça n'aurait rien changé. Si je mets au monde mon enfant-schtroumpf, dans six mois, je m'éloignerai définitivement de mes copines, j'aménagerai dans un *split-level* avec cour, piscine hors terre et caniche apprivoisé, je ferai les courses le vendredi après-midi dans ma Dodge Caravan, et ma chevelure aura la même teinte de blond fatigué que celle de toutes mes voisines (qui feront aussi les courses le vendredi après-midi dans leur Dodge Caravan).

Je pense que je vais faire une dépression.

◆

2 mars

Récapitulons. Au Laïka, le pichet de *Long Island Iced Tea* m'attendait, couvert de morceaux de lime et entouré de mes amies. Je suis arrivée en retard : René – qui ne m'a pas encore congédiée – m'a remis un dossier urgent à terminer alors que je m'apprêtais à disparaître du bureau, à 16 h 45. Le cuistre ! Aujourd'hui, je mettrai quatre crèmes dans son café. Après le boulot, je suis passée à l'appartement pour essayer de trouver le moyen de porter des vêtements décents. Quand j'ai mis les pieds au Laïka, j'avais une heure de retard, l'air d'un bûcheron, et le *Long Island*

Iced Tea n'était plus très glacé. Peu importe. Toute la journée, j'avais essayé sans succès d'élaborer une stratégie brillante pour annoncer mon état aux filles. Mais je n'ai finalement pas eu un mot à prononcer. Mes amies m'ont accueillie avec un air qui sentait le « Ne dis rien, nous savons tout », et un sourire à la fois consterné et moqueur. Leur silence contrastait avec la musique forte choisie par le DJ qui se dandinait comme s'il était le fils de John Travolta. Isabelle a parlé la première :

— Bah, de toute façon, il fallait bien que ça arrive. Allez, on porte un toast ?

Tout le monde s'est levé, sauf moi, et je les ai vu frapper leur verre au-dessus de ma tête en prononçant :

— Au bébé de Laurie !

Et comme dans un film où tout est parfaitement synchronisé, la serveuse est venue déposer une bouteille d'eau de source tiède devant moi, et est partie en rapportant avec elle le pichet de *Long Island Iced Tea*. J'avais l'impression que les filles voulaient me passer un message : c'était ma folle jeunesse – sucrée, pétillante, douze pour cent d'alcool au moins – que la serveuse emportait avec elle, et l'eau – insipide, fade, invisible, *sans alcool*! – symbolisait ma nouvelle existence. C'est incroyable ce que je peux devenir parano quand je me sens inadéquate – par exemple, quand je porte les vieux jeans bleu pâle de Pascal dans un endroit très *in*, entourée d'une bande de filles qui n'envisagent pas plus la grossesse que la lobotomie.

Marie-Pierre s'est assurée que la bouteille d'eau n'avait pas été préalablement ouverte par des mains sales, puis elle me l'a donnée en avouant : « Désolée Laurie, mais il fallait vraiment que je le dise à quelqu'un. » Quelqu'un ? *Toutes* mes amies, oui ! Et elle me fait ça le jour de mon anniversaire ! Les filles se sont mises à discuter de la nouvelle comme si on leur avait annoncé ma mort. Misère. Elles auraient pu se mettre à parler de moi au passé que ça n'aurait pas changé grand-chose : « Elle était quand même gentille, Laurie. Bon, pas brillante, mais on l'aimait bien. Elle nous manquera.» À leurs yeux, c'est clair, je faisais déjà partie d'un autre monde. Je n'ai même pas eu le réflexe de les contredire, de leur assurer, par exemple, que j'allais me faire avorter. L'irrémédiable s'était produit.

Valérie, encore plus belle aujourd'hui que d'habitude, malgré ses quarante ans passés – elle aurait pu être mannequin, si elle n'avait pas stupidement décidé de gâcher sa beauté en devenant dompteuse de chiens pour aveugles – était celle qui paraissait le moins écrasée par la nouvelle. Elle a même concédé :

— Nicolas et moi aimerions aussi avoir des bébés. C'est vrai, je ne peux pas imaginer une vie sans enfants. C'est stérile, ça ne va nulle part. Il me semble que c'est quelque chose qu'il faut vivre.

— Qu'il *faut* vivre ? a relevé Isabelle.

— Oui. Comme un saut en parachute, par exemple.

— Ouais, sauf qu'avoir un enfant, c'est comme sauter en parachute sans parachute, a conclu Sarah.

Faisant fi de cette remarque, fière d'avoir une alliée potentielle, j'ai demandé à Valérie quand elle pensait s'y mettre.

— Oh, pas tout de suite. Avant, j'aimerais bien réaliser deux, trois vieux rêves : faire un saut en parachute *avec* parachute, faire le tour du pôle nord en traîneau à chiens, apprendre l'espagnol, travailler un an ou deux dans un pays du tiers-monde, réorienter ma carrière, peut-être. Les aveugles sont une espèce en voie d'extinction, à cause de la technologie laser. Je risque de me retrouver sans boulot d'ici peu et je veux avoir un emploi stable avant de fonder une famille.

Je lui ai quand même fait remarquer qu'elle avait déjà quarante et un ans, et qu'un bébé, ça ne se faisait pas en criant ciseau. Ça n'a pas eu l'air de la déranger :

— Bof, tu sais, je prends des capsules d'oméga-3 et de la mélatonine. Et, aujourd'hui, avec les hormones et les chirurgies plastiques….

— Les chirurgies plastiques? C'est quoi le rapport? a demandé Isabelle.

— Ben... Si on trouve le moyen de reconstruire un hymen et de resserrer une vulve, je ne vois pas pourquoi on ne pourrait pas rajeunir un utérus, non?

Isabelle l'a dévisagée.

— Vraiment, Valérie, tu me déçois! Tu forcerais ton corps vieilli à supporter le poids d'une grossesse? Pfff! Moi, les filles, je vous le dis: j'aurai un enfant le jour où les hommes se farciront la grossesse et l'allaitement. Non mais, c'est vrai, vous pouvez bien parler de chirurgie plastique: les femmes se farcissent tout le boulot et, en plus, si elles veulent à nouveau plaire à leur homme après ça, elles doivent passer sous le bistouri pour se faire regonfler les seins et raffermir le ventre. Il n'y a pas d'égalité là-dedans.

— Et tout ça pour faire *gaga-gougou* à un enfant qui deviendra sans doute drogué, délinquant... ou, pire, comptable, a ajouté Sarah.

— Ou beau et génial et intelligent! Ce que vous pouvez être cyniques! ai-je hurlé pour m'assurer d'être entendue malgré le niveau élevé de décibels.

Mais mon cri a tout de suite été perçu comme le début d'une crise d'hystérie de femme enceinte. Marie-Pierre, qui semblait avoir abandonné son rôle de malade imaginaire pour se transformer en infirmière, m'a forcée au silence à nouveau:

— Laurie, ça va? Calme-toi! C'est mauvais pour le bébé, que tu t'énerves comme ça!

Et Sarah, toujours au courant de tout, a ajouté:

— Bah, laisse-la. De toute façon, c'est purement hormonal. Vous savez que les hormones contrôlent tout, surtout quand il s'agit de grossesse et de maternité. On a d'ailleurs effectué des études assez intéressantes là-dessus. Avec des souris. Les chercheurs ont remarqué que si la souris ne sécrétait pas les hormones qui sont sollicitées par la maternité, elle mangeait ses bébés. C'est fou, non? L'instinct maternel n'est qu'une question de dosage hormonal!

Misère. Une fois que les gens savent que vous attendez un bébé, vous perdez vraiment toute respectabilité. Même pour mes amies, je me suis métamorphosée en une énorme boule d'hormones en ébullition. Plus moyen d'avoir de la crédibilité : elles vont me dire que je ne suis pas vraiment moi-même, que je fais un délire hormonal.

J'ai passé les heures suivantes à me bourrer d'eau et d'arachides (toujours ça de pris : les nausées semblent déjà terminées) en écoutant mes amies parler de mode, de sorties, de drague et d'autres sujets qui ne me concerneront à nouveau QUE si je fais le choix sensé de l'avortement. Chaque fois que j'allumais une cigarette, Marie-Pierre me jetait un regard lourd de reproche. Et quand je me retrouvais dans le champ de vision de Sarah, d'Isabelle ou de Valérie, elles me regardaient avec un mélange de tendresse et de pitié. Quelles amies super j'ai!

En passant, Marie-Pierre m'a offert comme cadeau d'anniversaire une vieille copie de *Rosemary's Baby*, ce classique des histoires d'horreur où une jeune femme met au monde le fils du diable. Message?

◆

5 mars

Mea culpa. Je retire tout ce que j'ai écrit sur les copains de ma sœur. Elle a parfois des amoureux sensationnels, épatants, j'en suis presque jalouse. Le problème, c'est que les gars sensationnels et épatants, ça ne l'intéresse pas. Prenons l'exemple de Marc. C'est l'homme parfait. Et pourtant, Ève a déjà rompu avec lui. Moi, sérieusement, si j'étais tombée sur un type pareil, je n'aurais pas pensé à l'avortement. Au contraire, j'aurais eu envie de fonder une famille nombreuse, genre *Huit, ça suffit*. Hélas, par un malencontreux hasard de la vie, c'est de Pascal que je suis devenue amoureuse. Misère. D'ailleurs, je profite de l'occasion pour noter que Pascal est un misérable fourbe, lâche, irresponsable et probablement infidèle à l'heure qu'il est. J'espère que les ondes de ma colère se répercuteront jusqu'à lui et lui donneront le pire mal de bloc qu'il ait connu. Il n'est pas venu au chalet de Marc avec moi. Le scélérat! Il a supposément beaucoup de travail à faire avec, entre autres – et surtout – Héloïse (qui, selon des sources sûres, partage son bureau, mesure 5 pieds 11, porte du vernis à ongles sur les orteils et n'attend pas de bébé). Et il a prétexté que je ne remarquerais pas son absence, tout occupée à me chicaner avec les divers membres de ma famille. Super.

Je me donc suis pointée chez Marc seule, rouge de colère… Aussi rouge que la tonne de fraises qui se trouvaient sur la table de la salle à manger, à côté d'une immense carte où l'on pouvait lire «Pour tes vingt ans.» Des fraises. Pour mes *vingt* ans. Un peu plus et je rebroussais chemin. Soit on voulait me faire une bonne blague, et je n'étais pas d'humeur à rire, soit je m'étais trompée d'adresse, et alors j'avais une bonne raison pour rentrer chez moi et retenir Pascal à l'appartement durant la fin de semaine. Un *charmant* jeune homme est apparu alors que je m'apprêtais à revenir sur mes pas :

— Laurie ?

— Oui. Tu es Marc ?

— C'est ça. Bienvenue !

Je suis polie, je n'ai donc pas demandé à cet inconnu de me rendre des comptes. Après tout, il ne connaissait ni mes allergies alimentaires ni mon âge.

— Ma sœur est là ?

— Oui, oui, elle est en haut. Veux-tu quelque chose à boire ? À manger ? Des fraises ? À ce temps-ci de l'année, on arrive difficilement à en trouver. Mais je sais que les femmes enceintes raffolent des fr…

— Je suis allergique aux fraises. Si j'en mange une, je risque de mourir dans la demi-heure, enceinte ou non.

— Quoi ? C'est vrai ? Ève ne m'avait pas averti !

— Oh, tu sais, ils sont comme ça dans la famille : un peu étourdis.

— Vraiment, je suis désolé !

— Non, non, tu ne pouvais pas deviner.

— Désolé.

— Mais non.

— Oui, vraiment, je suis désolé.

— C'est bon, il n'y a pas de quoi. Ève ! Tu te caches ou quoi ?

Marc est allé me chercher un verre d'eau en bredouillant de nouvelles excuses. Ève est descendue quelques secondes plus tard, toute de brun vêtue.

— Salut Laurie !

— Ève, tu sais que je suis allergique aux fraises. Pourquoi tu ne l'as pas indiqué à Marc ?

— Oh, Laurie ! Tu ne m'en veux pas, j'espère ! Il était si content de te faire plaisir ! J'ai eu beau lui répéter que tu n'étais pas du tout certaine de garder le bébé et qu'il valait mieux ne pas faire allusion à ton état, il n'a rien voulu savoir. D'ailleurs, tant qu'à être enceinte, essaie donc d'être un peu plus comme les autres : toutes les femmes enceintes mangent des fraises.

— Ce n'est pas moi qui ai choisi cette allergie, je te ferai remarquer. Mais tu devrais t'expliquer avec ton nouvel amoureux. Il a failli m'assassiner, je pense qu'il est en état de choc.

Ève a disparu dans la cuisine et je suis allée prendre connaissance de l'ampleur de la richesse de Marc en visitant l'étage supérieur de la maison. En fait de chalet, il s'agissait plutôt d'un château! J'ai trouvé ma mère dans la salle de bain, occupée à soigner sa mise en plis.

— Bonjour ma puce! Alors, c'est bien comme endroit pour célébrer un anniversaire, non?

— Génial.

— Et comment va…

— L'embryon? Ça va.

— Tu as décidé si…

— Non.

— Ah bon. Et Pascal? Il est là?

— Non. Tiens, tu as changé de parfum?

— Pas mal, non? C'est un cadeau de Marc.

Marc lui a offert du parfum! En quatre ans, jamais Pascal n'a eu l'idée de donner quoi que ce soit à ma mère…

— As-tu vu ton père? Il est sans doute occupé à prendre des photos quelque part. Il dit que la lumière est excellente pour photographier la glace et les galets au bord de la rivière. Au fait, tu n'as pas été trop offusquée par sa carte de souhaits?

— Je ne l'ai pas lue. Mais c'est écrit «Pour tes vingt ans» dessus. J'ai trente et un ans!

— Je sais, je sais. C'est une carte qu'il a débusquée dans un marché aux puces. Il la trouvait jolie.

J'ai ensuite eu la joie de constater que c'était non seulement une carte d'occasion mais qu'en plus elle contenait déjà un mot, écrit par le propriétaire précédent. Geste d'une délicatesse incroyable, mon père avait quand même pris le temps de biffer le premier nom et de le remplacer par le mien. Ça donnait: «Joyeux anniversaire ~~Justin~~ Laurie! Je te souhaite beaucoup de bonheur parce que tu es le gars le plus extraordinaire que je connaisse.» Le *gars* le plus extraordinaire… J'adore mon père.

◆

La fin de semaine aurait été une catastrophe sans la présence de Marc – qui a finalement arrêté de s'excuser après avoir éliminé toute trace de fraises du chalet, gâteau de ma mère compris. Il était parfait. Pas charmant, parfait. Impeccable. Quand je pense à la crise que lui a fait endurer Ève hier ! Et tout ça pour une broutille, un bête quiproquo. Ça eu l'avantage d'éviter que l'on parle de mon état, mais ça instauré un climat plutôt désagréable… Tout a commencé quand Ève a découvert la vraie nature du chien de Marc, Rex. Marc avait à plusieurs reprises parlé de Rex à ma sœur. Rex par ci, Rex par là, j'ai fait ceci avec Rex, Rex est venu avec moi à tel ou tel endroit. Ève trouvait que Marc avait une relation très intime avec son chien, mais ça s'est déjà vu, et elle préférait le savoir occupé à jouer au *frisbee* avec Rex plutôt qu'à boire un café avec son ex-femme. Jusqu'à ce qu'elle découvre, au cours du souper, que Rex est en fait le *fils* de Marc. Son fils ! Coup de théâtre ! Pourtant, Rex, tout le monde s'entend là-dessus, c'est un nom de chien. Ma sœur s'est tout à coup sentie trahie. Personne ne lui avait jamais dit que Rex était un enfant. Et Marc a eu beau essayer de lui expliquer qu'il avait appelé son fils ainsi en l'honneur de Rex Stout, grand auteur de romans policiers, Ève n'a rien voulu entendre. «Je ne veux être la belle-mère de personne ! Et jamais je ne partagerai mon copain avec un enfant, a-t-elle crié avant de s'enfermer dans sa voiture pendant une heure.» Marc a réussi à la faire sortir en lui assurant qu'il n'avait pas voulu la berner, qu'il ne voyait son fils qu'une fin de semaine sur deux, qu'elle n'avait rien d'une méchante belle-mère et qu'il restait encore une bonne bouteille de saint-émilion. Ce dernier argument l'a convaincue de quitter sa retraite. Mais elle n'a plus adressé la parole à Marc de toute la soirée et, ce matin, elle avait filé. Sympathique comme tout : nous avons pris le petit déjeuner avec l'ex de ma sœur. Mon père ne semblait rien remarquer, ma mère parlait beaucoup et très vite – je la soupçonne même d'avoir essayé de faire du charme à Marc – et moi, en bonne femme enceinte, je m'empiffrais de croissants et de confiture. Marc se tenait très bien, dignement. Après le repas, il est venu me voir : «Tu sais, Laurie, je suis très content pour toi. Tu verras, un enfant change notre perception de la vie. Moi, si je pouvais passer plus de temps avec Rex, je serais le plus heureux des hommes. Mais les femmes sont parfois compliquées, la mère de mon fils en particulier. Et je ne crois pas que c'est avec Ève que je ferai d'autres enfants… Ah ! Si j'avais pu tomber sur une fille comme toi ! Tu as l'air tellement heureuse ! Je suis certain que tu seras une mère fantastique.» J'ai l'air *heureuse*? Je serai certainement une *mère fantastique*? Wow. Soit ce gars-là est aveugle, soit il est d'un optimisme défiant toute logique. C'est d'un père comme lui que j'aurais eu besoin. Mais non. Je suis prise avec Pascal… J'ai quitté Marc la gorge toute nouée, comme si c'était moi, et non ma sœur, qui venais d'interrompre une relation amoureuse avec lui.

En revenant en ville, j'ai profité de la voiture louée pour m'adonner à certains vices, qui font le quotidien des banlieusards mais que les citadins n'expérimentent que très rarement : rouler à toute vitesse en écoutant très fort la musique insipide des radios populaires. C'est comme ça que je suis tombée sur une vieille chanson de Plastic Bertrand, *Stop ou encore*. Je l'écoutais quand j'étais gamine, à l'époque où mes seins pointaient comme de minuscules cerises à travers les t-shirts bruns donnés par mon père.

J'ai trente ans
Qu'est ce que je fais ?
Qu'est ce que je fais ?
Je m'arrête ou je continue ?
J'ai 30 ans

Où j'en suis ? À la fin ou au début ?
Stop (stop) ou encore (encore) ?
[…]

Je fais semblant
Ou bien j'y crois ?
J'fais des enfants
Ou bien des croix ?

C'est complètement con, mais elle m'a donné un de ces coups de vieux, cette chanson. Accompagnée par la voix nasillarde de Plastic, à cent quarante kilomètres/heure sur l'autoroute, je me suis mise à verser des larmes à faire pâlir d'envie tous les crocodiles du monde. Je sais, JE SAIS, pleurer en écoutant *Stop ou encore* a quelque chose d'infiniment ridicule – et d'extrêmement gênant. Une chance que j'étais seule ! Mais c'était HORMONAL. H-O-R-M-O-N-A-L.

Ici, d'ailleurs, une définition s'impose. Hormone : *Substance chimique élaborée par un groupe de cellules* – le bébé – *ou un organe* – mon utérus – *et qui exerce une action* spécifique – pleurer – *sur un autre tissu ou un autre organe* – mes yeux, mon esprit, mon corps entier. (Ce n'est pas moi qui le dis, c'est le Petit Robert !)

Je n'y pouvais donc rien. Et c'est vrai que le temps passe et que si je n'arrête pas de remettre les enfants à demain, je risque de me retrouver avec plus de croix à porter que de couches à changer. Il a raison, Plastic. Ses chansons sont d'un kitsch fini, mais il a raison.

Quand je suis entrée dans l'appartement, le visage rouge et boursouflé – sacrées hormones ! –, ma décision était prise. Pascal jouait à Civilization en mangeant des chips BBQ, et l'appartement ressemblait à une vraie soue à cochons. Je me suis plantée entre lui et l'écran et j'ai lancé :

— Pascal, je te laisse six mois pour devenir l'homme parfait. Sinon, je pars à la recherche d'un autre père.

Il m'a regardée avec l'air neurovégétatif d'un adolescent qui a passé trop de temps devant l'ordinateur et pas assez chez les Scouts.

— Quoi ?

— Je garde le bébé. Mais si tu ne te transformes pas en homme parfait, je pars à la recherche d'un autre père.

Les hommes, il faut leur mettre un peu de pression. Sans ça, ils ne changent jamais.

◆

J'oubliais de noter : pour mon anniversaire, j'ai reçu :

- de mon père : d'affreuses chemises *extra large* (pour la grossesse et/ou une éventuelle prise de poids), trouvées sans aucun doute au même marché aux puces que la carte de vœux ;
- de ma mère : un t-shirt moulant *extra small* (pour l'après grossesse ou l'après avortement) ;
- de ma sœur : un livre dont j'ai déjà trois exemplaires – elle m'en a offert deux : *Les hommes viennent de Mars, les femmes viennent de Vénus* ;
- de Marc : un cahier, pour y décrire l'évolution de ma grossesse (couverture d'Anne Geddes : un bébé potelé déguisé en fleur. Pas mon genre, mais mignon quand même) ;
- de Pascal : toujours rien. À moins que les sacs de chips vides qui traînent sur le lit ne soient des cadeaux.

Deuxième trimestre

SEMAINE 11

7 mars

Début du deuxième trimestre. Pour ne pas succomber à la dépression, j'ai confié ma balance à Marie-Pierre. En effet, durant les trois prochains mois, je prendrai plus de CINQ kilos – mon Dieu –, ma silhouette se transformera *radicalement*… et mon humeur variera continuellement – ce qui, selon Pascal, n'aura rien de vraiment nouveau.

À la fin de ce trimestre, plus personne ne pourra douter de mon état. Celle que j'étais avant disparaîtra à jamais.

À jamais !

Au secours !

Allons, Laurie, sois brave. Le temps n'est plus au questionnement. J'espère quand même avoir pris la bonne décision. Et ne pas accoucher d'un mutant-schtroumpf affecté par l'énorme quantité d'alcool, de café et de sandwichs merguez ingérés durant le premier trimestre.

Plan pour le deuxième trimestre : arrêter de fumer et adopter un régime équilibré.

◆

8 mars

J'ai fait une épicerie santé, avec beaucoup de légumes, du poisson, du lait de soya – sans additifs, sans sucre, sans gras, sans agent de conservation, sans OGM, SANS GOÛT – et plein d'autres trucs sensationnels qui feront du bébé un être surdoué et en santé. Hélas, devant toute cette bonne nourriture, j'ai eu une envie folle de *fast food* et n'ai pas pu résister à la tentation de commander un numéro 4 chez Tony's, le Libanais : shish taouk dégoulinant de mayonnaise, frites dégoulinantes d'huile, baklava dégoulinant de miel. Coke diète. Et, non, je ne céderai pas à la culpabilité ! D'ailleurs, ça aurait pu être pire : j'aurais pu aller chez McDonald's ou choisir le spécial Tony (qui comprend, en plus des éléments énumérés ci-dessus, un souvlaki, des falafels et un petit pot d'une sauce blanche et calorifique qui se transforme en gras de fesse dès l'ingestion).

Que celui qui n'a jamais péché me jette la première frite.

◆

9 mars

J'ai rendez-vous avec une sage-femme dans deux jours. Youpi ! Après l'alimentation saine, j'opte pour un suivi de grossesse naturel : maison de naissance, encens, musique *new age*, contrôle de la douleur par l'acupuncture, huiles essentielles et vitamines. Ça vaut mieux que le docteur La Mort et ses yeux démoniaques.

Audrey continue à rôder autour de mon bureau, comme si un extra-terrestre allait sortir de mon ventre, genre *Alien I*, et qu'elle avait peur de manquer le moment où ça se produirait. Je refuse toute tentative de rapprochement : j'ai acheté mon propre rouge à lèvres (Revlon, aussi bon qu'Yves Rocher) et si par malheur j'oublie mon antisudorifique, je serre les bras et supporte mon odeur.

◆

10 mars

La méfiance règne au boulot : j'ai surpris René à m'observer attentivement les seins, comme si j'étais devenue pour lui objet de convoitise. C'est louche. Il soupçonne quelque chose, j'en suis certaine. Combien de temps encore vais-je pouvoir faire croire à mes collègues que mon nouvel embonpoint – j'ai quand même déjà trois kilos en plus (ou quatre ?) – est né d'une révolte soudaine contre l'homogénéité des standards de beauté ?

◆

11 mars

Pris trois autobus différents avant d'arriver à la maison de naissance, qui se trouve à l'autre bout de la ville. J'ai attendu dans une vaste salle où les femmes enceintes ressemblaient à celles croisées au bureau du docteur La Mort, mais avec un je-ne-sais-quoi de plus détendu. C'est sûrement lié aux aliments sains qu'elles mangent, genre galettes de lentilles et fricassées de tofu, et aux vêtements biologiques-recyclés-biodégradables qu'elles portent. Avec mon air de Uma Thurman manquée, mes vêtements *made in China* par des enfants maltraités et mon rouge à lèvres Revlon – contenant sans doute du gras de baleine en voie d'extinction –, j'avais l'impression d'être une intruse. En attendant mon tour, je suis allée dehors griller une cigarette – remplie de toxines et produite par une multinationale non équitable. À côté de moi, une fille très jeune et très enceinte se caressait le ventre en fumant une substance biologique dont j'ai rapidement reconnu l'odeur : de la marijuana. Elle m'a tendu son joint : « Tu en veux ? Tu as l'air nerveuse, ça te fera du bien. » J'ai accepté en souriant bêtement. Avec toutes les vertus attribuées à la mari depuis quelque temps, je me suis dit que ça ne pouvait pas être contre-indiqué pendant la grossesse. Je n'avais pas fumé depuis plusieurs mois – ma fournisseuse officielle étant Sarah, qui, l'été, fait pousser une herbe plutôt inoffensive sur son balcon – et je ne m'attendais pas à ressentir grand-chose. Grave erreur. Après quelques bouffées, je suis entrée dans un état second terrible. Le hic, c'est que la consommation de *vraie* mari engendre systématiquement chez moi un délire paranoïde. Quand je suis retournée dans la salle d'attente, j'ai eu l'impression que tous les yeux se tournaient vers moi. J'étais convaincue que les patientes avaient fomenté un plan maléfique durant mon absence, genre me déshabiller, enterrer mes vêtements dans la cour de la maison de naissance et me laisser là, nue, bourrelets exposés, jusqu'à ce que les fibres synthétiques de mes fringues se soient biodégradées, ce qui prendrait sans doute au moins deux cents ans. Sur mes gardes, je me suis assise dans un coin, loin des autres filles.

Après quelques minutes d'attente désagréable, la sage-femme – petite, grosse, cheveux frisés et gris, apparence de gnome ou de nain de jardin – m'a appelée et j'ai pénétré dans son bureau. «Bonjour Laurie! Je m'appelle Lise, Lili pour les intimes. Ça va? Tu as l'air un peu nerveuse.» Allait-elle aussi sortir un joint et m'en proposer une bouffée? Pitié! Mais non, elle m'a tout simplement montré un fauteuil – réplique exacte de l'horreur que nous avons dans le salon – dans lequel je me suis affalée. «Alors, tu es enceinte. C'est merveilleux!» J'attendais la suite. Allait-elle me poser des questions, comme le docteur La Mort? M'ausculter? Non. Elle me regardait avec le sourire béat de celle pour qui la vie est une éternelle partie de mini-golf à côté d'un Dairy Queen, et semblait attendre que j'ajoute quelque parole songée. Mais j'avais la bouche si pâteuse que je me sentais incapable d'articuler quoi que ce soit de compréhensible. Devant mon silence, elle a finalement repris la parole :

— Si tu permets, Laurie, je vais écouter le cœur de ton bébé et prendre la mesure de ton abdomen. Ensuite, nous discuterons de toutes les questions relatives à la grossesse. Surtout, prends ton temps et n'hésite pas à me parler de tes craintes. Je suis là pour t'écouter et te comprendre.

Misère. Je n'avais pas du tout envie de parler. Je voulais tout simplement sortir, prendre l'air, manger une bonne Kit Kat et reprendre mes esprits… La sage-femme s'est mise à écouter le battement de cœur fœtal comme s'il s'agissait de la cinquième de Beethoven – ou de la *Mélodie du bonheur* – toujours avec un sourire de contentement accroché au visage. Sérieusement, je me demande ce qu'elle avait fumé, elle. Par ailleurs, effet miracle : au son du cœur de mon enfant, je suis revenue sur terre *subito presto* et mes angoisses se sont portées vers le bébé. Lili-pour-les-intimes ne se rendait-elle pas compte que le cœur du fœtus battait à une vitesse démesurément accélérée ? Ne voyait-elle pas que mon corps abritait un être difforme, précocement stressé par la vie ? J'ai enfin réussi à ouvrir la bouche, à prononcer quelques mots et à faire une folle de moi :

— Ce n'est pas un schtroumpf, hein ?

La sage-femme m'a dévisagée comme si je venais de lui demander un *banana split* sans banane.

— Un… Un quoi ?

— Je veux dire… Il ne bat pas un peu vite, son cœur ?

Lili m'a rassurée, m'a expliqué que c'était tout à fait NORMAL que le battement de cœur fœtal soit rapide et, quand j'ai fini par lui avouer mes différentes craintes quant à la normalité du bébé, elle a posé une main apaisante sur mon épaule :

— Laurie, l'important, c'est que tu te sentes bien et que tu ne fasses pas d'abus. Vaut mieux fumer quelques cigarettes et réussir à se détendre que se sentir angoissée et stressée durant toute la grossesse. Et un petit verre de temps en temps, personne n'a prouvé que c'était dommageable pour le bébé. As-tu pensé t'inscrire à des cours de yoga prénatal ? Je crois que ça te ferait le plus grand bien.

Hourra! Même si je suis alcoolique, fumeuse chronique et accro au chocolat et à la caféine, je deviendrai la MEILLEURE des mères et mon enfant sera fantastique (un deuxième Einstein et/ou un champion olympique).

SEMAINE 12

15 mars

Discussion typique entre Pascal et moi :

— Maintenant, Pascal, ça se voit, non ?

— Bof.

— Non mais quand même un peu ?

— Pas vraiment.

— Regarde bien.

— Ouais, un peu.

— Penses-tu que les gens qui ne le savent pas peuvent deviner ?

— Certainement pas.

— Pascal, voyons : je suis gigantesque ! J'ai le ventre comme un ballon ! Tout le monde doit s'en rendre compte.

— Franchement, Laurie, non. Tu as à peine grossi.

— Tu dis ça pour me faire plaisir ?

— Oui… Non. Je te jure, ça ne se voit pas.

— Tu veux dire que j'avais déjà l'air de… *ça*, avant ?

— Oui.

— Donc, j'étais grosse, c'est ça ?

— Mais non ! Ce n'est pas ce que j'ai dit !

— Tu m'as toujours trouvé grosse et c'est maintenant que je l'apprends !

— Mais non, Laurie !

— Je n'ai pas l'air enceinte : j'ai seulement l'air un peu plus grosse que d'habitude !

— Mais non. C'est juste que...

— N'ajoute rien, Pascal. J'ai compris.

— C'est ça, ouais.

— Tu me donnes une cigarette ?

— Je pensais que tu voulais arrêter.

— Et grossir encore plus ? Chaque fois que j'arrête, je prends dix kilos. Tu veux vraiment que je devienne un monstre ?

— Laurie, tu es enceinte. Tu ne peux pas penser d'abord au bébé ?

— Chéri, ne cherche pas à me culpabiliser. C'est déjà assez difficile comme ça.

— ...

— Je vais arrêter, promis. Mais la sage-femme a dit que je pouvais fumer de temps en temps. Tu me donnes une cigarette ?

◆

16 mars

Pourquoi n'ai-je déjà plus de nausées ? Maintenant que les maux de cœur m'ont lâchée, j'ai HORRIBLEMENT faim. J'ai recommencé à m'empiffrer des sandwichs merguez du Tunisien. Et depuis que le cuisinier sait que je suis enceinte, il met toujours une double portion de merguez. Mauvais pour la ligne. Seul point positif : vu la quantité de nourriture que j'ingère, je participe sans doute à l'essor économique de la Tunisie (en supposant que le propriétaire envoie une partie de ses recettes à la famille restée au pays).

◆

17 mars

Horreur. Je n'arrive même plus à remonter la fermeture éclair de mes jeans Tommy EXTENSIBLES. Misère. Je suis énorme. Je dois vraiment arrêter les merguez et me contenter de lait de soya et de légumes.

◆

18 mars

Ai-je déjà noté que j'étais ÉNORME ? Après l'accouchement, je me mets sérieusement au régime et au jogging… Mais avant ça, il faut que je mange pour deux.

◆

19 mars

Enfin. Je suis allée m'acheter quelques vêtements de maternité. Super. Maintenant que je porte des fringues à ma taille, j'ai l'impression d'avoir maigri. Je suis bien dans ma peau. Mais Pascal va m'engueuler : j'ai dépensé une *fortune* pour des pantalons et des chandails que je ne porterai que quelques mois. Ève, qui m'accompagnait, s'est amusée comme une enfant. C'est incroyable : depuis que je lui ai annoncé que je garde le bébé, son attitude a complètement changé. Elle a repris son rôle d'aînée… et je suis quant à moi redevenue la petite sœur un peu fêlée qui ne comprend rien à la vie, qui prend toujours les mauvaises décisions, mais qu'elle épaule malgré tout. C'est génial.

Nous avons toutes les deux essayé le coussin rond qui se trouvait dans la salle d'essayage et qui, posé sur le ventre, est censé aider à voir de quoi on aura l'air dans quelques mois. Ève riait, toute heureuse de réaliser qu'elle n'aurait jamais un bide aussi rond, et moi, je pestais. Bon, disons qu'avoir un gros ventre pendant que je suis enceinte ne me dérange pas trop. C'est normal (le répéter tous les jours plusieurs fois – dix, cent ou mille fois – jusqu'à trouver ça *vraiment* normal). Mais l'après bébé m'inquiète. Je pense sans arrêt aux photos que Marie-Pierre m'a montrées l'autre jour : un dépliant sur la liposuccion. On y voyait les amas de peau flasque laissés par la chirurgie, qu'il fallait ensuite couper et coudre pour redonner une apparence normale au corps. À trente et un ans, la peau a déjà perdu toute son élasticité. Que vais-je faire des bourrelets mous que les régimes et le jogging ne feront pas disparaître ? Combien devrai-je dépenser en crèmes et en chirurgies de tous genres ? Il faudrait que j'économise…

J'ai quand même poussé mon endettement à son maximum, histoire d'être dans la merde jusqu'au cou, et ai invité Ève chez Toqué, l'un des plus chics restos en ville. Je veux y aller depuis des lunes, et attendre quelques mois de plus aurait, disons, ajouté un obstacle de taille à la réalisation de ce rêve : je me vois assez mal arriver là avec un sale mioche. Ève a croisé un de ses bons clients qui mangeait avec un concurrent, un jeune designer de mode très peu doué, aux dires de ma sœur, ce qui a failli gâcher notre soirée. Mais quelques verres de kir sont rapidement venus à bout de la mauvaise humeur d'Ève, qui a été remplacée par ma frustration devant la taille minuscule des assiettes (inversement proportionnelle à leur coût, soit dit en passant). Nous sommes rentrées tard, moi, affamée, Ève, ivre morte au bras de son client (quand a-t-elle réussi à le convaincre de venir s'asseoir à notre table ? Pendant que j'étais aux toilettes ? Enfin, l'important c'est qu'il a payé la facture). J'ai pris une frite et un sandwich merguez chez le Tunisien avant d'aller rejoindre Pascal, qui buvait une bière en écoutant *Eraserhead*, un film horrible où une femme accouche d'une larve. J'ai fait des cauchemars toute la nuit.

◆

Je le savais : Pascal a piqué une crise quand il a su que j'avais dépensé une somme colossale pour acheter des fringues de grossesse. Il m'a sorti le discours typique du gars de gauche bébête sur la surconsommation et le déséquilibre entre pays riches et pays pauvres.

— Dire que des enfants meurent de faim pendant que des filles comme toi achètent des choses qu'elles jetteront dans quelques semaines.

— Je ne vois pas le rapport, Pascal. Que j'achète ou non ces vêtements ne changera rien aux problèmes des enfants du tiers-monde. À la limite, je donne peut-être l'occasion aux enfants chinois de mieux se nourrir, puisque mes vêtements proviennent tous de Chine.

— Mais non ! Tu n'as rien compris.

Pascal s'est lancé dans un cours de macroéconomie auquel, effectivement, je n'ai absolument rien compris. Pascal est le pire professeur que j'aie jamais rencontré. Avec lui, même les choses simples deviennent compliquées. Je l'imagine mal aider notre enfant à faire ses devoirs. Le pauvre, il va en perdre son latin (enseigne-t-on encore le latin ? Sûrement pas. Bon, tant mieux, il ne perdra pas grand-chose).

Enfin. J'ai quand même pris quelques bonnes résolutions : je refilerai mes vêtements à un organisme de charité et, au lieu de faire un deuxième enfant, nous en adopterons un. Pascal n'est pas d'accord avec la deuxième idée. Il dit que les bébés placés en adoption développent tous des troubles comportementaux graves parce qu'ils viennent de familles bourrées d'alcooliques et de détraqués. Bonjour les préjugés !

— Et tu suggères quoi ? Qu'on les laisse mourir de faim dans des orphelinats insalubres ?

— Bien sûr que non, mais il y aura d'autres personnes pour s'occuper d'eux.

Quelle hypocrisie ! Décidément, Pascal est très bon pour jouer au saint, mais quand il s'agit de passer à l'action, il se replie derrière des arguments bidons. Peu importe : à partir d'aujourd'hui, en plus de toutes mes autres bonnes résolutions, j'arrête vraiment de fumer et je fais don de mon budget cigarettes à UNICEF. Pascal n'approuve pas: «Mais Laurie, on devait s'acheter un nouvel ordinateur avec cet argent-là!» Un saint, mon amoureux. Un saint.

SEMAINE 13

21 mars

Je suis allée visiter Pascal au boulot pendant ma pause dîner. J'ai rencontré Héloïse. Misère. Elle est plus belle que dans mes pires cauchemars! Comment une fille comme ça peut-elle devenir programmeuse en informatique?

Et pourquoi faut-il qu'elle se retrouve dans la même boîte que Pascal?

◆

23 mars

Suis encore allée rejoindre Pascal au travail. Il ne s'y attendait pas – deux fois dans la même semaine… Je vais finir par me transformer en pot de colle. L'effet surprise a été plus qu'efficace: Pascal, qui avait la fesse gauche appuyée sur le bureau d'Héloïse, s'est redressé, l'air mal à l'aise, et m'a dévisagée comme si j'étais un témoin de Jéhovah qui faisait subitement irruption dans un party d'Héma-Québec. Quand je lui ai reproché sa froideur, il m'a répondu: «Franchement Laurie, à quoi tu t'attendais? À ce que je te saute dessus? Ce n'est pas tout à fait le bon endroit, non?»

Et il me jure évidemment que la présence d'Héloïse n'y est pour rien. Je reste sceptique.

◆

24 mars

Fantastique! Je viens de découvrir qu'il n'y a rien de tel qu'une bonne crise de jalousie pour faire ressurgir la passion dans un couple. Vive engueulade entre Pascal et moi. Résultat: nous avons baisé comme des bêtes sur le plancher de la cuisine après que je lui aie demandé de me prouver qu'il n'avait de désir que pour moi. J'ai un mal de dos terrible, mais suis rassurée. Après tout, j'ai de la chance d'avoir un homme pareil comme amoureux. J'espère qu'il mettra autant d'ardeur à être un bon père qu'il en met à me convaincre qu'il n'y a rien entre Héloïse et lui.

◆

25 mars

Le printemps est arrivé et je suis tout à fait sereine. Je suis heureuse d'être enceinte, j'aime Pascal et j'ai encore une vie sexuelle – ce qui risque de ne pas durer. D'après Pascal, c'est dangereux pour le bébé. Mais qu'est-ce qu'il en sait? D'après moi, ce qui serait dangereux, c'est de ne plus faire l'amour. J'ai arrêté de fumer depuis deux jours et tiens le coup sans ressentir le besoin d'assassiner qui que ce soit – à part Héloïse, Audrey, René et le président des États-Unis.

La semaine prochaine, j'annoncerai à René que j'attends un bébé. Il est temps que je m'affiche publiquement. J'en ai marre de rentrer le ventre et de porter les amples chandails de Pascal. Après tout, je n'ai pas à me cacher.

◆

26 mars

Parlé à Isabelle. Elle dit que je devrais me méfier des ardeurs de Pascal. Selon elle, plus un homme à des choses à se reprocher, plus il les dissimulera derrière des gestes passionnés. Elle m'assure que si Pascal m'offre des fleurs, il n'y a plus de doute : il me trompe avec Héloïse. À fréquenter des filles pareilles, je ne peux que devenir parano… Mais elle a raison. J'aurais dû me méfier. Dorénavant, je serai plus vigilante.

SEMAINE 14

28 mars

Je n'en reviens pas ! J'ai été renvoyée ! Licenciée, virée, remerciée, congédiée. Foutue dehors. Pas croyable ! Et dire que je me fendais en quatre pour être l'employée modèle ! Je me suis bien fait avoir ! Quelle galère. Je me sens misérable. Je suis partie en claquant la porte, sous le regard narquois d'Audrey (je suis certaine qu'elle y est pour quelque chose) et suis rentrée à l'appartement où, malgré ma gorge nouée, j'ai englouti une quantité phénoménale de chocolat − Kit Kat régulières. Comble de malheur, il n'y avait plus de Kit Kat Chunky à l'épicerie. J'ai recommencé à fumer.

Je dois donner un coup de fil à Sarah : avec sa langue bien pendue, elle saura me dicter quoi écrire à René − ou à tous les médias du pays ? − pour dénoncer l'injustice dont je suis victime.

◆

Zut ! Sarah dit que je ne peux pas intenter de poursuite pour discrimination contre mon employeur puisque je n'avais pas encore annoncé que j'étais enceinte. Même si je soupçonne qu'il s'agit de la raison première de mon congédiement, je n'ai aucune preuve. Et dire que j'avais prévu dévoiler mon état la semaine prochaine! Pourtant, c'est clair comme de l'eau de roche: le prétexte qu'on m'a donné pour se débarrasser de moi est tout à fait fallacieux! René m'a dit que les «coupures budgétaires forçaient le Festival à faire une restructuration» et que mon «poste avait été coupé». Une assistante de production «coûte trop cher»: la direction a décidé de prendre plutôt une *secrétaire* de production. «Évidemment, tu es surqualifiée pour ce poste, ma cocotte. Tu ne supporterais certainement pas l'humiliation de devenir secrétaire après avoir été assistante pendant des années. Et c'est sans compter la baisse de salaire…» J'en suis restée bouche bée. Voilà que René me traitait en assistante alors que je n'ai toujours été pour lui qu'une secrétaire (ne me remettait-il pas chaque année une rose au moment de la Journée mondiale de la secrétaire?). Mais il cachait bien son jeu. Quand j'ai voulu lui montrer que j'étais *peut-être* prête à m'abaisser au statut de secrétaire, il a répliqué: «Désolé cocotte, mais tu n'as pas les qualifications requises. Nous cherchons une vraie secrétaire, qui tape quarante mots/minute en utilisant ses dix doigts. Tu as beaucoup de qualités, cocotte, mais tu n'utilises que trois doigts. Allez, ne t'en fais pas, je suis certain que tu trouveras ailleurs un poste à ta hauteur.» L'hypocrite! Et il a poussé l'effronterie jusqu'à me demander de lui apporter un café avant de ramasser mes affaires et de disparaître! J'ai mis quinze crèmes, en espérant qu'il fasse un infarctus sous mes yeux.

◆

Une surprise n'attend pas l'autre. Audrey est passée me voir ce soir. Pour s'excuser! Elle m'a même offert un bâton de rouge à lèvres Rose glacée. «Vraiment, Laurie, je ne pensais pas qu'ils allaient te mettre à la porte. C'est un peu ma faute, tu sais.» Je m'en doutais bien! Enfin, elle allait avouer qu'elle avait propagé la nouvelle de ma grossesse et qu'on me renvoyait pour cette raison. J'aurais voulu enregistrer ses confessions... Mais, en réalité, elle n'a rien avoué du tout. Elle sait se protéger. Tout ce qu'elle m'a dit, c'est qu'elle avait présenté une copine à son patron – Alice, la fille à la fausse couche, qui a d'ailleurs découvert qu'elle ne pourrait jamais avoir d'enfant – et que les gestionnaires avaient été impressionnés par ses compétences (elle tape deux milles mots/minute ou quelque chose du genre, et porte des jarretelles).

— Mais jaaaaamais je n'aurais cru qu'ils allaient l'engager à ta place! Pauvre Laurie! Enfin, si jamais ça t'intéresse, je peux toujours te référer à quelqu'un chez Yves Rocher. Je pense qu'on cherche des filles pour faire du télémarketing...

— Merci. Mais je te rappelle que j'ai un baccalauréat en études littéraires.

— C'est bon, c'est bon. Mais ce n'est pas en faisant des chichis pareils que tu vas te retrouver du travail, ma vieille.

Garce, garce, garce! Et en plus, elle m'appelle « ma vieille »! Si je ne m'étais pas retenue, je lui aurais écrasé mon bâton de Rose glacée sur le visage. Elle est partie en me lançant: « Enfin, penses-y. Dans ton état, tu ne peux pas te permettre de refuser grand-chose. » *Dans ton état*. Je le savais! Elle n'a jamais cru à mon histoire de retard de règles! C'est elle qui a manigancé mon renvoi! L'espèce de... de... de... Les mots me manquent pour décrire cette infâme cocotte!

◆

29 mars

Passé la journée au téléphone. Tout le monde – à part ma mère – s'entend pour dire que je suis une fille formidable, que mon patron est un imbécile et que je ne mérite pas ce qui m'arrive. Marie-Pierre pense que si j'avais remplacé les cafés réguliers de

René par des cafés déca, j'aurais peut-être réussi à le rendre assez malade pour qu'il quitte son emploi, étant donné la quantité de produits chimiques utilisés pour enlever la caféine. Isabelle est plus radicale : elle me suggère de faire appel à un casseur de bras qui règlera le compte à René et à Audrey. Valérie, de son côté, m'assure que rien n'arrive pour rien, que mon destin est ailleurs et qu'une carrière brillante m'attend quelque part. Ce n'est pas avec ce genre de commentaires vagues et insipides que je vais trouver du boulot ! Par contre, j'ai dit à Valérie qu'elle ferait une excellente astrologue. Elle n'a pas trouvé ça drôle. Côté famille, Ève pense qu'elle me dénichera un travail très bientôt, elle connaît tellement de monde. Quant à mon père, il m'a affirmé d'emblée qu'il était fauché et que je ne devais pas compter sur lui pour me dépanner. Et ma mère a poussé de longs soupirs pendant notre brève discussion, pour conclure : « Quand je pense que tu vas avoir un bébé ! Ma pauvre puce, tu n'es même pas capable de garder un travail de secrétaire… » Super, les parents. Et Pascal ? Il est complètement paniqué : « Qu'est-ce qu'on va faire, maintenant ? Je ne peux quand même pas faire vivre toute une famille ! Laurie, on devrait attendre que ta situation soit plus stable avant d'avoir un enfant ! Est-ce que… est-ce que tu peux encore te faire avorter ? » Incroyable ! On dirait presque que Pascal a envie de revenir sur son leitmotiv des dernières semaines – « C'est TA décision. » Je suis impressionnée. Mais je m'inquiète : s'il s'énerve autant pour une broutille semblable – après tout, faut bien dédramatiser –, j'ai peur qu'il ne perde complètement les pédales le jour où sa fille lui apprendra qu'elle sort avec le petit voisin boutonneux ou que son fils lui avouera qu'il ne connaît pas toutes les fonctions Excel. Il ne s'en remettra jamais.

◆

PLAN DE VENGEANCE 1 :

Trouver le moyen d'entrer chez René et :

- étendre une épaisse couche de sa crème de nuit antirides – sûrement très, très chère – sur chacune de ses poignées de porte ;
- effacer toutes les données de son ordinateur. Ne laisser qu'un programme pour jouer au solitaire ;
- écrabouiller ses précieux CD de Cher (qu'il fait passer tous les jours au bureau. Insupportable !) ;
- remplacer son parfum Jean-Paul Gaultier par de la vieille eau de fleurs – celle qui traîne depuis des lustres dans le fond d'un vase dans la cuisine ;
- remplacer son café régulier par du café déca ;
- bien entendu, vider la pinte de lait et la remplir ensuite de crème 35 % (au besoin, rajouter de la graisse Crisco, 100 % gras trans. Je serais étonnée qu'il n'en meure pas).

◆

PLAN DE VENGEANCE 2 :

Isabelle est prête à entrer par effraction chez Audrey et à remplacer son shampooing par de la crème épilatoire. Ensuite, j'enverrais un courriel anonyme à tous mes ex-collègues, dans lequel j'aurais écrit : « Méfiez-vous des chauves. Nouvelle secte. Terroristes dangereux. Lien avec réseau Al-Qaeda. Prière de contacter police pour prévenir catastrophe. » Avec un peu de chance, René, Audrey et leur calvitie se feraient arrêter et passeraient la nuit en prison.

◆

30 mars

Bon. Je prends une semaine de congé et après, je pars à la recherche d'un vrai boulot. Après tout, il faut que je considère ce qui m'arrive comme une chance, peut-être même une révélation. Assistante de production, ce n'est pas un emploi digne de moi. Autre avantage qu'amène mon congédiement : j'ai une raison de plus d'arrêter de fumer puisque je ne peux plus me payer mes clopes. Bémol : chaque fois que je pense à René ou à Audrey, j'ai une terrible envie de nicotine.

◆

31 mars

Je suis enceinte, sans emploi, sans le sou. Dire que je me suis endettée pour acheter des vêtements que personne ne verra puisque je passerai les prochains mois enfermée dans mon salon, à pleurer des larmes bien grasses en passant à travers la provision inépuisable de chips BBQ de Pascal. Voilà où j'en suis. Misère. Je déteste les chips BBQ.

◆

1ᵉʳ avril

Au lieu de chercher du travail – je n'ai vraiment pas le moral –, je suis allée bouquiner. Suis tombée sur un livre traitant de la grossesse. On y disait que durant le quatrième mois, les femmes sont rayonnantes, pleines d'énergie, joyeuses. Ça m'a rendue tellement triste que j'ai continué à recommencer à fumer.

◆

Pour me remonter le moral, Pascal m'a emmenée voir un film. Il aurait pu se jeter sur moi et me faire l'amour sauvagement, ce que j'aurais apprécié davantage, mais il semble de moins en moins considérer que le sexe soit une activité possible, et même souhaitable, entre nous. Il avait choisi – évidemment – *Star Wars 12*. Mais à mon grand soulagement, il s'était trompé : le film ne sort pas avant le mois de mai. Nous avons donc dû nous rabattre sur un petit film italien. Malheur ! Ça racontait l'histoire d'un couple dans la trentaine qui se prépare à avoir un enfant (notons ici la similarité entre le couple fictif et notre couple. Malencontreuse coïncidence). La fille tombe enceinte pendant que son mari tombe amoureux d'une jeune brunette de vingt ans, le couple s'effondre, c'est la chute. À la fin, l'homme revient vers sa femme avec l'air d'un petit chien-chien repentant, et tout le monde sourit, sauf le bébé, qui, vu sa nature de bébé, pleure un bon coup. Pffff.

Après le film, nous sommes allés boire un café et manger un morceau de gâteau. J'ai reproché à Pascal d'être comme tous les hommes, capable d'abandonner sa copine enceinte pour se taper n'importe quelle belle poupée – genre Héloïse – qui se présenterait à lui. Il a protesté :

— Laurie, tu es lourde, ces temps-ci ! Tu ne vas pas commencer à jouer à la victime, quand même.

— Mais avoue qu'une belle fille, c'est beaucoup plus attirant qu'une grosse femme enceinte.

— Je…

— Avoue !

— Je… Je ne peux pas dire le contraire. D'ailleurs… tu ne penses pas qu'on devrait reconsidérer l'idée de faire un bébé…

— Pascal, il commence à être un peu tard pour parler de ça.

— Pourquoi ? Tu as encore le droit de te faire avorter, non ?

— C'est ce que tu veux ?

— Je ne dis pas ça, mais…

— Bon. Alors, mets tes culottes et assume ta paternité. Le débat est clos.

— Quel débat? Tu ne me laisses pas parler!

— Tu as eu trois mois pour parler, Pascal. Tu n'avais qu'à te prononcer à ce moment-là, au lieu de me répéter lâchement: «C'est TA décision.» Si ma décision ne te convient pas, tant pis. C'est trop tard maintenant.

Pascal s'est levé, fâché, et m'a plantée là, avec deux immenses morceaux de gâteau et deux bols de café au lait pleins à ras bord et couverts de crème fouettée. J'ai tout avalé, puis suis rentrée à l'appartement. Pascal n'y était pas.

Mais je n'ai pas dormi seule: le bébé m'a donné un petit coup de pied, comme pour me dire de ne pas trop m'en faire. Ou était-ce un gargouillement d'estomac? C'est terrible: je n'arrive pas à distinguer une indigestion de ce qui était peut-être la première tentative de communication de mon enfant.

Où est Pascal? Me fait-il un poisson d'avril?

◆

2 avril

Réveillée par un coup de fil. J'espérais que ce soit Pascal. Mais non. Ève voulait me dire qu'elle m'avait trouvé un super boulot: journaliste dans une revue culturelle jeune et branchée. J'étais au septième ciel… jusqu'à ce que ma sœur s'exclame: «Poisson d'avril… en retard!» en riant comme si elle venait de faire la blague la plus drôle du siècle. Si Ève avait été avec moi, je lui aurais tiré les cheveux, l'aurais griffée au visage, l'aurais frappée. Je me serais arrangée pour qu'elle ait mal – j'en profite ici pour rappeler la fonction première de la famille: déverser nos frustrations sans crainte de briser des liens qui sont, par définition, *indéfectibles*. À défaut de ces gestes de vengeance concrets et libérateurs, j'ai raccroché très fort le combiné du téléphone.

Pascal est rentré à 11 h, cerné. Il m'a donné un bouquet de

fleurs. *Diiit! Diiit! Diiit!* Alerte rouge! Isabelle m'a bien avertie: si Pascal m'offre des fleurs, c'est qu'il me trompe. J'ai pris le bouquet et je m'en suis servi pour le gifler en hurlant: «Salaud!» Il m'a dévisagée sans bouger, l'air aussi perdu qu'un poisson – d'avril? – qui se rend compte que le ver de terre qu'il vient d'avaler était accroché à un hameçon. Il était visiblement trop surpris pour réagir. J'ai voulu en profiter pour lui balancer au visage la tirade mélo que j'avais peaufinée toute la nuit, mais la sonnette de la porte d'entrée a retenti à ce moment-là. On se serait cru dans un *soap* américain. «J'y vais», a grommelé Pascal. C'était ma sœur. Avec un bouquet de fleurs en tous points semblable à celui de Pascal (des tulipes, des jonquilles, youpi, le printemps est arrivé. Quel manque d'originalité. Venant de Pascal, c'est excusable – c'est un homme – mais de ma sœur… Une designer!). Avant même que j'aie eu le temps de lui dire que ce n'était pas le moment d'essayer de se faire pardonner, que Pascal et moi étions en pleine tragédie shakespearienne et que, si elle s'en mêlait, elle risquait de finir elle aussi dans un bain de sang, les veines ouvertes par un petit couteau serti de diamants, Ève a lancé:

— Je suis désolée pour ce matin, Laurie! Crois-moi. Oh, en passant, j'ai une bonne nouvelle à t'annoncer!

— Quoi? Tu es enceinte toi aussi? s'est exclamé Pascal.

— Mais non, nigaud! Allez, laisse-moi dire deux mots à ton amoureuse.

— Mon amoureuse?

Du regard, Pascal a fait le tour du salon, comme s'il cherchait l'amoureuse en question.

— Ah! À Laurie, tu veux dire!

Essayait-il de faire de l'humour ou de me lancer un message? Je lui ai jeté un regard rempli de fiel et de pouvoirs maléfiques. Puis, j'ai entraîné ma sœur dans le salon, ignorant la présence de Pascal et des bouquets de fleurs qu'il tentait tant bien que mal de placer dans le seul vase poussiéreux que nous possédons (cadeau de sa mère. Horrible. Contenant depuis des mois une eau glauque et puante. Ne pourra vraisemblablement plus servir à remplacer le parfum de René). Quand ma sœur m'a reproché de ne pas l'accueillir convenablement, j'ai éclaté :

— Écoute, Ève, je ne sais pas si tu te rends compte, mais ce n'est pas le meilleur jour pour venir traîner chez moi !

— Je voulais juste te dire que je suis désolée pour ce matin. Je ne pensais pas que tu accrocherais. D'habitude, c'est toi la spécialiste des poissons d'avril.

— J'avais la tête ailleurs, cette fois-ci.

— Avec Pascal, ça ne…

— C'est ça. Bon, tu as autre chose à me dire avant de partir ?

— Oui. Imagine-toi donc que j'ai rencontré quelqu'un.

— Super.

— Il s'appelle Sébastien et est producteur à la télé. Et, tiens-toi bien, il vient de m'annoncer qu'il cherche une designer pour habiller les animateurs de sa nouvelle émission. Il veut me donner le contrat. La télé, c'est ultra-payant. Génial, non ?

— Génial.

— Oh, en passant, Rachel voulait savoir si tu peux garder ses enfants en fin de semaine.

— …

— Ça te ferait quelques sous, Laurie. Au point où tu en es, tu ne peux pas cracher là-dessus.

Garder les enfants de Rachel ? Plutôt mourir.

SEMAINE 15

4 avril

Non. Je ne laisserai pas l'indolence et le défaitisme contrôler ma vie. Première étape : refaire mon curriculum vitae (ne pas oublier d'inventer deux ou trois expériences pertinentes et de mentionner Sarah comme référence au cas où on essaierait de contacter un ancien employeur). Si je rentre mon ventre et porte des vêtements amples, je pourrai travailler pendant quelque temps – un jour ou deux, au moins – sans qu'on se doute de mon état. Ensuite, quand j'aurai trouvé un boulot d'enfer, j'avouerai tout. Le volume de mes seins a doublé : avantage important. En entrevue, ça impressionnera, j'en suis certaine.

Pascal me fait la gueule depuis son retour. Le coup des fleurs au visage, il n'a pas pris. En plus, il jure avoir passé la nuit chez sa sœur.

— Appelle-la, elle va te le confirmer !

Je ne téléphonerai certainement pas à Dominique. Des plans pour qu'elle me retienne au bout du fil pendant des heures. Je n'ai pas de temps à perdre : un emploi fantastique m'attend quelque part – Valérie a raison – et, maintenant que mon CV a subi un *facelift* efficace, je dois me préparer aux entrevues en faisant une session beauté éclair : masque à l'argile, épilation des sourcils – et du reste du corps, tant qu'à y être – manucure, cure de jus de carotte. Injection de Botox et de silicone ? D'ailleurs, Pascal se jettera sans doute à mes pieds quand je serai riche et célèbre. En attendant, je le laisse bouder.

Encore senti un étrange gargouillement d'estomac. Je pense vraiment que bébé tente d'entrer en contact avec moi. Je suis merveilleuse. À côté de moi, Uma Thurman n'est rien (elle n'a pas d'enfant, elle).

◆

5 avril

En attendant de trouver le boulot du siècle, j'ai décidé de conso-
lider notre petit couple flageolant. Je suis à nouveau allée faire
un coucou à Pascal. C'est extraordinaire, n'est-ce pas, d'avoir une
copine qui ne travaille pas ? Elle peut se pointer à votre travail à
toute heure, sans prévenir. À 12 h 12, Pascal n'était pas là. C'est
Héloïse qui m'a accueillie avec un grand sourire et qui m'a
expliqué que, comme tous les midis, Pascal était parti *leur* acheter
un sandwich et un café au bistro du coin. Quel homme serviable
et dévoué, n'est-ce pas ? Merveilleux. Héloïse, dont les dents sont
d'une blancheur éclatante – sûr que ce n'est pas naturel – et les
seins d'un rebondi impressionnant – ça non plus, ça ne doit pas
être naturel – semblait ravie de me voir. Et de parler avec moi
de Pascal. «Il est tellement mignon, ton copain !» Mignon ?
Qu'est-ce qu'elle a voulu dire par là ? Elle le trouve beau ? Il la
charme ? Ou est-ce condescendant ? Mignon comme un petit
objet inutile qu'on tripote dans une boutique mais qu'on n'achètera jamais ou comme un chaton au poil impeccablement blanc
à l'attrait duquel on ne peut résister, quel que soit le prix qu'on
doive payer pour se le procurer ? Pascal est revenu les bras chargés
d'une variété de plats qu'il ne mange jamais : j'ai noté, entre
autres, qu'il avait acheté des sandwichs au végépâté et de la
réglisse noire alors qu'il déteste, qu'il exècre, qu'il abomine le
végépâté et la réglisse ! C'est la preuve a) qu'il fait de petites
surprises gourmandes à Héloïse, signe incontestable qu'elle lui
plaît ; b) qu'il cache sa véritable nature d'amoureux du *fast food*
dans le but de séduire Héloïse ; c) qu'il est parti avec la commande de quelqu'un d'autre, ce qui est assez peu vraisemblable
puisque Héloïse n'a manifesté aucun étonnement devant le
contenu de son repas. Quand Pascal m'a aperçue en pleine
discussion avec sa collègue, il a paru surpris et m'a rapidement

entraînée hors du bureau, sous prétexte que son patron n'apprécierait pas de me voir si souvent dans les parages. Nous sommes allés manger dans un resto à spécialités gréco-italo-canadiennes (lui : une poutine – je le reconnais bien là –, moi : une salade césar horriblement grasse, 2 000 calories au moins, même si je n'ai pas touché aux croûtons).

Dans le restaurant, Pascal, avec un éclat d'horreur dans le regard, s'est mis à observer une femme qui devait bien être enceinte de soixante-douze mois à en juger par la taille de son ventre. Elle réussissait l'exploit de dévorer une pizza et, *simultanément*, d'engueuler vertement son mari, un freluquet quasi nain répondant au nom de Dave (« Asshole » pour les intimes, d'après ce que j'ai pu déduire en écoutant discrètement leur discussion). Sous la table en plastique brun imitation bois, les jambes de Pascal se sont agitées, preuve indéniable de nervosité.

— Laurie, ce n'est pas possible… Nous… Nous allons vraiment avoir un enfant ?

— Tu veux savoir si je vais devenir aussi grosse, c'est ça ?

— Mais non ! Non, je veux juste savoir si… Tu es certaine que tu le veux ? Parce que…

— Écoute Pascal, il est trop tard pour revenir sur notre décision.

— *Notre* décision ?

— Notre décision. « Qui ne dit mot consent », chéri.

— Mais je pensais que tu n'allais pas… Et tu avais un travail au moins, à ce moment-là.

— Pascal, il y a des millions, des milliards de couples sur la planète qui vivent sous le seuil de pauvreté ça ne les empêche pas d'avoir des enfants. Bon, tu paies l'addition ? Ma carte Visa est presque pleine.

À faire : préparer lunch de Pascal tous les matins (c'est économique et Héloïse est assez grande pour se procurer toute seule son sandwich et sa réglisse) et faire fréquentes visites surprises au bureau.

◆

6 avril

Pascal vient d'apprendre qu'il assistera à un congrès en Californie. Il sera parti pendant une semaine complète. Il ne tient pas à ce que je l'accompagne. Pourquoi ? Allez ! Tout le monde en chœur : parce que je dois me concentrer sur ma recherche d'emploi. Héloïse, par contre, sera du voyage. Je déteste Héloïse.

◆

7 avril

Je déteste Héloïse. Je déteste Héloïse.

Et les Kit Kat Chunky au caramel ont augmenté de dix sous. Misère.

◆

8 avril

Je n'aurais jamais dû rencontrer Pascal. C'est vrai. Contrairement à certaines rencontres inévitables, qui semblent inscrites dans les cieux depuis toujours, nos chemins n'auraient jamais dû se croiser. Notre relation amoureuse repose sur un malentendu. J'ai rencontré Pascal à une soirée de poésie au Quai des Brumes. À l'époque, il n'avait jamais lu un poème de sa vie. Il revenait d'une formation LabVIEW avec deux amis, et ils avaient été attirés non pas par la beauté lyrique des poèmes, mais par la beauté court-vêtue de la gent féminine qui peuplait le bar : la poésie, c'est bien connu, ça n'attire que les filles et les névrosés (ou les filles névrosées). Moi, je venais d'être engagée par le Festival et de rompre avec un aspirant écrivain qui avait étudié avec moi et dont les écrits étaient aussi déplorables que ses performances sexuelles. La soirée passait lentement. Tout le monde se prenait très au sérieux. De jeunes étudiants en lettres remplissaient la salle, comme s'ils n'avaient rien de plus intéressant à faire. Tout ça m'ennuyait beaucoup – mais moi, au moins, j'étais payée pour être là. Vers une heure du matin, alors que les poètes avaient depuis longtemps remplacé le micro par une bouteille de bière, Pascal, complètement saoul, s'est emparé d'un micro et a improvisé un poème tout à fait nul. Heureusement, personne ne l'a entendu à part moi, puisque les micros étaient fermés depuis un moment – justement pour éviter de faire subir à toute la salle ce genre de délire d'alcoolo. Je rangeais le matériel en l'écoutant, et je l'ai interrompu au moment où il prononçait quelque chose comme «Je t'aimerai tous les *jours*, tou*jours*, mon am*our*», en appuyant bien sur la rime. «Excusez-moi, monsieur, vous pouvez me rendre le micro ?» Il n'a pas répondu à ma question, a répété sa phrase, je l'ai regardé, l'ai trouvé beau et nous avons passé la nuit ensemble. Puis un an, puis deux, puis quatre, et voilà que nous faisons un enfant – que *je* lui fais un enfant, dirait-il. Au début, Pascal m'écrivait souvent des poèmes, convaincu qu'il m'avait charmée par sa prose. En réalité, c'est surtout parce qu'il n'avait vraiment pas l'allure d'un poète que j'ai été séduite. J'en avais assez des gars en lettres qui ne travaillent pas, qui griffonnent deux, trois lignes dans un cahier de temps en temps et qui rêvent de devenir l'écrivain du siècle. Quand j'ai appris que

Pascal était programmeur en informatique, un travail aux antipodes de la création littéraire, j'ai pensé : « Ce garçon-là est pour moi. » Et ses poèmes m'ont toujours bien fait rire, surtout qu'il a tendance à répéter à toutes les sauces cette fameuse rime en *our* : touj*our*s, j*our*, am*our*.

Mais Pascal n'écrit plus de poésie depuis qu'il s'est procuré le jeu Civilization, ce qui remplit les temps morts autrefois consacrés à l'art lyrique. Ce n'est pas si grave : je ne savais plus où mettre ses poèmes. Par contre, c'est la preuve que notre relation amoureuse est devenue plutôt pépère. Dans un livre d'Alexandre Jardin, le personnage masculin tenterait à cette étape, par tous les moyens, de faire revivre la flamme amoureuse. Dans la vraie vie, en tout cas dans la mienne, le personnage masculin part assister à un congrès avec sa jolie collègue et laisse derrière lui sa copine enceinte qui sombre alors dans l'enfer du chocolat.

◆

9 avril

Pascal est parti ce matin. Le congrès ne débute qu'après-demain mais puisqu'il se déroule à deux pas de la plage, il voulait en profiter pour se payer une fin de semaine de vacances. Et il paraît que ça lui fera du bien, de « prendre un peu de recul et de réfléchir à ce que nous vivons ». N'est-ce pas le type de phrase qu'on prononce quand on veut se séparer ?

Je me suis enfermée à la maison comme une carmélite dans son cloître, avec un énorme bol de crème glacée Ben & Jerry's à la pâte de biscuits et la ferme intention de regarder la télévision pendant des heures en résistant à la dépression et à l'envie d'imiter le tic de Pascal, qui consiste à s'emparer de la télécommande et à zapper comme s'il s'agissait d'une course contre la montre, sans prendre le temps de comprendre quoi que ce soit. Je me suis endormie en écoutant un reportage passionnant – j'en baille encore – sur la migration des sternes arctiques. À deux heures du matin, réveillée par de sombres interrogations – que fait Pascal en ce moment? Pourquoi? Où? Qu'est-ce que le spasme de vivre? –, j'ai senti une nouvelle caresse dans le creux de mon ventre. Cette fois, j'en suis certaine : le bébé bouge.

SEMAINE 16

10 avril

Brunch avec Marie-Pierre et Valérie. Plutôt distrayant. Valérie était d'une bonne humeur *presque* contagieuse. Elle vient d'apprendre que de récentes études ont révélé que le Viagra rendait aveugle.

— Les filles, c'est fantastique! Avec la quantité d'hommes qui consomment du Viagra, ma fortune est faite! Imaginez la quantité de chiens pour aveugles que je vais devoir dompter!

— Mais attends un peu, s'est objecté Marie-Pierre, si les effets secondaires sont si néfastes, on va retirer le Viagra du marché.

— Tu crois ça, toi? Moi, j'en doute fortement. Les hommes ont beaucoup trop besoin de leur puissance sexuelle! Être aveugle à soixante ans après avoir bandé sans problème durant toute sa vie? Il n'y a rien là! Ils seraient prêts à vendre leur âme au diable pour avoir une érection permanente. Non, non, je vous le dit, mon avenir est assuré. Je peux enfin dormir sur mes deux oreilles, je ne chômerai pas…

Après avoir prononcé cette dernière phrase, elle s'est mordu la lèvre en me regardant avec l'air coupable de quelqu'un qui vient de parler de ses trois kilos en trop devant une personne obèse, et qui le regrette amèrement. Il est des sujets qu'il vaut mieux éviter d'aborder avec certains interlocuteurs, genre le chômage avec une chômeuse. Valérie a essayé de se rattraper en abordant un sujet qui ne pourrait que me plaire : «Maintenant, Laurie, je pense sérieusement aux bébés. Qui sait, peut-être que d'ici quelques mois, tu ne seras pas seule à être gestante…» Gestante ? Valérie a parfois de ces expressions… Je sais que ce n'est qu'une déformation professionnelle – à force de travailler avec des chiens, on finit par considérer les êtres humains comme une race de mammifères parmi tant d'autres – mais quand même. Gestante. S'attendait-elle à ce que j'accueille sa nouvelle avec un petit jappement de joie ?

Rien à faire cet après-midi. La rue Mont-Royal est remplie de couples heureux et paresseux, affectivement et *sexuellement* comblés, sans enfant. Je me suis emmurée à nouveau dans l'appartement, pour fuir tout ce bonheur et me concentrer sur mes pensées sinistres. Pascal est sans doute étendu sur la plage californienne, son corps blême enduit d'huile solaire avec, à ses côtés, une superbe déesse – Héloïse ou une blonde Américaine rencontrée dans une discothèque – et un verre de daïquiri aux FRAISES. J'ai décidé d'entamer le cahier que m'a donné Marc pour mon anniversaire et d'y déverser le flot de mes frustrations.

Surprise ! Marc avait glissé son numéro de téléphone dans le cahier ! Drôle d'idée. Je me demande bien à quoi il pensait. Avait-il déjà pressenti que ma grossesse serait un désastre, que Pascal ne ferait pas le poids, que j'aurais besoin d'un confident ? Vraiment, cet homme est formidable. Plein de gentillesse. Et extralucide. Toute cette perfection m'a enlevé l'envie d'écrire.

Bon. C'est dimanche après-midi. Je vais au musée ? Non, trop intello. Je fais de la popote ? Pour m'empiffrer et prendre vingt kilos d'un coup ? Non. Je passe les prochaines heures à nettoyer l'appartement – très, très sale ? Non, dans mon état, ça pourrait être dangereux. Je laisserai le ménage à Pascal, pour le punir d'avoir préféré une fin de semaine à la plage à une fin de semaine avec moi. Je pourrais peut-être aller boire un café avec Marc. Pourquoi pas ?

◆

11 avril

Fin de journée fan-ta-sti-que ! Décidément, Marc est quelqu'un de bien. Il avait un peu le cafard quand je l'ai appelé : Rex venait de repartir chez sa mère et il se sentait seul : « La maison est tellement vide quand Rex s'en va ! Plus de rires d'enfant, plus de cris de joie. Chaque fois, j'ai l'impression qu'on m'enlève une partie de moi-même. » N'est-ce pas remarquable, un homme qui parle si simplement et si ouvertement de ses sentiments ? Quelle perle rare ! Je lui ai donné rendez-vous sur-le-champ dans un petit café pas trop loin de chez moi. Il est venu m'y rejoindre une heure plus tard, après avoir traversé la ville. Drôle de coïncidence : il habite tout près de chez Rachel. Ève avait sans doute raison. Les parents vivent tous dans des banlieues hyper éloignées de tout. Brrr ! J'ai des frissons juste à l'idée de penser quitter notre quartier quand le bébé naîtra. Et alors, devrons-nous acheter une voiture, ce moyen de transport que tout parent qui se respecte acquiert à la naissance du bébé (histoire d'éviter les drames sordides qui peuvent avoir lieu dans les transports en commun : kidnapping, incitation à la prostitution juvénile et à la consommation de drogue, etc.) ? Pascal ne voudra jamais de voiture, à moins que notre enfant ne naisse avec une pelle et la capacité de déblayer la neige dès ses premiers mois. Un autre beau débat à venir…

Marc était visiblement content d'être sorti de sa banlieue. À un point tel qu'il m'a proposé d'aller voir un film, puis de manger dans un délicieux restaurant français. En vrai gentleman, il a tenu à tout payer – fiouf! Et mis à part le prêchi-prêcha sur les effets néfastes de la cigarette quand il a découvert que je fumais, nous avons passé une excellente soirée. Il a même souligné à plusieurs reprises qu'il me trouvait «rayonnante» et que mes rondeurs étaient «exquises». Tout cela dit sans que j'aie l'impression qu'il me draguait ou quoi que ce soit. Je sens vraiment que c'est un homme tout à fait correct, capable d'être ami avec une fille. D'ailleurs, n'ai-je pas déjà remarqué que les hommes ne sont pas attirés par les femmes enceintes (même leur propre amoureux finit souvent par partir en voyage sans elles)? Marc ne fait sans doute pas exception à la règle. De toute façon, c'est un ex d'Ève. Il faudrait être vraiment tordu pour croire que ce garçon cherche à séduire la sœur enceinte de son ex-copine. Pascal est tordu. Il m'a réveillée à 3 h du matin (il avait fait le calcul à l'envers : il pensait que s'il était minuit en Californie, il serait 9 h du soir chez nous! Il semble un peu dans la lune... À cause d'un coup de soleil, de l'air salin ou d'Héloïse?). Quand je lui ai raconté ma soirée avec Marc, il a répliqué :

— Écoute Laurie, tu passes ton temps avec qui tu veux, et tant mieux si tu arrives à te distraire. J'en suis le premier ravi. Mais ce Marc-là, je ne lui fais pas confiance.

— Mais Pascal, tu ne le connais pas!

— Non. Mais je trouve quand même un peu louche qu'il t'emmène au resto pendant mon absence et qu'il passe son temps à te complimenter.

— Je te rappelle que c'est moi qui l'ai appelé, parce que j'étais SEULE, abandonnée par le père de mon bébé.

— Laurie, je ne suis pas encore père.

— Tu vois, c'est le genre de commentaire que ne ferait jamais Marc. Pour lui, on est père dès qu'on sait qu'on veut avoir des enfants, avant même la conception.

— *Freak.*

116

— Quoi ?

— Je trouve ça un peu bizarre, c'est tout. Bon, je dois aller me coucher, la première conférence commence à 8 h demain matin. Je te rappelle demain.

— OK.

J'ai ajouté après quelques secondes : «Et tu sais, toi aussi, tu as le droit de me complimenter.» Mais Pascal avait déjà raccroché.

◆

12 avril

Deuxième rendez-vous avec la sage-femme. Heureusement, je n'ai pas eu à passer des heures dans l'autobus puisque Marc m'a accompagnée. Nous avons écouté un disque d'Elvis Presley – tous les goûts sont dans la nature – en roulant à la vitesse maximale autorisée. Marc n'est visiblement pas du genre à faire des excès de quelque façon que ce soit, sauf lorsqu'il s'agit de rendre service. En effet, quand il a su que j'avais un rendez-vous à l'autre bout du monde, il n'a pas hésité une seconde à prendre congé durant l'après-midi pour m'y conduire. Super, non ?

Quand nous nous sommes trouvés devant la maison de naissance, je suis descendue de la voiture et Marc a lancé, comme si ça allait de soi : «Ça ne sera pas très long. Je stationne l'auto et je te rejoins dans le bureau de la sage-femme.» Voyant mon air surpris, il a ajouté, comme à contre-cœur : «À moins que tu ne préfères que je t'attende ici ?» La situation était délicate. D'un côté, je trouvais, disons, déconcertant qu'un presque inconnu – aussi sympathique soit-il – suggère de s'immiscer à ce point dans mon intimité, mais d'un autre côté, j'aurais bien aimé qu'il vienne avec moi, juste pour le plaisir de le raconter à Pascal plus tard (et, qui sait ? Pour provoquer une crise de jalousie dont résulterait un retour plus rapide de la Californie et, je l'espère, une nouvelle bouffée d'amour passionné puisque Pascal se rendrait alors compte que je suis ENTOURÉE d'hommes prêts à tout pour moi). Finalement, j'ai proposé à Marc de m'attendre dans la voiture.

Dans la salle d'attente, une jeune femme – qui, je dois le noter, portait un t-shirt du Che (*made in China*?) – demandait aux patientes de signer une série de pétitions : la première pour le droit des femmes d'accoucher à la maison, la deuxième pour éviter le lynchage d'une jeune Nigérienne victime de viol et la troisième pour la syndicalisation d'un Wal-Mart quelconque. La syndicalisation d'un Wal-Mart ? Je ne voyais pas le lien avec le lieu où je me trouvais, mais la fille m'a dit : « Tu accouches dans une maison de naissance, tu es nécessairement pour la protection de toutes les libertés humaines. » Bon, si elle le dit. L'argument ne me semblait pas très convaincant, mais j'ai signé les trois pétitions. Les gens au service de Grandes Causes, il ne faut pas les contredire, surtout quand on est enceinte. Ça peut être dangereux : ils sont susceptibles de nous mordre et de transmettre au fœtus le gène – sûrement dominant – de l'engagement. Lili, la sage-femme au sourire imperturbable, m'a ensuite accueillie dans son bureau. Elle m'a fait l'examen d'usage – poids : soixante et un kilos trois cents grammes ! Pauvre de moi ! Que vais-je devenir ? Elle s'est réjouie avec moi des premiers coups de pieds du bébé, m'a assuré que ma tension était aussi bonne que les pulsations cardiaques du fœtus. Je lui ai demandé quand j'allais enfin passer une échographie. « Tu veux vraiment une échographie ? Pourtant, ta grossesse se déroule très bien. Ce n'est donc pas nécessaire. Ici, à la maison de naissance, nous n'obligeons pas les patientes à passer une échographie. Il ne faut pas oublier que les effets secondaires possibles des ultrasons ne sont pas encore tous connus… » J'hallucine ! La dernière fois, Lili m'a assurée que je pouvais FUMER et BOIRE, que ça ne causerait pas de tort au bébé et, là, elle sous-entend que l'échographie est dangereuse ! C'est moi, ou il y a quelque chose qui cloche ?

◆

Voilà. C'est décidé. J'abandonne la maison de naissance et les pétitions. Je vais faire confiance à la bonne vieille médecine traditionnelle. Marie-Pierre m'a convaincue. Elle a été scandalisée quand je lui ai raconté que la sage-femme n'exigeait pas que je passe une échographie : « Elle est complètement folle ! Les effets secondaires possibles de l'échographie ? Et tu imagines si tu ne fais pas d'écho, et que tu te retrouves, je ne sais pas, moi, avec des jumeaux ? Si tu as des jumeaux, tu as besoin d'avoir un suivi spécial et, je te connais, tu es du genre à faire des jumeaux ! D'ailleurs, juste à te regarder, on peut deviner que tu attends des jumeaux. » Marie-Pierre était-elle finalement en train de me dire que je suis énorme ? Elle ne sait pas qu'à ce stade-ci, que j'aie un ou deux fœtus ne fait pas tellement de différence. Le surplus de poids n'appartient qu'à MOI. Soixante et un kilos trois cents grammes… Misère. Je suis désormais obèse. Et sans doute pour toujours. Mais mon obésité est le moindre des soucis de Marie-Pierre, qui perçoit toujours l'étendue sans limites des problèmes potentiels :

— Et si tu attendais un bébé mongol, Laurie ? Ou hydro-céphale ? Ou avec un bec-de-lièvre ? Ou avec une autre maladie grave ? Si tu fais une échographie, tu en apprendras un peu plus et, au moins, tu pourras te faire avorter.

— Me faire avorter ?

— Ne me dis pas que tu garderais un enfant handicapé. Laurie ! Voyons ! Ta vie serait complètement gâchée ! Et Pascal ne tiendrait pas le coup, c'est sûr ! D'ailleurs, il est où, Pascal ?

— En congrès en Californie.

— Et il ne t'a pas emmenée avec lui ? Ah, les hommes ! Tous des enfoirés.

Note : Marie-Pierre est célibataire depuis huit ans et je la soupçonne de craindre les rapprochements épidermiques,

119

propres à transmettre toutes sortes de cochonneries. Ceci étant dit, elle a tout à fait raison : je veux, j'EXIGE une échographie. Allez, je repars à la recherche d'un obstétricien.

◆

14 avril

J'ai obtenu sans difficulté un rendez-vous pour passer une échographie et pour rencontrer ensuite *une* obstétricien*ne* qui partage le bureau du docteur La Mort. Les femmes comprennent mieux la grossesse, c'est sûr. Fiouf. Deux problèmes − parmi tant d'autres − réglés.

Par contre, ma vie amoureuse est un fiasco : pas de nouvelles de Pascal depuis deux jours. Il doit cuver son vin californien en ronflant durant les conférences. À moins qu'il ne soit parti avec Héloïse visiter San Francisco, son Golden Gate, ses *fortune cookies*, toutes ces merveilles que je ne savourerai pas. Je suis jalouse. Je sens sourdre en moi le sang d'un ancêtre italien inconnu : me voilà transformée en *mama italiana* fessue, possessive et affamée.

Je vais aller me préparer un plat de *pasta* à l'ail et à l'huile d'olive avant de me coucher. Avec un peu de chorizo et de mozzarella. Quelques calories supplémentaires mais, *madre dios !*, je dois manger pour deux, ou peut-être même pour trois.

◆

Zut. Plus de pâtes, pas de chorizo et seulement un minuscule morceau de fromage. Il est minuit passé, je ne trouverai pas d'épicerie ouverte à cette heure-ci. Bah, de toute façon, je n'ai droit qu'à une misérable augmentation de deux cents calories par jour.

Je vais ronger mes ongles, c'est meilleur pour la ligne.

◆

15 avril – 4 h du matin

J'enfile un manteau et pars à la recherche d'un dépanneur ouvert. J'ai faim. J'ai FAIM ! Une petite dose de crème glacée Hagen-Dazs au *dulce de leche* – excellent pour le calcium – me fera du bien. J'ai besoin de me requinquer.

Que fait Pascal en ce moment ? Redeviendrons-nous un jour de tendres amoureux ? Vais-je finir mère monoparentale ? Et chômeuse ? Vite, une Kit Kat Chunky, que je noie mon chagrin dans le sucre.

◆

Je suis punie pour mes excès. J'ai deux nouveaux boutons. Pascal a laissé un message pendant que je dormais et le bébé m'a donné un sacré coup de pied alors que je l'écoutais, à croire qu'il comprenait ce que disait son géniteur : « Salut Laurie ! Je vais finalement rester pour la fin de semaine. Tous mes collègues reviennent dimanche soir et j'ai réussi à changer ma date de retour en payant de légers frais supplémentaires. J'espère que tu ne m'en veux pas trop. Depuis le temps que je veux voir la Californie ! Je t'appelle plus tard. Je t'embrasse. » N'ai-je pas entendu un rire féminin en arrière-fond ? Héloïse ? Ouaaaah ! Que Pascal soit damné !

Je vais manger un peu. Ça ira mieux après.

◆

16 avril

Ça y est. J'ai fait une vraie crise de boulimie. Je sentais que ça devait arriver. J'ai englouti des kilos de pâtes au fromage et au chorizo, j'ai mangé en entier deux gâteaux McCain au chocolat, j'ai dévoré six – six ! – Kit Kat Chunky en buvant un litre de

Kool-Aid rose, et j'ai terminé ma crise par un immense contenant de crème glacée à saveur de gâteau au fromage. Je me suis ensuite déshabillée pour constater l'ampleur des dégâts devant la gigantesque porte miroir de notre garde-robe, et j'ai réalisé – une fois de plus – que non seulement la grossesse me rend difforme (mes fesses et mes cuisses ont gonflé autant que mon ventre!) mais qu'elle enlaidit aussi l'ensemble de ce qui pourrait me servir d'atouts par intérim. Mes cheveux sont secs et fourchus, ma peau est obstruée, je suis cernée. Je ne ressemblerai jamais à Uma Thurman!

La sonnette a retenti alors que je combattais une nouvelle crise de boulimie en fumant des clopes et en buvant de l'eau tiède (la nicotine, c'est connu, ça fait perdre l'appétit, et l'eau remplit l'estomac). C'était Marc. Il m'avait apporté des sushis. Je l'ai remercié, ai pris la boîte qu'il me tendait et lui ai refermé la porte au nez. Je manque de savoir-vivre, c'est incroyable. Je viens de perdre un nouvel ami. Et j'ai mangé tous les sushis.

SEMAINE 17

17 avril

Aujourd'hui, je suis pleine de bonne volonté. Je vais écrire une lettre d'amour à Pascal et appeler Marc pour m'excuser de ma conduite déplorable d'hier. Je vais aussi aller m'inscrire au bureau de chômage et feuilleter les petites annonces pour me trouver un emploi.

◆

Marc n'était pas là, je lui ai laissé un lamentable message bégayant, du genre : «Bon, euh, c'est Laurie, la sœur d'Ève. Je…

Enfin, je… Aaaah. Zut! Ce message est nul. Je recommence.»
J'ai essayé de revenir sur ce que je venais d'enregistrer, mais Marc
n'est vraisemblablement pas inscrit à un système de messagerie
vocale puisque j'ai eu beau appuyer sur toutes les touches de mon
téléphone, je n'ai rien réussi à effacer. Ce gars-là doit avoir un
de ces vieux répondeurs à cassette que tout le monde – sauf lui
– a jeté depuis des siècles et sur lequel je ne peux avoir aucun
contrôle. Misère. En plus de trouver que le savoir-vivre me fait
cruellement défaut, Marc va découvrir que je suis le genre de
fille qui recommence quinze fois un message avant de l'envoyer
et, donc, que je manque de spontanéité et de confiance en moi.

Pour compléter la liste de ce qui n'a pas fonctionné
aujourd'hui, je dois noter que:

- les boulots annoncés dans les journaux ne seraient intéres-
  sants que si je voulais devenir secrétaire (ce qui est inimagi-
  nable) OU si j'avais au minimum dix ans d'expérience et/ou
  fait des études dans divers domaines auxquels je ne connais
  strictement rien – dont: électricité de quart (de quoi?),
  hygiène dentaire (beurk!), comptabilité (au secours!), garde
  d'enfants (ouh, là, là! Non! J'ai déjà sacrifié une journée de
  ma vie aux enfants d'une autre), réparation d'ascenseurs
  industriels (les réparateurs d'ascenseurs font-ils l'amour dans
  les ascenseurs, ce fantasme de tout être sexué? Si oui, ça peut
  être un boulot intéressant. Mais je n'ai pas d'expérience – en
  réparation d'ascenseurs, je veux dire);
- le bureau d'assurance-emploi est fermé le dimanche. Je l'ai
  constaté – après une demi-heure de marche sous la pluie
  battante, sans manteau même si «en avril, ne te découvre pas
  d'un fil» – en me heurtant à une porte close où était affiché
  l'horaire des heures d'ouverture;
- je n'ai pas écrit de lettre d'amour à Pascal (après tout, il
  revient ce soir).

Qu'as-tu donc fait de ce *jour* sans am*our*? écrirait Pascal s'il m'écrivait encore des poèmes.

J'ai passé cent soixante-seize minutes à me tâter le ventre – le bébé bouge tout le temps! Comme c'est étrange – en regardant l'écran de veille de l'ordinateur. J'ai joué à Civilization.

J'ai attendu Pascal.

◆

18 avril

Imaginons la scène parfaite: le futur père – appelons-le Pascal – revient d'un voyage – disons en Californie – où il a réfléchi à son avenir. Il a réussi à faire le deuil de son adolescence, a décidé qu'il était temps de troquer ses cassettes de Duran Duran, ses vieilles Doc Marten's et son jeu de Civilization pour des disques de musique *world beat*, des loafers et un logiciel pour faire ses impôts. Il est prêt à s'acheter une assurance-vie, à faire son testament et, surtout, à accueillir dans sa vie un bébé braillard même s'il sait pertinemment qu'il ne partagera rien avec lui avant le jour où, enfin, l'enfant manipulera une souris d'ordinateur et jouera à Tetris ou à Pacman. La douce et tendre moitié de Pascal – appelons-la Laurie – qui attend impatiemment son retour à la maison en faisant de la tarte aux pommes (sans trop de sucre car elle fait attention à son alimentation et sait qu'une femme enceinte sur dix développe le diabète), l'entend arriver, ouvre sa porte et ses bras, l'odeur de la tarte aux pommes – avec une touche de cannelle – se répand un peu partout, une vieille chanson (*One Day He'll Come Alone, The Man I Love*) joue à la radio, l'homme avance au ralenti, un petit vent – venu d'on ne sait où – agite ses cheveux, il s'approche de sa bien-aimée, la future mère de son enfant, il lui dit quelque chose de tout à fait commun mais de *tellement* beau, du genre:

124

— Bébé, je t'aime et je t'aimerai toujours.

Et, après l'avoir tendrement embrassée, il lui annonce :

— Chérie, j'ai décidé de m'inscrire à des cours de massage pour pouvoir passer des heures à te soulager des douleurs de la grossesse. J'ai aussi acheté plusieurs livres sur le développement de l'enfant parce que l'éducation de notre futur rejeton me passionne. Et, regarde, j'ai magasiné en Californie et j'ai trouvé de jolis vêtements pour le bébé. Mmmh ! Comme ça sent bon ! Et comme tu es belle !

Ensuite, ils font l'amour pendant des heures dans un lit d'eau anti-vagues qui sent la lavande et finissent par manger la tarte aux pommes qui, miraculeusement, n'a pas brûlé.

Bon. Maintenant, la scène réelle. Pascal entre en catastrophe dans l'appartement alors que je suis affalée sur le fauteuil, prise en flagrant délit de fainéantise :

— Laurie ! Tu as des sous pour payer le taxi ? Je n'ai plus un rond.

— Mais non ! Je n'ai rien. Tu aurais pu y penser avant, non ?

— J'ai oublié. Merde. Bon, je vais essayer de m'arranger. Je reviens tout de suite.

Pas un baiser, pas un commentaire sur ma beauté (j'ai quand même pris le temps de me maquiller et de me faire un traitement pour les cheveux à l'huile chaude, à la vitamine E et aux enzymes de fruits des champs. Résultat : pas génial, mais vaudrait au moins une remarque du genre : «Tu as l'air en forme»). Dix minutes passent, puis vingt, puis trente. Après une heure, Pascal n'est toujours pas de retour. Quand il franchit le pas de la porte à nouveau – une heure et quart plus tard –, il dit, comme si cela allait de soi : «Je suis passé devant la Maison de la presse et je me suis arrêté deux minutes. Regarde, ils ont ressorti les *Pif Gadget* ! J'ai réussi à mettre la main sur le premier exemplaire. C'est super ! Le magazine vient avec une pochette remplie d'œufs

de triops qu'on peut faire éclore ! Tu te rends compte, des crus-
tacés qu'on retrouvait dans la nature il y a des millions d'années !
Ouah. Quand je vais montrer ça à mes collègues, ils vont mourir
de jalousie ! Hé, je suis affamé. Il y a quelque chose à manger ? »
Une petite bise sur le front, cette fois-ci, mais pas d'excuses pour
m'avoir laissé poireauter comme une imbécile. Et comme je n'ai
pas préparé de tarte aux pommes, nous nous rabattons sur une
vieille boîte de biscuits soda pâteux avalés avec un verre de lait.
Après quoi, Pascal s'endort pendant que je le force à garder sa
main sur mon ventre pour sentir le bébé bouger.

Ma vie est un vrai conte de fées…

Pascal est retourné au boulot ce matin, son *Pif Gadget* sous le
bras. Je suis quant à moi allée faire la file au bureau d'assurance-
emploi, geste de désespoir ultime qui pourrait laisser croire que
je ne suis pas capable de trouver un nouveau travail, mais non,
il ne s'agit que d'une tactique : après tout, il faut bien que je
rembourse mon compte Visa. Le chômage ne sera d'ailleurs
qu'une étape temporaire – mais nécessaire – avant que je décroche
l'emploi du siècle. La pluie avant le beau temps, la dèche avant
la richesse et le succès.

J'ai passé une heure à attendre, les jambes lourdes, car, malgré
ma grossesse ÉVIDENTE – enfin, je trouve, moi, que c'est
évident – personne ne m'a cédé la place. Pourtant, je caressais
mon ventre en me tenant le dos, soupirais et poussais à intervalles
réguliers des gémissements de fatigue qui auraient facilement pu
passer pour les signes avant-coureurs d'un accouchement prématuré. Mais les chômeurs ne connaissent rien aux bonnes manières.
Et après, ils se demandent pourquoi ils n'ont plus de travail ! Dire
que nous, contribuables, nous payons pour qu'ils se la coulent
douce pendant des mois, ces fainéants. Comble de malchance, je

me suis présentée au bureau à 11 h 53. Et que fait le fonctionnaire quand arrive midi ? Il prend sa boîte à lunch et part se reposer jusqu'à 13 h et des poussières, pendant que les sans-emploi – qui prendraient bien son travail, et, aussi, sa pause dîner, ce qui ne m'avancerait pas plus – font le pied de grue devant des guichets fermés. Heureusement, j'avais une provision de Kit Kat Chunky (pas très nourrissant, mais ça m'a permis de tenir le coup). Par contre, impossible d'aller faire pipi – et d'en profiter pour fumer – si je voulais garder ma place. En effet, qu'on n'aille pas s'imaginer qu'il existe de la solidarité entre les moins nantis : les chômeurs n'auraient jamais toléré que ma grossesse soit pour moi prétexte à un traitement privilégié. Pourtant, quand les guichets ont rouvert, à 13 h 06, je me trouvais dans une situation qui ne me laissait plus d'autre choix que d'exiger un traitement de faveur. Plus que l'envie de fumer, c'est l'envie d'uriner qui était devenue si urgente que quelques minutes d'attente supplémentaires auraient eu de graves conséquences pour mon honneur et pour le tapis du bureau d'assurance-emploi.

Ai-je déjà noté que parmi les désagréments – nombreux – de la grossesse, il en est un qui peut s'avérer plutôt gênant quand, par exemple, on a bu un grand verre d'eau tiède avant de se trouver durant une heure dans une file d'attente ? Il s'agit des « mictions fréquentes » (placé en cinquième position dans la *Liste des petits maux de la grossesse* que m'a donnée Marie-Pierre, dans le but évident de me rendre hypocondriaque). Le bébé commence à envahir dangereusement mon espace vital, il pousse sur ma vessie comme s'il était seul au monde. Hé, oh, bébé, un peu de respect pour les organes de ta mère !

Tout ça pour dire qu'après une heure d'attente, quand j'ai vu apparaître la petite madame du guichet d'assurance-chômage (ou assurance-emploi, selon qu'on aborde la vie de façon pessimiste ou optimiste), n'en pouvant plus, j'ai quitté la file et suis effrontément passée devant tout le monde – en poussant le grognement, reconnaissable entre tous, de la truie qui sent sa dernière heure venue. Je me suis penchée vers la fonctionnaire et ai chuchoté : « Désolée madame, mais je dois vraiment aller aux toilettes. Je suis enceinte… J'attends depuis plus d'une heure. Est-ce qu'il y a moyen de passer tout de suite ? » La guichetière m'a lancé un regard de vieille bique, par-dessus ses lunettes, et a répliqué, à voix haute – très haute : « Madame, si tout le monde faisait comme vous, ça serait l'anarchie. Allez faire votre pipi, et reprenez votre rang dans la file. »

Génial : tous les sans-emploi m'ont vue me diriger piteusement vers les toilettes, sans doute heureux de constater que l'ordre régnait et qu'on ne laisserait pas une petite rien du tout le briser. Une fois assise sur le siège des toilettes, je n'ai pas réussi à expulser une seule goutte, convaincue que tout le monde m'entendrait vider ma vessie. Rien de tel pour vous bloquer le sphincter. Et quand j'ai voulu regagner ma place, les rangs se sont resserrés de façon à me faire comprendre la règle archaïque que personne n'a formulée : « Qui va à la chasse perd sa place. » Pfff ! Mes concitoyens sont décidément tous des nazis.

J'ai finalement réussi à faire ma demande de chômage, et ai appris au passage :

- que si je ne trouve pas de travail avant l'accouchement, je ne serai pas éligible au congé de maternité (c'est Pascal qui va être heureux. Il risque de me forcer à accepter n'importe quel boulot minable. Par exemple, faire du télémarketing chez Yves Rocher) ;
- que je peux poursuivre le Festival pour discrimination mais que j'ai peu de chance de remporter autre chose que des ennuis (bon, je m'en doutais, mais fallait quand même que je me renseigne) ;
- que je vais avoir un garçon (mon ventre est pointu et, selon la conseillère en emploi, qui possède sans doute aussi un

baccalauréat en voyance, ça veut dire que mon bébé est de sexe masculin. Je n'ai pas montré mon scepticisme devant le manque de fondement scientifique de son hypothèse, de peur qu'elle ne me coupe l'accès au chômage).

◆

19 avril

Tiens, huit nouvelles varices sont apparues sur mes cuisses (trois à gauche, cinq à droite). Très décoratif.

Pascal travaille sans arrêt, je le vois à peine. Il m'a fait un vague résumé de sa semaine en Californie, passant sans aucun doute par-dessus les passages les plus croustillants. Par exemple, il a avoué avoir très peu dormi mais n'a pas répondu quand je lui ai demandé avec qui il avait très peu dormi et pourquoi il avait si peu dormi. Depuis son retour :

- il m'a reproché à vingt-trois reprises d'être parano (il n'a même pas pris la peine de choisir des synonymes – folle, hystérique, détraquée, fêlée, j'en connais de très jolis – ne serait-ce que pour donner l'impression que notre relation est autre chose qu'une longue et interminable répétition du même acte) ;
- nous n'avons pas fait l'amour.

Sinon, je suis toujours essoufflée, enflée de partout (impossible que je sois devenue si grosse. Mon Dieu, faites que ça ne soit que de la rétention d'eau) et je passe ma vie aux toilettes, à extraire une goutte d'urine à la fois. Ma libido, étrangement, est plus forte. Mais Pascal travaille tellement que, lorsqu'il rentre à la maison, il ne rêve que de son lit (et peut-être aussi d'une jeune femme filiforme). Me voilà donc, en plus de tout le reste, frustrée sexuellement.

J'adore être enceinte.

◆

20 avril

Pas eu de nouvelles de Marc depuis le message sur son répondeur – qui, incidemment, coïncidait avec le retour de Pascal. Me trouve-t-il tout à coup insignifiante ou cherche-t-il à éviter Pascal ?

◆

21 avril

Discussion sur le choix d'un prénom. Pascal n'a « pas envie de penser à ça maintenant ». Quand j'ai tenté de savoir pourquoi, il m'a sorti un prétexte bidon, m'a assurée que dans certaines tribus africaines nommer un enfant avant sa naissance porte malheur. Pascal est le genre de personne qui a toujours recours à l'Afrique quand il s'agit de trouver des explications aux questions épineuses de la vie – Pourquoi les hommes s'endorment-ils après l'amour ? Comment met-on le caramel dans la Caramilk ? Michael Jackson existe-t-il vraiment et, si oui, pourquoi ? Bien sûr, l'Afrique est le berceau de l'humanité, le nombril du monde, mais mon fiancé ne connaît strictement rien à l'Afrique, à ses traditions et à ses rites. Ses références n'ont donc aucune valeur et ne riment à rien.

Après avoir harcelé Pascal pendant plus d'une demi-heure, j'ai quand même réussi à lui tirer les vers du nez. Si jamais il avait un fils, Pascal voudrait l'appeler Bruce. Bruce. Je ne peux pas croire que j'ai vécu quatre ans avec un gars qui avait quelque part enfoui en lui le désir d'appeler son fils Bruce ! Je lui ai demandé d'où venait lui cette idée saugrenue :

— Bruce, comme Bruce Springsteen ?

— Non. Comme Bruce Willis.

— Quoi ? Tu voudrais que le prénom de ton fils soit inspiré d'une vedette hollywoodienne dont le principal intérêt réside dans la grosseur de ses muscles ?

— C'est un excellent acteur, Laurie… Et de toute manière, il est vraiment trop tôt pour choisir un prénom. Voyons, tu n'as même pas l'air enceinte ! D'ailleurs, si ça se trouve, c'est une grossesse ectopique ou je ne sais quoi.

— Pascal, j'ai un bébé dans le ventre, avec un cœur, des bras, des jambes.

— Comment tu peux en être si certaine ?

— J'ai entendu son cœur !

— Mais tu ne l'as pas vu. Il n'est peut-être pas viable.

— Tu es de mauvaise foi, Pascal !

— Mais non. J'essaie seulement de te faire comprendre qu'il vaudrait mieux attendre avant de parler de ça.

◆

22 avril

Première soirée de filles depuis mon anniversaire, à cette époque bénie où je ne pesais que cinquante-huit kilos et où je pouvais encore passer pour une femme normale, alors que j'ai maintenant l'air, au choix : a) d'une petite grosse ; b) d'une fille qui devrait revoir son programme d'entraînement et faire plus de redressements assis ; c) du bonhomme Michelin ; d) de tout ça à la fois. Isabelle a essayé de démolir mes complexes : « C'est un problème vestimentaire, Laurie. Je t'assure, si tu mettais des vêtements de grossesse, on devinerait tout de suite que tu es enceinte. » Le problème, c'est que je porte *déjà* des vêtements de grossesse. Seulement, il ne s'agit pas des vieilles robes à plis bouffantes que privilégiaient les femmes de la génération précédente et qui signalaient une grossesse comme une soutane désigne un prêtre. La mode grossesse est maintenant sexy : le pantalon taille basse

131

fait fureur, on le porte sous la bedaine, le t-shirt est court, il laisse paraître un petit nombril proéminent que d'aucuns jugent tout à fait indécent mais que d'autres apprécient (qui, au juste ? Présentez-moi ces amateurs de ventripotentes !). Ce qui laisse planer longtemps une certaine ambiguïté. « De toute façon, a affirmé Sarah comme si elle lisait dans mes pensées, la tendance est au gros. Maintenant que l'on a aboli l'esclavagisme, le *Black is beautiful* des Américains a fait place au *Big is beautiful*… Et, d'ailleurs, Laurie, qu'est-ce que ça peut faire, que les autres ne sachent pas tout à fait dans quelle catégorie te placer ? On s'en fiche, des autres ! » J'allais répliquer que je m'en ficherais si Pascal me complimentait un peu plus, si j'avais au moins la sensation d'être belle pour celui qui, après tout, est le principal responsable de ce surplus de poids, mais Valérie est entrée dans le restaurant à ce moment-là, avec l'expression tragique d'une star dans un film muet. « Mon Dieu, qu'est-ce qui t'arrive ? a demandé Marie-Pierre. » Valérie s'est effondrée sur une chaise et a fondu en larmes. « C'est Nicolas ! Le salaud ! »

Soit dit en passant, nous savons toutes – à l'exception de Valérie – que Nicolas est un salaud depuis que ma sœur a découvert qu'il est inscrit à un site Internet de rencontres où, sous sa photo, il affirme sentir bon et avoir un appétit sexuel insatiable (si ça se trouve, il prend du Viagra et finira aveugle, sans chien pour l'aider à se déplacer. Bien fait pour lui). Quand Ève m'a appris ça, il y a plus d'un an, j'ai gardé le secret, pour ne pas faire de mal à Valérie, qui aime tellement son Nicolas. Mises à part Sarah, Isabelle et Marie-Pierre, je n'ai rien dit à personne. Mais, vraisemblablement, la vérité vient d'éclater. Valérie, morveuse et larmoyante, nous a abreuvées des détails de son malheur. « Hier, j'ai eu ma visite gynécologique annuelle, et j'ai abordé la question des enfants avec mon médecin. Il m'a dit que, vu mon âge, il valait mieux ne pas attendre si je ne voulais pas risquer d'en venir aux longues et coûteuses procédures de fertilisation *in vitro*…

Depuis une semaine, j'étais toute contente de savoir que mon boulot était assuré grâce aux histoires de Viagra, et je croyais que Nicolas et moi pourrions fonder une famille… Mais quand j'ai dit à Nicolas que je voulais qu'on essaie d'avoir un bébé… il m'a avoué qu'il préférerait me quitter plutôt que de faire des enfants ! Le salaud ! »

Valérie s'est remise à pleurer à chaudes larmes. Marie-Pierre a sorti ses mouchoirs antibactériens (où diable trouve-t-elle de pareilles étrangetés ?), Sarah a tapoté affectueusement l'épaule de Valérie et Isabelle est allée chercher une autre bouteille de vin.

— Et… il est parti ? ai-je demandé.

— Ouiiiii ! a crié Valérie. Le salaud ! Dire qu'on était fiancés depuis trois mois !

Elle s'est levée avec les mouvements amples et lents d'une insomniaque, et nous a demandé : « De quoi j'ai l'air ? Je suis certaine que mon mascara a coulé partout… » Malgré nos hochements de tête négatifs, elle est partie se refaire une beauté dans les toilettes. Isabelle a levé les yeux au ciel :

— Pffff ! Pauvre chérie ! C'est quand même incroyable ! Les hommes d'aujourd'hui ne sont plus capables de prendre leurs responsabilités ! D'éternels ados…

— Moi, a ajouté Sarah, si je décidais d'avoir un bébé, je m'arrangerais pour bien séparer tous les rôles : je choisirais un géniteur, je garderais un amoureux pour l'affection, un ou deux amants pour le sexe, et un ami – gai de préférence – pour jouer au père. C'est la seule façon de passer à travers la maternité sans se faire trop amocher. Et toi, Laurie, qu'en penses-tu ?

Les filles se sont toutes tournées vers moi comme si j'étais le docteur Mailloux de la maternité. Je ne savais trop quoi leur répondre. Que je n'ai pas fait l'amour avec Pascal depuis des semaines ? Qu'il est de plus en plus souvent au travail et de moins en moins à l'appartement ? Que je l'ai surpris au téléphone – à qui parlait-il ? – en train d'avouer qu'il ne se sentait pas prêt pour la paternité, que c'était moi qui avait décidé de garder le bébé ? Que j'ai l'impression que notre couple bat de l'aile ? J'ai souri de toutes mes dents bien alignées de fille qui a longtemps porté des broches, et ai répondu :

— Oh, moi… Pascal est tellement parfait !

— Tu as de la chance, a soupiré Valérie, qui venait de se rasseoir et remplissait son verre de vin à ras bord.

Je l'aurais bien imitée, pour faire passer le goût amer de mon mensonge. À la place, j'ai pris un des sushis qui se trouvaient devant moi et je l'ai porté à ma bouche. Alors que j'allais avaler mon petit morceau d'algues et de poisson cru, Marie-Pierre a poussé un cri :

— Laurie ! Qu'est-ce que tu fais ?

Je l'ai dévisagée.

— Quoi ? Il y a un problème ?

— Mais voyons ! Tu ne vas pas me dire que tu ne sais pas que le poisson cru est à proscrire du régime de la femme enceinte ! C'est super dangereux. Tu peux attraper l'anisaki-dose !

Marie-Pierre est fantastique, elle sait le nom de toutes les maladies, même celles qui contiennent cinq syllabes et plus. Elle devrait écrire une encyclopédie médicale.

— La quoi ?

— Anisakidose. Des petites larves qui causent des troubles intestinaux et, si je me souviens bien, qui peuvent provoquer une fausse couche.

Horreur. J'ai tout de suite pensé à l'énorme boîte de sushis que Marc m'a apportée samedi dernier. J'ai recraché les lambeaux de poisson que j'avais dans la bouche, tout en sachant bien que ça ne servait sans doute à rien. Le mal est fait, c'est certain. Depuis près d'une semaine, d'horribles vers gluants se promè-nent dans mon corps à la recherche de chair fraîche. Au secours ! Cette vision affreuse de parasites se baladant allègrement dans mon corps m'a coupé l'appétit. Du coup, j'ai fumé plus que je n'aurais dû (six cigarettes. La culpabilité m'envahit) et j'ai très peu participé à la conversation, toute concentrée sur les mouvements du bébé – à peine perceptibles ce soir. Est-ce un symptôme de fausse couche ?

Je suis rentrée chez moi à pied. Les rues étaient bondées de jeunes femmes sveltes pour qui le pire drame existentiel se résume sans doute à décider si, en ce vendredi soir printanier, il est plus adéquat de porter une robe d'été ou un chandail à manches longues et une paire de jeans. J'enviais leur minceur. Et leur naïveté. Elles ne savent pas encore que la vie est bourrée de terribles dangers, qu'une menace pèse sur elles, que les choses qui inspirent le plus confiance – par exemple, de mignons petits sushis colorés… ou un fiancé – peuvent se transformer en véritables armes de destruction massive.

Ce soir, l'appartement est vide et silencieux. Pascal est parti jouer au PlayStation avec quelques informaticiens attardés et ne reviendra sans doute pas avant l'aube. Je n'arrive pas à dormir et même *L'Iliade* ne vient pas à bout de mon insomnie. La triste histoire de Valérie m'a laissée perplexe. Pascal est-il un Nicolas en puissance ? Et s'il décidait, lui aussi, de fuir ses responsabilités parentales ?

Vite, une clope pour faire passer l'angoisse.

◆

23 avril

Cauchemar affreux. J'ai rêvé que je passais une échographie et que l'image révélait que mon ventre abritait… un gros caillou ! Quelle horreur ! Est-ce un rêve prémonitoire ? Est-ce un signe que le bébé souffre d'une malformation grave ? Ou une manifestation d'une déviation chronique dans ma relation père/fille ? Je devrais aller voir un psy. Mais un psy coûte cher et je n'ai toujours pas payé mon compte Visa. Adieu veau, vache, cochon, psychanalyse.

◆

Pascal vient de m'annoncer qu'il n'assistera pas à l'échographie parce qu'il a trop de travail. Non mais, ce n'est pas croyable, ça !

◆

Wow. J'ai cassé quelques assiettes – *as seen on TV* – et ai ainsi convaincu Pascal de venir avec moi à l'hôpital faire connaissance avec sa progéniture. Méthode très efficace. À reproduire *ad nauseam* à chaque fois que Pascal me refusera quelque chose – devrais-je placer en permanence une assiette dans mon sac à main pour m'assurer de ne pas manquer de combustible quand viendra le moment de faire une nouvelle crise ?

SEMAINE 18

24 avril

J'ai raconté les mésaventures de Valérie à Pascal. Il a pris la défense de Nicolas, m'a dit que nous le jugions trop sévèrement et de façon tout à fait partiale parce que nous n'avons eu que le point de vue de Valérie. « Et tu aurais voulu qu'on fasse quoi ? Qu'on invite Nicolas à partager notre repas pour nous expliquer la situation telle qu'il la perçoit ? Et, une fois partis, pourquoi on ne t'aurait pas invité aussi ? Et Janette Bertrand, pour animer le débat ? » Pascal a répliqué qu'il n'y avait pas moyen de discuter avec moi, que chaque fois qu'on abordait la question des bébés, je devenais susceptible et qu'il commençait à en avoir plus qu'assez. Il est parti acheter du lait – pourtant, nous avons une pinte pleine dans le frigo – et n'est toujours pas revenu. Pourquoi les hommes prétendent-ils toujours aller acheter du lait quand ils abandonnent leur femme?

◆

Je m'étais trompée. Pascal ne m'a pas abandonnée. Pire: il s'est arrêté – très, très longtemps – chez Héloïse qui, paraît-il, l'aide à comprendre ce que nous vivons. Selon Pascal, je ne devrais pas la considérer comme une ennemie, mais comme une alliée. Une alliée! Comment une belle fille, que dis-je, une superbe, une magnifique, une resplendissante fille – à côté d'elle, Miss Univers a l'air d'un cornichon (ce commentaire, soit dit en passant, n'est en rien déformé par un vil sentiment de jalousie) – comment une déesse de la beauté avec qui mon copain passe plus de temps qu'avec moi pourrait-elle devenir une *alliée*? «Héloïse réussit à m'expliquer ton point de vue, mais sans s'énerver, puisqu'elle n'est pas liée émotivement à notre situation. Ça m'aide beaucoup à prendre du recul.» Prendre du recul, prendre du recul. Il n'a que ça en tête, Pascal. S'il continue à reculer ainsi, il va se casser la gueule en tombant dans le précipice qu'il n'aurait pas vu derrière lui!

◆

En soirée, coup de fil de Marc, dont je n'avais pas eu de nouvelles depuis les sushis. J'ai décidé de ne pas lui parler de l'anakichose, la maladie du poisson cru, de peur qu'il n'accoure chez moi, ne se jette à mes pieds pour me demander pardon ou qu'il ne meure sur-le-champ, victime d'un accès de culpabilité galopante. Avec un gars d'une pareille sensibilité, il vaut mieux ne pas prendre de risque. Marc m'appelait pour me souhaiter bonne fête:

— Bonne fête? Mais ce n'est pas ma fête.

— Mais oui, Laurie. Tu n'es pas au courant ? C'est aujourd'hui la première Journée mondiale de la femme enceinte.

La Journée mondiale de la femme enceinte ? N'importe quoi ! Mais tant qu'à y être, j'ai profité de l'occasion pour donner rendez-vous à Marc le lendemain midi pour célébrer ça, et de reprocher à Pascal de ne pas avoir souligné cette importante journée, cette journée ca-pi-ta-le pour la femme ENCEINTE que je suis.

— Quoi ? Une journée mondiale de la femme enceinte ? a répliqué Pascal. Quelle niaiserie ! Et pourquoi pas une Journée intergalactique des hommes à qui on impose un bébé ? Ça me semble tout aussi valable, sinon plus.

— Quoi ? Je t'*impose* un bébé, maintenant ? Je t'impose un bébé ! C'est quoi ce délire ?

— Tu ne peux pas dire que tu m'as vraiment laissé le choix…

— Je ne t'ai pas laissé le choix ? Ce qu'il ne faut pas entendre ! Tu vois, Marc ne passerait jamais ce genre de commentaire, lui.

J'étais assez fière de pouvoir montrer à Pascal qu'il n'était pas le seul à avoir un rival, ou plutôt un *allié* du sexe opposé.

— Marc te fait la cour. Il serait prêt à dire n'importe quoi pour te plaire, a lancé Pascal avec l'intention évidente de changer de sujet.

— Mais non, chéri. Il m'aide à comprendre ce que nous vivons, c'est tout.

— Un homme ne peut pas être innocemment ami avec une femme, Laurie. Rappelle-toi de *When Harry Met Sally.*

— Attends un peu, Pascal. Tu me disais le contraire il y a quelques heures.

— Entre Héloïse et moi, c'est différent.

— Eh bien entre Marc et moi aussi, c'est différent. Franchement Pascal ! En plus, je suis enceinte !

Nous avons terminé la journée en boudant chacun de notre côté, lui, avec son *Pif Gadget* qu'il lit pour la millième fois, moi, avec un livre sur la grossesse que mon père m'a donné la semaine passée – usagé. Édition 1970 (je n'étais même pas née!). Les photos sont à se tordre de rire : vêtements hippies, cheveux permanentés et réflexions ésotériques sur la meilleure manière d'accoucher selon le signe astrologique du bébé. Hélas, la mode des sushis n'est apparue dans le monde occidental que durant la dernière décennie, si bien qu'on ne trouve aucune information sur l'anakimachin.

Dans quatre jours : échographie. Je serai enfin fixée sur l'état du bébé. Et, si tout va bien, je pourrai ensuite me concentrer sur les petites choses de la vie quotidienne : être aimable avec Pascal – et lui vanter les joies et mérites de la paternité –, chercher un boulot, choisir un prénom à l'enfant, aller voir mon coiffeur et lui demander de me donner une allure plus respectable pour que le bébé ne s'évanouisse pas d'horreur en m'apercevant.

◆

26 avril

Dîner avec Marc, qui m'a apporté un magnifique bouquet de fleurs (très original – je ne connais le nom d'aucune des fleurs – et de bon goût). Merveilleux : nous avons parlé bébés, relation parent/enfant, décoration intérieure et cuisine santé. Si j'avais aussi abordé des sujets comme la cellulite, les bourrelets et l'orgasme multiple (mythe ou réalité ?), j'aurais eu l'impression de discuter avec une copine. Par contre, mes amies insistent rarement pour payer la facture et m'ouvrir la porte quand je descends de voiture.

Téléphone d'Ève dans l'après-midi. Elle a été surprise d'apprendre que j'avais revu Marc :

— Quoi ? Tu vois mon ex ?

— Ton ex, ton ex, je te rappelle que tu l'as à peine fréquenté. D'ailleurs, ne t'en fais pas, je ne suis pas une femme volage et je suis enceinte. Et toi, avec Sébastien, ça va ? Tu ne l'as pas encore remplacé ?

— Non. Il est super et, comme prévu, il a choisi de faire porter mes vêtements à tous les animateurs de son émission. Comme pub, c'est parfait. Et ça ne me coûte pas un sou.

— Quelle vision romantique de l'amour tu as, Ève.

— Bof, tu sais, moi, le « ils vécurent heureux et eurent beaucoup d'enfants », je laisse ça à d'autres. À toi et Pascal, par exemple.

Celui avec qui je suis censée vivre heureuse et avoir beaucoup d'enfants est rentré après le souper, alors que je prenais un bain. Il s'est assis sur le bord de la baignoire, m'a regardée d'un air las en mangeant ses chips BBQ, s'est attardé aux parties de mon corps qui formaient un petit archipel d'îles au dessus de la mousse – mes seins et mon ventre –, n'a pas semblé leur trouver un potentiel érotique satisfaisant. J'ai quand même saisi l'occasion pour lui dire que la libido des femmes enceintes était *très* élevée durant le deuxième trimestre. Le moment me semblait tout désigné pour profiter de cet aspect inusité, et fort agréable, de la grossesse. Mais Pascal a levé les yeux au ciel et a soupiré : « Pffff. Je suis tellement fatigué ce soir, Laurie. On ne peut pas faire ça une autre fois ? » Je rêve ou quoi ? Un homme qui refuse constamment les avances de sa copine, c'est un cas de divorce, non ? J'ai demandé à Pascal depuis quand il avait plus d'énergie pour travailler que pour faire l'amour. « Écoute, Laurie, nous avons beaucoup de boulot ces temps-ci et je ne tiens pas à perdre mon emploi, moi. Il faut bien que quelqu'un paie le loyer et tu ne me donnes pas l'impression de chercher très fort un nouvel emploi. D'ailleurs, il arrive quand, ton chèque de chômage ? Je te ferais remarquer que nous n'avons toujours pas payé le compte d'électricité. » C'est scandaleux. Pascal n'a aucune reconnaissance pour mon travail de femme enceinte. Après tout, est-ce que je ne travaille pas vingt-quatre heures sur vingt-quatre, depuis plusieurs mois ? Fabriquer un bébé, ça demande de l'énergie. Mais, pour la simple raison que je ne suis pas rémunérée, mon labeur perd toute valeur aux yeux de Pascal. Je lui ai reproché sa façon bêtement capitaliste de percevoir la situation. J'en ai aussi profité pour lui dire qu'il n'était pas obligé de toujours utiliser le « nous » quand il parle du boulot – ce qui me laisse entendre qu'il inclut spontanément et systématiquement Héloïse. Il s'est fâché : « Je travaille avec une équipe de programmeurs, c'est bien normal que je dise « nous » ! Et c'est grâce à ce « nous » que tu peux mettre du beurre sur ton pain, madame Je-suis-au-dessus-de-tout-ça. Pendant que tu vogues sur un nuage, que tu te laisses vivre et que tu dînes avec Mister Perfect, moi, je garde les pieds sur terre. Allez, je suis fatigué, je vais dormir. » Il allait sortir – laissant traîner son sac de chips vide par terre – quand il s'est ravisé :

— En passant, les fleurs dans la cuisine, ça vient de qui ?

— De Marc.

— Ah. Bien sûr. Mister Perfect. C'est peut-être avec lui que tu aurais dû avoir un bébé.

J'en suis restée bouche bée. Que voulait dire Pascal par là ? Qu'il est temps que je demande à Marc d'adopter le bébé ? Après plusieurs minutes d'immobilité, molle comme un ravioli trop cuit, j'ai réussi à m'extirper du bain avec l'espoir d'une explication. Quand je suis sortie de la salle de bain, j'ai aperçu Pascal qui ronflait, affalé sur le fauteuil du salon. Trop tard pour les explications.

Cette nuit, pour la première fois depuis que nous vivons ensemble, nous avons fait chambre à part.

Avant d'aller me coucher, pour me consoler, j'ai bu un litre de lait et mangé trois Aero au caramel – ou étaient-ce des Caramilk avec des trous ? Toutes ces nouvelles sortes de chocolat et ces émotions me rendent un peu confuse. Dois-je le préciser ? J'ai très mal dormi.

Depuis quand n'avons-nous pas fait l'amour ? Suis-je si effrayante que Pascal ne me touchera plus avant que j'aie repris ma forme initiale – aussi bien dire jamais ?

◆

29 avril

MESSAGE D'INTÉRÊT PUBLIC :

Malgré ma volonté, je suis dans l'impossibilité d'arrêter de fumer pour ne pas provoquer de rupture entre Pascal et moi. Notre couple est déjà en train de se désagréger ; qu'arriverait-il si, en plus, je passais à travers l'épreuve du sevrage sans le soutient de Pascal ? C'est triste, mais c'est la vie : notre enfant souffrira d'un souffle au cœur causé par les cigarettes que j'ai été forcée de fumer pour ne pas mettre à l'épreuve la patience de son père.

Échographie dans trois jours. Je vais noyer mon appréhension dans la nicotine.

◆

30 avril

Échographie dans deux jours. Je caresse mon ventre en essayant de ne pas penser à *Eraserhead*.

◆

1ᵉʳ mai

Échographie demain. Je caresse mon ventre et ronge mes ongles.

SEMAINE 19

2 mai

Échographie

Mon Dieu! Quelle merveille!

Je vais avoir une fille.

Une merveilleuse petite poupée… qui, hélas, deviendra dans quinze ans une adolescente avec acné et broches – bagage génétique oblige. Mais peu importe. Elle a deux bras et deux jambes, son cerveau n'est pas atrophié, son cœur bat à la vitesse normale d'un cœur de fœtus. Tout va bien. Elle est si parfaite que durant l'échographie, l'infirmière s'est exclamé à plusieurs reprises: «Quel beau bébé! Non mais, regardez-la donc. Elle suce son pouce. Vous voyez? Ici, c'est son petit doigt, et là sa bouche. Quel beau bébé!» J'étais émue aux larmes, à un point tel que j'ai même oublié pendant quelques secondes l'horrible jaquette bleu pâle qu'on m'a forcée à porter, pour une raison qui m'échappe d'ailleurs complètement puisqu'il aurait été beaucoup plus simple que je garde mes jeans et soulève mon t-shirt, ce qui m'aurait d'ailleurs évité de me retrouver les jambes à l'air et la petite culotte exposée au vu et au su de tout le monde. Bon, il n'y avait pas foule dans la salle, mais ces temps-ci j'ai des jambes de babouin – il faut vraiment que je passe chez l'esthéticienne – et je portais ma pire culotte – brune, je le confesse. Je ne tenais pas du tout à montrer ça à l'infirmière, à Pascal – qui m'a suivie, par acquit de conscience et/ou par crainte d'avoir à nouveau à balayer des éclats d'assiettes brisées – et encore moins au séduisant jeune médecin qui est passé en coup de vent signer le rapport d'échographie. Ledit médecin – vraiment, vraiment sexy (ce n'est pas moi qui parle, ce sont mes hormones en ébullition) – m'a aussi assuré que le bébé se portait bien. Et c'est lui qui a annoncé: «Et vous allez avoir… Oui, oui… Une belle petite fille. Félicitations!» Sous le coup de l'émotion, j'ai pris la main de Pascal et l'ai mouillée, que dis-je?, inondée de mes larmes de joie. Sa paume à lui était froide et moite, son bras raide. Malgré l'obscurité de la pièce, j'ai pu constater qu'il ne pleurait pas, et qu'il n'avait pas la tête de celui qui vit l'un des plus grands moments de sa vie. Quand je pense qu'il était plus expressif il y a quelques jours, quand il est rentré à l'appartement avec son *Pif Gadget*! Misère. Si je me trouve un nouvel emploi, ce n'est pas moi que j'enverrai en psychanalyse, mais Pascal.

Je m'apprêtais à l'interroger sur sa façon incongrue de réagir aux événements quand, dans le corridor de l'hôpital, nous avons croisé le docteur La Mort. J'ai failli en faire une fausse couche. Je me suis arrêtée, figée.

— Ça va, Laurie? m'a demandé Pascal.

J'ai balbutié:

— La mort, la mort…

— Mais non, voyons. Le médecin t'a confirmé que tout allait bien. Ce que tu peux être parano! a répondu Pascal, utilisant son adjectif préféré – et le seul qu'il semble juger apte à me décrire, même si j'en connais plein d'autres (belle, séduisante, fantastique, merveilleuse, intelligente, brillante, cultivée, charismatique, drôle, pleine d'esprit, etc.).

Après un moment d'immobilité et quelques longues respirations (calquée sur celles que font, dans les films, les femmes qui accouchent), j'ai réussi à riposter: «Franchement Pascal, il serait temps que tu essaies de me comprendre un peu mieux! Nous venons de croiser l'Empereur, le docteur La Mort. Mon Dieu! Il travaille ici! J'espère ne plus jamais le revoir.»

J'ai allumé une cigarette, pour me remettre de cette émotion – demain, j'arrête de fumer. Pascal m'a passé un commentaire du genre: «Maintenant que tu sais que le bébé est en santé, essaie de ne pas l'amocher avec ta nicotine.»

— Ah, parce que tu t'en préoccupes, de ce bébé, ai-je rétorqué. Je suis contente de l'apprendre, parce qu'à voir ta réaction – ou plutôt ton absence de réaction – au moment de l'échographie, il y a de quoi se poser des questions.

— Franchement, Laurie, tu trouves ça émouvant, toi, de regarder une espèce d'image de pare-brise de voiture avec quelque chose comme un essuie-glace cassé qui gigote en arrière plan...

— Pascal! C'est de ta fille qu'il s'agit! Pas d'un essuie-glace!

— Oui, ça va, j'avais compris. Mais il faut avoir beaucoup d'imagination pour s'attendrir pendant une échographie. Sérieusement, Laurie, sans les indications de l'infirmière, ne viens pas me dire que tu aurais su différencier la tête du cul.

— Différencier la tête du cul! Ce que tu peux être vulgaire!

Une préposée aux bénéficiaires a interrompu notre discussion, qui se préparait à devenir houleuse, en me lançant avec horreur, comme si j'étais en train d'accomplir un génocide :

— Madame, vous n'avez pas le droit de fumer! D'ailleurs, c'est dangereux pour le bébé. Et vous allez finir au cimetière.

— Comme tout le monde, ai-je rétorqué, en écrasant ma cigarette par terre, comme une malapprise.

Nous sommes sortis de l'hôpital. Pascal a pris à droite, direction métro/boulot/Héloïse et moi, j'ai choisi la gauche, direction dodo/Kit Kat/sandwich merguez.

Je vais avoir une fille! Mon Dieu! J'en suis toute chamboulée.

◆

3 mai

J'ai appelé les copines pour leur annoncer le sexe de mon bébé. Elles étaient folles d'enthousiasme.

Réaction de Marie-Pierre : « C'est vrai ? Aïe. Tu sais, avec la puberté précoce, les filles ont maintenant leurs règles à onze ans. J'espère que ça ne sera pas trop douloureux pour elle. Moi, c'est comme si je mourais chaque mois tellement les menstruations me font souffrir. »

Réaction de Sarah : « Tu es clitoridienne, toi, hein ? Il faudrait que tu demandes à ta mère et à celle de Pascal si elles sont vaginales. Il paraît que c'est héréditaire. Avec un peu de chance, ta fille sera clitoridienne et vaginale. Ça serait super, non ? »

Réaction de Valérie : « Si elle est aveugle, promis, je dompte son chien gratuitement. »

Réaction d'Isabelle : « Tu crois qu'elle va te ressembler ? En tout cas, je ne veux pas te vexer, mais il vaudrait quand même mieux pour elle qu'elle ait le nez de Pascal… Et tu crois qu'elle fera autant d'acné juvénile que toi ? »

Ma famille a réagi aussi bien.

Réaction de ma sœur : « Génial. Je pensais justement faire une ligne de vêtements pour fillettes. Je suis certaine que ça serait super payant. Tu me passeras ta fille comme modèle ? Il faudra que tu lui apprennes à ne pas trop gigoter, j'ai horreur des modèles qui bougent sans arrêt. »

Réaction de mon père : « Elle deviendra peut-être la muse d'un artiste, qui sait ? Mais ne compte pas trop sur moi pour les photos. Tu sais, les bébés, ce n'est vraiment pas mon truc. »

Réaction de ma mère : « Tiens, je viens justement de lire un article sur l'obésité des jeunes filles. Tu sais que c'est de plus en plus alarmant ? Mais avec un peu de chance, ta fille sera anorexique. C'est beaucoup plus facile à traiter. Et plus élégant. »

Pffff ! Décourageant.

◆

4 mai

Je vais avoir une fille, une autre moi-même. Génial.

   Génial ?

◆

5 mai

Génial, oui. Une autre moi-même, qui trouvera ses seins trop petits pendant la première partie de sa vie et trop mous durant la dernière ; qui passera son temps à essayer des coupes de cheveux qui ne lui iront *jamais* aussi bien que celle de la fille dans le magazine ; qui se sentira coupable dès qu'elle aura trop mangé mais qui mangera plus pour dissiper sa culpabilité ; qui sera condamnée à chercher son point G sans jamais savoir si c'est vraiment ça, la petite bosse ici, oui, c'est ça, plus bas, continue ; qui fera semblant d'aimer la salade plus que la poutine ; qui ne comprendra jamais le langage HTML et le plaisir qu'on peut éprouver à regarder des gars courir après une rondelle de hockey.

   Génial.

◆

7 mai

Passé la journée à réfléchir à un prénom pour notre fille en m'empiffrant d'œufs, de crêpes et de bacon – samedi est la journée par excellence du brunch, ce repas qui donne l'impression de sauter soit le déjeuner soit le dîner, mais où l'on finit toujours par consommer quinze fois plus de calories que si on avait pris deux repas normaux. Uma me semble un prénom particulièrement joli. Mais Pascal n'est pas d'accord, ça lui rappelle le cri du Marsupilami – houbba ! houbba ! Il préfère Juliette – Pascal est très original : Juliette arrive en première position dans la liste de popularité des prénoms. J'ai manifesté ma désapprobation :

— Juliette ? Quelle drôle d'idée… « Heureux poignard, je serai ton fourreau », ça te dit quelque chose, Pascal ? Roméo et Juliette ? Tu voudrais qu'elle se fasse hara-kiri, notre fille ? Et pourquoi pas la prénommer Ophélie ? La folie et la noyade ou le poignard dans le cœur ? Choisis ce que tu préfères.

— Laurie, ce n'est pas parce que Shakespeare a choisi ce nom-là pour une de ces héroïnes qu'il trace l'avenir de toutes les Juliette. Si c'était le cas, je me ferais vendeur de poignards et je serais certain de devenir riche dans une vingtaine d'années…

SEMAINE 20

10 mai

Quelle chose terrible : maintenant que je n'ai plus de nausées depuis déjà un bon moment, que je commence à m'habituer aux mouvements du bébé, maintenant que j'ai trouvé un fond de teint efficace pour dissimuler mes boutons – tout en combattant les points noirs/l'excès de sébum/les rides/le cancer de la peau – et que j'ai acheté une crème miracle pour faire disparaître les vergetures – très, très chère (et je n'ai pas encore remboursé Visa…) mais essentielle à mon bonheur –, maintenant que j'ai plus d'énergie – malgré les nuits d'insomnie passées à calculer le total de mes dettes et à me convaincre que Pascal est mûr pour la paternité, bref, maintenant que ma qualité de vie s'améliore de façon notable, ma vie sexuelle, elle, continue à se détériorer.

En fait, c'est pire, elle ne se détériore pas, elle n'existe plus.

Pourtant, ce n'est pas le désir qui manque. Enfin, je parle pour moi. Mais Pascal est si souvent absent que je passe des journées entières avec des envies de caresses inassouvies. Si ça continue comme ça, je vais sauter sur le facteur – Oups! Le facteur est en fait une factrice, discrimination positive oblige. Bah, facteur ou factrice, au point où j'en suis, ça n'a plus d'importance. Le soir, quand Pascal est là, c'est encore plus frustrant. Il est fatigué. Ou il me sort une rengaine du genre : « Pas ce soir chérie, j'ai la migraine. » Ou il joue à Civilization jusqu'à ce que je finisse par m'endormir.

Et… si Pascal était gai ?

Oh non! Pas ça! C'est sûr. Il est gai. Et la venue d'un bébé – fille, de surcroît – va le pousser à sortir du placard. J'aurais dû m'en douter quand il m'a confié qu'il voulait nommer son fils Bruce en l'honneur de Bruce Willis – Bruce Willis, ses muscles, ses t-shirt trop serrés, sa barbe jamais vraiment rasée, l'incarnation même de l'Homme : un idéal pour les gais – ou quand il m'a avoué qu'il trouvait que Celine (sans accent) Dion n'était *pas si mal*. Tout le monde sait que Celine Dion est un travesti, non ? Et maintenant que j'y pense, quand nous nous sommes connus, j'avais l'air d'un garçon manqué, avec mes cheveux courts et mes aisselles poilues – officiellement par sympathie pour mes ancêtres français (les Françaises ne se rasent pas les aisselles, c'est bien connu), en vérité par paresse. Maintenant, je suis toute en courbes, une Femme, une vraie potiche de fertilité ambulante. Pas moyen d'imaginer – même avec beaucoup, beaucoup de bonne volonté – que je suis un homme. D'où la chute du désir de Pascal. Oh non! Que vais-je devenir? Mère monoparentale avec un ex père de ma fille et néanmoins homo, quel triste destin que le mien!

◆

12 mai

Selon Sarah – qui, dois-je le rappeler, collectionne les amants comme quelqu'un d'autre collectionnerait les timbres (qui ont l'avantage de se ranger beaucoup plus facilement dans une valise) – Pascal n'est pas homosexuel. Je lui ai demandé comment elle pouvait en être si certaine.

— Sarah, ne me dis quand même pas que Pascal a fait partie de tes amants !

— Mais non, Laurie ! Pour qui tu me prends ? Quoique, entre toi et moi, je ne le trouve pas si mal, ton Pascal… Mais je ne mêle pas amitié et sexe, ne t'inquiète pas.

— Alors, pourquoi exclus-tu la possibilité qu'il soit gai ?

— Je le sais, c'est tout. Écoute, j'ai déjà été amoureuse d'un gai et, depuis ce temps-là, j'ai comme développé un radar pour détecter ceux qui le sont et ceux qui ne le sont pas. Et, en passant, Pascal s'habille beaucoup trop mal pour être gai.

— C'est mon père qui l'habille.

— Ton *père* ?

— Oui, il lui refile les chemises trop petites pour lui qu'il a achetées dans des sous-sols d'église ou à l'Armée du salut.

— Ah. C'est beau la famille…

◆

13 mai

Mon hypothèse ne tient pas. Si Pascal était gai, je n'aurais pas à craindre la compétition d'Héloïse. Or, il est très clair que Pascal a un faible pour Héloïse. Et sa baisse de désir correspond au moment où Héloïse – qui est si mince qu'elle doit suivre un régime à l'héroïne ou quelque chose du genre – est arrivée dans le décor ET au moment où j'ai commencé à prendre du poids. Conclusion : Pascal aime les grandes échalotes. Mais je saurai ressusciter la flamme malgré ma nouvelle silhouette – plus pastèque qu'échalote. Suffit d'un bon jeu d'ombres et de quelques atours séduisants pour faire oublier les nouveaux kilos.

Zut! Pas moyen d'être aguichante : seules mes vieilles culottes trouées, dont les lavages ont rendu l'élastique béant, me vont encore, ce qui n'est pas très adéquat puisque leur fonction habituelle est de repousser Pascal les soirs où mes règles me donnent plus envie d'acheter un *punching bag* que d'essayer même les positions les plus simples du Kama Sutra. Côté soutien-gorge, c'est encore plus catastrophique. Je porte les horribles et vastes bustiers que mon père m'a rapportés d'un marché aux puces et qui ont sans doute vu passer plusieurs générations de seins avant d'arriver chez moi. De quoi faire perdre son érection même à un homme victime d'une surdose de Viagra. Alors à Pascal…

14 mai

Heureusement que le congélateur est rempli de cette nouvelle crème glacée Ben & Jerry's qui porte le nom inspirant de Chocolate Therapy : saveur de chocolat avec biscuits au chocolat, pépites de chocolat et coulis de pouding au chocolat. Moins cher qu'un psy, ça me permettra peut-être de passer à travers mes frustrations sexuelles – ou de tout autre type de frustrations.

Ma séance de thérapie au chocolat a été interrompue à mi-contenant par un coup de téléphone de ma mère. Wow! Elle vient de nous inviter, Ève et moi, à passer une semaine à Cancun ! Grâce à ma sœur, elle magasine les hommes sur le Web depuis quelques semaines, et elle a trouvé ce qu'elle cherchait : un pilote d'avion retraité qui a accès à des billets à prix modiques. C'est épatant ce que les prétendants de ma mère et de ma sœur sont capables de faire pour leur plaire ! À voir la façon – diamétralement – opposée – dont Pascal me traite, je vais finir par me convaincre que je suis une enfant trouvée ou une extra-terrestre. C'est déprimant. J'ai accepté l'invitation. Nous partons dans dix jours. Je chercherai du travail au retour. Avec un teint bronzé, je débusquerai sans doute quelque chose d'intéressant. Et Pascal me trouvera certainement beaucoup plus sexy bronzée. Le foncé, ça amincit.

◆

Quand j'ai annoncé à Pascal que je partais au Mexique, il a tout simplement dit :

— Ce n'est pas comme ça que nous allons réussir à améliorer l'état de nos finances.

Et il est allé jouer à Civilization. J'aurais dû rétorquer que ce n'est pas en jouant à Civilization tous les soirs qu'il va réussir à améliorer l'état de nos rapports amoureux.

À la place, j'ai mangé un gros bol de Chocolate Therapy.

SEMAINE 21

15 mai

Ça n'a pas de sens. Nous n'avons pas fait l'amour depuis plus d'un mois ! D'après une enquête menée auprès de mes copines, à ce stade, les risques d'effondrement du couple sont de 98 % (marge d'erreur de 2 %, 19 fois sur 20, selon le cycle solaire et/ou le cycle menstruel des répondantes). Ce soir, c'est décidé, j'aborde avec Pascal la question épineuse de la Sexualité du Couple en Période de Gestation.

◆

Pascal est arrivé trop tard et trop soûl pour que nous puissions parler de notre sexualité ou, tout simplement, que nous passions à l'acte. Quand je lui ai demandé avec qui il était, il m'a répondu : « Avec mes collègues. » Il a ignoré mes autres questions (« Et Héloïse, elle va bien ? Toujours aussi aimable ? Elle te donne de bons conseils sur NOTRE relation ? ») et n'a pas réagi à mes avances. « Laurie, je n'ai vraiment pas la tête à ça. » Il s'est endormi en ronflant pendant que j'élaborais une théorie pour l'empêcher de voir Héloïse pendant ma semaine au Mexique.

◆

18 mai

Horreur ! Mes vêtements d'été ne me vont évidemment plus ! Je n'aurai rien à porter au Mexique. C'est déprimant : j'ai l'air d'un lutteur sumo dans mon bikini rose à pois blancs. D'ailleurs, une question existentielle s'impose ici : comment ai-je pu prendre autant de volume si le fœtus ne mesure qu'une vingtaine de centimètres et pèse à peine quelques centaines de grammes ?

J'ai dévoré un contenant complet de crème glacée Chocolate Therapy en tentant de trouver une réponse à cette question. Puis, remplie de culpabilité et de calories vides, je suis allée faire un peu de marche rapide. N'ai pas pu résister à la tentation d'acheter un nouveau maillot de bain, quatre culottes et deux soutiens-gorge en dentelle (la vendeuse m'a assurée que c'était très sexy. Mais un éléphant peut-il être sexy ?).

À mon retour, la factrice était passée – pas moyen de la séduire aujourd'hui – et avait laissé une enveloppe contenant...

mon premier chèque de chômage! Déception: il y a là à peine de quoi payer les appels que je m'apprête à passer à Pascal durant mon séjour dans le Yucatan.

◆

19 mai

Je pars après-demain pour le Mexique et n'ai toujours pas:

- fait l'amour avec Pascal;
- réglé mes problèmes (sexuels et autres) avec Pascal;
- trouvé le moyen d'enfermer Pascal dans l'appartement ou d'envoyer à Héloïse un virus capable de la mettre sur le carreau pendant mon absence;
- arraché tous les poils qui couvrent mon corps et qui, sur fond blanc – ma peau – sont si rébarbatifs qu'ils risquent de faire fuir tous les baigneurs du golfe du Mexique;
- réussi à faire disparaître mes vergetures malgré une dose massive de crème miracle (me suis-je fait avoir par une publicité trompeuse? À mon retour, je porterai plainte. Qui sait? On m'enverra peut-être gratuitement un autre pot de crème… ce qui, tout compte fait, ne règlera pas le problème);
- trouvé des fringues présentables.

◆

20 mai

Passé la journée à répondre au téléphone. Marie-Pierre tenait à me rappeler les dangers qui m'attendent en sol mexicain, en particulier la mer – attention aux raies, aux requins et à la bactérie mangeuse de chair, au soleil – je dois protéger à tout prix sa nièce (sa nièce?) des rayons UV qui peuvent s'infiltrer à travers mon ventre, la tourista – son conseil : apporter suffisamment de barres granola, de jus Oasis et de lait longue conservation pour me nourrir toute la semaine sans avoir à toucher à la nourriture mexicaine. « Et n'oublie pas de bouger tes jambes dans l'avion pour prévenir les risques de phlébite ! Appelle-moi dès que tu reviens ! » Sarah m'a assurée que les Mexicains aimaient les femmes rondes : « Profites-en ! a-t-elle conseillé. » Valérie a pleurniché un bon coup, comme si je partais pour trois ans, avant de me lancer : « Tu en as de la chance, toi ! Un bébé, un copain et un voyage dans le Sud ! » « *You bet* », que je ne lui ai pas répondu.

Isabelle m'a appelée quelques minutes plus tard et en a profité pour me mettre au courant des dernières aventures de Nicolas : elle l'a aperçu au Bílý Kůň avec une fille qui devait avoir douze ans. En voilà un qui a décidé de ne plus se faire avoir par l'horloge biologique des femmes.

◆

21 mai

Et si l'avion s'écrasait ? J'imagine très bien, en première page du *Journal de Montréal* :

CRASH D'AVION
Une jeune femme périt. Elle allait avoir un bébé.
Témoignage du conjoint éploré en page 3

Et on verrait une photo de moi, souriante, et une photo de Pascal, larmoyant, qui tiendrait dans ses bras un petit ourson de peluche sans doute acheté quelques minutes après mon départ pour préparer notre appartement à l'arrivée du bébé. Pascal avouerait, à travers ses sanglots : « J'aurais tellement voulu serrer le bébé dans mes bras ! Et dire une dernière fois à Laurie à quel point je l'aime!» Tiens, depuis quand Pascal ne m'a-t-il pas dit qu'il m'aimait? Ne pas oublier de le lui reprocher ce soir.

SEMAINE 22

22 mai

Je n'aurais pas dû boire de vin dans l'avion, mais ça été plus fort que moi. Il fallait bien que je me calme un peu. Pascal m'a fait faux bond une fois de plus: il n'est pas venu me reconduire à l'aéroport parce qu'il ne «voyait pas l'utilité de payer un taxi pour faire l'aller-retour». «De toute façon, tu vas être avec ta sœur et ta mère. Vous allez parler de bronzage durant tout le trajet. Et tu t'en vas seulement une semaine!» *Seulement* une semaine! Pfff! Il n'aurait pas pu me dire que j'allais lui manquer, qu'une journée sans m*oi* était une journée sans *joie*, qu'il m'aimait tous les *jours*, pour tou*jours*? Comble du comble, il m'a donné un petit bisou tout sec avant que je parte, en ajoutant: «Ça va nous faire du bien de prendre un peu de recul.» Si je ne m'étais pas retenue, je l'aurais étripé! Encore du recul! Et cette fois-ci, il semble penser que j'ai aussi besoin d'en prendre, du recul. Je lui ai fait remarquer que je ne voyais pas du tout comment je pourrais me le permettre: «Si tu penses que je dois prendre du recul par rapport à mon état, c'est impossible: je suis collée contre le bébé. Ce bébé colonise mon ventre. Je ne peux pas me payer le luxe de m'interroger sur le pour et le contre de la maternité en sirotant un Ricard. Je la vis sans arrêt, moi, la maternité. J'y pense tout le temps. Et si jamais j'oublie un moment que je suis enceinte, ne t'en fais pas, ta fille a des jambes assez vigoureuses pour me le rappeler!»

Pascal s'est borné à répliquer: «Laurie, elle n'est pas encore née. Ce n'est pas encore *ma* fille.» J'ai pris mon sac de voyage

156

– très, très lourd. Miracle des miracles, Pascal a daigné lever son derrière pour m'aider – et suis montée dans le taxi, où m'attendaient ma mère, ma sœur, le chauffeur de taxi, de la musique créole à plein volume et une quantité affolante de valises. En guise d'au revoir à Pascal, j'ai crié : « Que tu le veuilles ou non, Pascal, c'est ta fille ! Nous sommes dans le même bateau toi et moi ! »

◆

23 mai

Oh là là ! Je n'aurais jamais dû venir ici. On dirait que la plage est peuplée de figurants de *Bay Watch*. Ça sent les implants et le silicone à plein nez. Les vacanciers sont tous beaux, bronzés, amateurs de volley-ball et semblent connaître par cœur les dialogues improvisés du *reality show Temptation's Island*. Les filles ont toutes des bikinis rose fuchsia, un *tan* uniforme et une horde de *beach boys* à leurs pieds prêts à remplacer leur verre de *pina colada* sitôt terminé ou à étendre une couche épaisse d'huile de bronzage sur leur corps sans bourrelets – et moi qui croyais que l'ère de l'huile de bronzage était révolue ! De quoi j'ai l'air avec mon FPS 45 ?

À côté de ces Pamela Anderson, je détonne un peu. Je suis tellement blanche et grosse que si je mange une carotte, on risque de me prendre pour un bonhomme de neige. Très original. Et au lieu de courir après un ballon en prenant des poses de *playmate*, je passe mon temps, à m'empiffrer de *tortillas* et de beignets. Ève et ma mère ont décidé, évidemment, de passer la semaine à faire de la plongée, sport que je ne peux, sous peine de mort immédiate et irrémédiable, pratiquer. Sympathique, la *familia*. Ève m'a suggéré de faire des activités moins périlleuses : compter les grains de sable, lire un peu, observer le vol des mouettes et la transformation des nuages, me balader sur la plage

– où les autres m'observent avec effarement : « Aaaah ! Qu'est-ce que cette chose pâle et boudinée ? *Is it some kind of monstrous marshmallow ? Does it glow in the dark ?* » Passionnant. Comble de malchance, j'ai oublié d'apporter un livre. J'ai donc le choix entre l'exemplaire de *Les hommes viennent de Mars, les femmes viennent de Vénus* qu'Ève a apportée ou une série de romans Harlequin ensablés et gondolés qui traînent dans le hall d'entrée de l'hôtel. Si ça continue, je vais finir par regretter mon exemplaire de *L'Iliade*.

◆

24 mai

J'en suis à la page 63 du roman – Harlequin, dois-je le préciser ? – *Captive du désert*, moment captivant où Angela découvre que le séduisant et distant Bruce n'est pas, comme elle le croyait, amoureux de la belle Monica. Il fait cette confidence à Angela après avoir tranché la gorge d'un lynx – ou d'un guépard, je ne sais plus trop – qui se jetait sur elle, prêt à la dévorer. Le sang macule ses muscles bronzés et son regard placide évite celui, ardent, de la jeune femme.

Zut. J'ai attrapé un coup de soleil. J'espère que je ne donnerai pas le cancer de la peau à mon enfant !

Je mange encore deux beignets et pars ensuite à la recherche d'un téléphone. Pascal s'ennuie sans doute de moi.

◆

Pas réussi à rejoindre Pascal. J'essaierai à nouveau dans dix minutes.

◆

Toujours pas de réponse. Pourtant, il devrait être là.

◆

J'ai appelé Pascal quatre-vingt-trois fois aujourd'hui. La cabine de téléphone se trouvant à vingt-deux pas de ma chaise longue, ça me fait une marche quotidienne de mille huit cent vingt-six pas, soit environ un kilomètre. Et c'est sans compter les allers-retours entre ma chaise longue et le restaurant de l'hôtel. Mais bon, ce n'est certainement pas assez pour dépenser les dix mille calories ingérées durant la journée.

Heureusement, nous n'avons pas d'afficheur téléphonique à l'appartement. Et je n'ai pas laissé de message à Pascal. Au moins, s'il s'est amusé toute la soirée comme un célibataire irresponsable – avec ou sans Héloïse –, il ne pourra pas, en plus, se gargariser d'avoir une femme complètement folle de lui à ses pieds.

Où Pascal a-t-il passé la soirée ? Comment se fait-il qu'il ne soit pas resté à côté du téléphone à attendre – anxieusement – mon appel ?

Les cigarettes mexicaines sont horribles, mais je vais en fumer une avant de me coucher. Ça lui apprendra.

◆

26 mai

Passé les deux derniers jours à faire, cette fois-ci, l'aller-retour entre le lit et les toilettes. J'aurais dû me méfier de la sauce qui accompagnait les tortillas. À moins que ça ne soit les cigarettes mexicaines ?

Ève et ma mère sont comme de vraies adolescentes : elles passent leurs journées dans l'eau et sortent avec le professeur de plongée tous les soirs jusqu'aux petites heures du matin. Elles rentrent à moitié soûles, rient tellement fort que je me réveille, et elles en profitent pour me raconter les mer-veil-lleux moments

159

qu'elles ont passés (leur récit contient chaque fois un nombre incalculable de points d'exclamation). Elles savent maintenant parler espagnol – « *Oun autro margarita por favor* » – et danser la salsa. J'ai l'impression que ma fille a aussi appris à danser la salsa – de façon tout à fait autodidacte, quelle enfant prodige : elle donne des coups partout où mes organes font mal. Je me sens misérable. Et à ce rythme-là, je serai plus blanche à l'arrivée qu'au départ.

◆

27 mai

Aujourd'hui, je vais beaucoup mieux. J'ai recommencé à manger – mais plus de beignet – et à fumer – eh oui. Mais j'arrête à mon retour. J'ai sûrement perdu quelques kilos depuis deux jours. Ça ne peut pas être mauvais : j'ai assez de réserve pour que le bébé se serve à même mes bourrelets. Par ailleurs, j'ai l'air d'un lézard – ou d'un cafard – en pleine période de mue. Mon coup de soleil ne s'est pas transformé comme par miracle en un *tan* éclatant. Tant pis, j'achèterai une crème autobronzante au Duty Free Shop et je m'en enduirai le corps avant de monter dans l'avion. On n'y verra que du feu.

Pascal ne répond toujours pas au téléphone. J'ai essayé au travail. C'est Héloïse qui a répondu. J'ai tenté de changer ma voix, mais elle m'a sans doute reconnue.

— Vous voulez laisser un message, madame... ?, a-t-elle demandé en insistant longtemps sur les trois petits points, qui auraient normalement dû aboutir – tadam ! – à la révélation de mon identité mystère.

— Non, non. Je rappellerai plus tard. Vous savez quand il sera de retour ?

— Très bientôt. Il est seulement parti chercher notre lunch.

Je le savais! Il continue à jouer au gentleman avec Héloïse. Vraiment, j'aurais dû l'enfermer à double tour dans l'appartement avant de partir. Maintenant, pas moyen de profiter de mes vacances : je n'aurai plus en tête que l'image de Pascal et d'Héloïse en train de déguster leur sandwich au végépâté en se regardant dans le blanc des yeux. Tout ce que je peux espérer de mieux, c'est que les sourires de Pascal soient parsemés de morceaux de végépâté coincés entre ses dents, ce qui devrait limiter la tentation de l'embrasser que pourrait éprouver Héloïse.

J'espère qu'Héloïse n'a pas reconnu ma voix. Si Pascal apprend que je lui téléphone au boulot, il va croire que je passe mes journées à penser à lui, que je suis dépendante affective. Rien de moins attirant qu'une dépendante affective.

Mon Dieu, pourquoi suis-je dépendante affective?

Je vais lire mon Harlequin, pour me consoler. Et je commande un *pina colada*. Quoi? J'ai bien le droit de prendre un petit verre de temps en temps. Accompagné d'une cigarette. Je ne vais quand même pas souffrir seule pendant que Pascal mène une vie trépidante avec sa collègue et *amie*.

Aïe. C'était la *hora feliz*, deux pour un sur les *pina colada* – gigantesques et trèèèès alcoolisés. Pas bon, ça, pas bon du tout. J'ai laissé un message à Pascal dont je préférerais ne plus me souvenir, où je lui avouais entre deux hoquets qu'il me manquait. Je pense même avoir fredonné, en faussant, la chanson de Grease, *You're*

the One that I Love. Ridicule. Pour ce qui est de ne pas passer pour une dépendante affective, c'est gâché.

J'ai aussi osé m'approcher d'un groupe de vacanciers dans le but de me mêler à eux. Mais dès que je leur ai confirmé que j'étais enceinte – au tout début de la conversation, je tenais à mettre les choses au clair dès le départ, histoire de ne pas leur laisser croire que je suis toujours aussi difforme –, j'ai senti leur désapprobation. Ils n'ont rien dit, mais ils me regardaient comme si j'étais sur le point de commettre un infanticide à chaque fois que je prenais une gorgée de *pina colada*. Pour finir, ils sont partis prendre un bain de minuit – sans m'inviter – et je me suis replongée dans mon roman. C'était tellement beau et j'étais tellement ivre que j'ai versé quelques larmes quand Bruce a enfin avoué son amour à Angela avant de la prendre dans ses bras et de l'embrasser tendrement. Misère. J'ai étudié durant trois ans en littérature pour en arriver *là*? Ça ne valait pas la peine d'investir autant: avec l'argent que j'ai dépensé pour mes frais de scolarité, j'aurais pu m'acheter tous les Harlequin publiés à ce jour – et, en plus, une bouteille de crème autobronzante de première qualité.

◆

28 mai

Horreur. J'ai appliqué de la crème autobronzante partout sur mon corps, en faisant bien attention pour l'étendre uniformément, mais j'ai l'air d'un crapaud. La crème a fait des taches jaunes partout où ma peau avait pelé. Résultat: ma peau – qui continue à se desquamer par plaques – présente une palette de couleurs s'étirant du blanc-neige à l'orange Crush. Grotesque. Ma sœur et ma mère, avec qui je n'ai finalement pas passé plus de vingt minutes diurnes durant la semaine, ont quant à elles réussi à bronzer normalement. Allez savoir comment, puisqu'elles portaient une combinaison de plongée tous les jours. Décidément, il n'y a pas de bon Dieu pour les femmes enceintes déprimées affectivement, dépendantes/amatrices de romans Harlequin. Si ça se trouve, je vais être placée à côté des toilettes dans l'avion, collée contre une file de passagers en gougounes atteints de tourista.

◆

Je suis assise à côté des toilettes dans l'avion. Misère.

SEMAINE 23

29 mai

Ça y est, ma vie s'effondre.

Pascal a abandonné l'appartement – et moi, par la même occasion – pour, soi-disant, prendre ENCORE du recul. En guise d'explication, il ne m'a laissé qu'une note succincte – écrite à l'endos d'un papier graisseux et taché de ketchup ayant sans aucun doute servi à contenir une portion de frites. Très chic.

Laurie,
Je ne sais plus trop où j'en suis. Mais ne t'inquiète pas. J'ai seulement besoin d'un peu de tant. Prend ça comme un enterremment de vie de garçon. Profite de mon absense pour t'amuser (et trouver du travaille).

Je te donnerai des nouvelle bientôt. S'il te plais, n'essaie pas de me rejoindre. Respecte mon besoin de solitude.

Pascal

P.S. N'oublie pas de payer le comte d'électricité. Nous sommes en retard de quatres mois.

P.P.S. Mister Perfect ta appelé. Il n'a pas laissé de messages.

P.P.P.S. Ton père voudrait savoir s'il peut t'emprunter des sous pour acheté un nouvelle appareil-photo. Sa dernière caméra a été écrasé par une grue alors qu'il photographiait des roches dans une carrière.

Misère de misère de misère de misère. Sarah avait raison : la seule manière de réussir la maternité, c'est d'avoir plusieurs partenaires en réserve ! Me voilà seule comme un ténia. Que faire, maintenant ? Dois-je me jeter en bas du pont Jacques-Cartier – à l'heure de pointe, pour assurer une certaine visibilité à mon geste de désespoir ? Dois-je me planter devant les bureaux de Radio-Canada avec une pancarte où j'écrirais – avec mon propre sang – « Le père de mon enfant vient de m'abandonner », dans l'espoir de passer au Téléjournal et, tant qu'à y être, de récolter des dons pour payer le compte d'électricité ? Dois-je monter les marches de l'oratoire Saint-Joseph sur les genoux et ainsi sensibiliser enfin Dieu le miséricordieux à ma tragique cause ?

Je vais commencer par essayer de trouver le numéro de téléphone d'Héloïse. Pas de doute, Pascal s'est réfugié chez elle. Où est l'annuaire téléphonique ?

Héloïse qui, au juste ? Zut. Sans son nom de famille, je ne parviendrai jamais à la retracer. Où Pascal note-t-il le numéro de ses amis ?

Pascal a emporté son carnet de numéros de téléphone avec lui. J'appelle ses parents ? Non, trop humiliant, et ils risquent de sauter sur l'occasion pour m'avouer qu'ils n'approuvent pas ma grossesse (car, de toute évidence, ils auraient préféré une belle-fille plus distinguée, plus cultivée, une belle-fille capable d'apprendre à son enfant quel est le PIB par habitant du Kurdistan ou de lui expliquer les bases de la physique quantique). J'appelle sa sœur ? Non, elle va en profiter pour déclarer que ma situation est typique, que ça lui rappelle ce qu'elle a vécu, que Pascal ne vieillira jamais, que j'aurais dû m'en douter.

Que faire ?

Je vais demander l'asile psychologique à ma mère. Il me semble que c'est ce qu'il y a de plus mieux à faire dans ce genre de situation.

◆

30 mai

Ma mère m'a accueillie avec un flot de paroles réconfortantes :

— Ma pauvre puce ! Si au moins tu t'étais fait avorter ! Qui voudra de toi maintenant ? Tu sais, selon les statistiques, les femmes monoparentales ont dix fois plus de difficulté à trouver un conjoint que les femmes sans enfants.

— Maman, je n'ai pas besoin d'un nouvel homme. Pascal reviendra.

— Bien sûr, ma puce, bien sûr. En attendant, il a filé et toi, tu es sur le point d'accoucher, tu n'as pas de travail et ce n'est certainement pas ton baccalauréat en études littéraires qui va te permettre d'assurer un avenir décent au bébé. Tu sais, l'adoption…

— Maman !

— Laurie, je pense à ton bonheur. À propos, tu devrais arrêter de manger mon chocolat noir. C'est mauvais pour la ligne et ça va t'empêcher de dormir. Veux-tu un morceau de céleri ? Un verre d'eau ? Et vraiment, il faut que tu fasses quelque chose avec ta peau! Je t'enverrai voir mon esthéticienne, elle pourra peut-être t'aider. En attendant, je te suggère de porter des chandails à manches longues. Ma pauvre puce! Une chance que je suis là!

◆

31 mai

Je suis allée à l'appartement prendre ma brosse à dents et quelques vêtements. Je préfère habiter chez ma mère en attendant le retour de Pascal. Au moins, ça me fait de la compagnie. En plus, elle a le câble et Internet haute vitesse.

Si Pascal était mort, la situation serait beaucoup moins compliquée. Je ne perdrais pas mon temps à lire et à relire sa petite note graisseuse, à analyser chacun des mots, à me répéter sans cesse qu'enterrement de vie de garçon signifie prendre un coup dans un club de danseuses avant de s'envoyer en l'air avec sa collègue. Je pourrais pleurer un bon coup, passer une chronique nécrologique dans les journaux: «Pascal S. laisse dans le deuil sa Laurie bien-aimée, sa fille Uma, quelques sacs de chips BBQ et une vieille casserole de *chili con carne*. Il a apporté avec lui dans l'autre monde son DVD de Civilization, son *Pif Gadget* et ses triops.» Puis, je tournerais la page. Mais pour l'instant, ma vie s'est arrêtée à une page remplie de fautes d'orthographe qui sent la vieille frite huileuse.

◆

3 juin

Journée complètement déprimante. J'ai rencontré ma nouvelle obstétricienne, une femme jeune splendide, bien habillée, au ventre ultra plat, qui doit donner des envies de suicide à toutes ses grosses patientes et des fantasmes aux futurs papas. Docteur

Lagacé. C'est fou ce que les médecins portent bien leur nom dans ce pays. Docteur L'agace a commencé par prendre mon poids.

— Tu as pris beaucoup de poids depuis ta dernière visite.

— Combien je pèse?

— Soixante-cinq kilos.

Devant mon air complètement affolé, elle a ajouté : «Et à partir de maintenant, tu prendras sans doute un demi kilo chaque semaine. Mais c'est normal. Ne t'en fais pas.» Et il me reste quatorze semaines de grossesse! Donc sept kilos à venir... Mon Dieu, faites que mon enfant soit prématuré. Ainsi, je n'atteindrai peut-être pas le poids horrible de soixante-douze kilos. Je ne supporterai jamais de peser soixante-douze kilos! À moins qu'on puisse alimenter le fœtus par intraveineuse? Je suis prête à ce qu'on fasse une petite incision dans mon ventre pour relier le bébé à un sac de soluté. En plus, il existe sans doute du soluté bio. Je suis certaine que c'est beaucoup plus riche en protéines, en oligo-éléments et en toutes ces autres choses essentielles au développement sain du fœtus que la nourriture que j'ingère ces temps-ci. Et ça me permettrait de faire un régime – quoique, à ce stade-ci, le jeûne serait plus approprié – ni vu ni connu. Le docteur L'agace, qui a certainement savouré ma mine déconfite – quoique son air très professionnel n'en laissait rien paraître – a poursuivi la liste des malheurs qui m'attendaient : «Maintenant, tu te sens assez bien. Par contre, les prochains mois vont être plus difficiles. Le troisième trimestre est le plus éprouvant. Tu vas te sentir lourde, enflée, fatiguée. Essaie de faire des siestes, de bien t'alimenter, de ne pas t'exposer à des situations stressantes. Ton conjoint et toi devriez penser à vous inscrire à des cours prénataux pour vous préparer à l'accouchement. La réceptionniste te donnera toutes les informations. Dans les prochaines semaines, il faudra aussi que tu passes un test pour le diabète. Plusieurs femmes, particulièrement celles qui n'ont pas contrôlé leurs fringales, développent le diabète de grossesse. Mais ta situation ne me paraît pas inquiétante. Mis à part une prise de poids supérieure à la moyenne et quelques boutons d'acné, tu ne sembles pas avoir de problèmes. As-tu des questions ? » Je n'ai pas osé parler de la cigarette, de l'abandon de Pascal –, une situation trèèèès stressante – ni de ma thérapie au chocolat. J'ai murmuré « Merci, madame », comme si elle venait de me donner un paquet de Smarties, et je suis rentrée chez ma mère. Prise de poids un peu supérieure à la moyenne ou *nettement* supérieure à la moyenne ? Et a-t-elle dit *acné* – comme dans « acné juvénile » ? Avoir des boutons, passe encore, mais de l'acné… Ça sonne comme une maladie vénérienne, honteuse (genre l'acné à streptocoque aigu). Sans compter que ça me ramène à l'âge maudit où je portais des broches, des ponchos et le fardeau d'être une adolescente très peu prisée par la gent masculine. Je n'ai vraiment pas besoin de me rappeler cette époque.

C'est décidé : j'achèverai ma grossesse dans une forêt lointaine, loin des regards de tous. J'accoucherai dans une grotte – où des loups finiront sûrement par me dévorer. On retrouvera mon squelette dans plusieurs années, entouré de petites statuettes de fertilité que j'aurai sculptées durant mes temps libres. Ma fille, qui aura miraculeusement échappé à l'appétit des bêtes féroces, vivra avec les loups dans l'harmonie la plus totale mais sera réintégrée dans la société humaine par Mister Perfect. Je deviendrai la sainte patronne des femmes enceintes ; mes statuettes se vendront à prix d'or ; ma fille écrira un livre dont le titre sera *Ma mère* ; Hollywood achètera les droits ; Uma Thurman jouera mon rôle. Pascal ne s'en remettra jamais et terminera sa vie rongé par le remords et l'ostéoporose.

◆

Avant de quitter le monde civilisé, j'ai quand même voulu me donner une dernière dose de Chocolate Therapy. Mais, ô rage, ô désespoir, la crème glacée s'est mystérieusement volatilisée du congélateur – certain que ma mère y est pour quelque chose. J'ai cherché partout mais n'ai rien trouvé de plus intéressant que des barres énergie sans sucre, sans lactose et faibles en gras (où est l'énergie là-dedans?). Et l'épicier du coin a refusé que je paie mes Kit Kat avec Visa. Misère. Disparaître dans la nature sans avoir préalablement accumulé quelques réserves de sucre ne me semble pas une très bonne idée.

J'ai remis mon projet à plus tard et ai passé les heures suivantes à mâcher une barre énergie en me caressant le ventre et en envoyant des pensées négatives à Pascal. Je ne me sens pas plus énergisée qu'avant.

Ma mère m'a offert une balance électronique. Comme si ma vie n'allait pas déjà assez mal!

Soixante-six kilos quatre cents grammes! Les batteries ont sans doute besoin d'être changées. C'est le problème avec les balances électroniques: on ne peut jamais vraiment s'y fier, à moins de remplacer régulièrement les piles. Je vais en acheter de nouvelles – ma mère a justement laissé traîner quelques dollars dans la salle de bain.

Soixante-six kilos cinq cents grammes… Il y a un problème. Certainement lié au fait que j'ai acheté les batteries les moins chères. Si ça se trouve, je me suis fait avoir. Je vais aller me plaindre et les échanger. Et au diable la dépense, j'achèterai la meilleure qualité de piles – ma mère a justement laissé traîner quelques dollars sur sa table de chevet.

◆

Soixante-six kilos sept cents grammes. À ce rythme-là, je vais peser deux cents kilos à la fin de la journée. Comment se fait-il que je n'arrive jamais au *bon* poids ? C'est clair, cette balance ne fonctionne pas. J'imagine qu'on m'en donnera au moins huit dollars dans un *pawn shop*. De quoi m'acheter un paquet de cigarettes. Ça me calmera. J'ai besoin d'éviter le stress, c'est le médecin qui l'a dit.

◆

Je suis grosse. Pascal m'a laissée parce que je suis grosse et laide et qu'il ne veut surtout pas se retrouver avec MA fille, un double de moi.

SEMAINE 24

6 juin

Le temps des fraises débute. On trouve des fraises PARTOUT. J'ai l'horrible sensation que tout le monde veut ma mort.

◆

7 juin

Journée lamentable. J'ai essayé de rejoindre Marc – c'est la méthode Cachons-le-bobo-avec-un-joli-pansement-tout-neuf, suggérée par Isabelle – mais suis tombée sur son répondeur. Puis, j'ai marché sur mon orgueil, je l'ai piétiné et laissé pour mort, et j'ai composé le numéro de téléphone de Pascal. Au bureau. Comme de raison, Héloïse a répondu avec un « Oui allo ? » enjoué. J'ai failli raccrocher, mais le mal était fait : l'afficheur téléphonique m'avait sans doute trahie. J'aurais dû appeler d'une cabine, incognito.

— Pascal est là ?

— Pascal ? Un moment, je vais voir.

« Un moment, je vais voir ». Comme si elle ne voyait pas déjà ! Leur bureau mesure environ trente centimètres carré. Pascal n'était certainement pas caché dans la corbeille à papier ou derrière un trombone ! Après quelques secondes – une éternité – la voix de Pascal a résonné au bout du fil.

— Oui ?

— C'est moi.

— Laurie ?

Difficile de se laisser aller à la colère quand on sait qu'une tierce personne se tient à côté de celui à qui l'on voudrait s'adresser en toute confidence. Pour m'assurer qu'Héloïse ne capterait pas mes paroles, j'ai chuchoté :

— Pascal, tu es un salaud de la pire espèce. On doit discuter. Il faut que je te voie.

— Quoi ? Je n'entends rien, Laurie ! a hurlé Pascal comme si c'était moi qui n'entendais rien. Pourquoi tu parles si bas ?

— Parce que le bébé dort ! ai-je répondu ironiquement.

Puis, pour être certaine qu'il comprenne l'ampleur de ma colère, j'ai menacé :

— Je te donne rendez-vous à l'appartement ce soir à 6 h 00. À 6 h 01, si tu n'es pas là, je jette un baril d'essence sur tes BD, tes vieilles cassettes de *The Cure*, tes figurines *Star Wars*, et je fais flamber le tout… J'allumerai le feu avec ta bande dessinée préférée tu sais, le numéro spécial de *Superman* tiré à 1 000 exemplaires seulement.

— Mon *Superman*… Laurie, tu es folle, a conclu Pascal.

À 6 h pile, il m'attendait sur le fauteuil du salon.

Seul problème : malgré les heures passées à me frotter le corps avec un gant de crin, je n'ai pas réussi à reprendre l'allure d'une honnête citoyenne. J'ai encore la peau bariolée d'un caméléon mexicain perdu dans un présentoir d'échantillons de peinture. De plus, mes pantalons de maternité taille basse (supposément) sexy ne s'agencent pas bien du tout à mon vieux col roulé beige (horrible, mais c'est le chandail le plus couvrant que j'aie et, par miracle, il me va encore). Et que dire de mes cheveux, sinon que j'aimerais mieux avoir un afro que cette motte molle et sans éclat qui me colle au crâne. Sûr que Pascal ne voudra jamais revenir auprès de moi. Si au moins je n'avais pas l'air de moi ! Les choses seraient beaucoup plus simples. Seul point positif : durant notre brève rencontre, Pascal a évité mon regard autant que possible et nous avons maintenu un périmètre de sécurité d'une dizaine de mètres entre nous. Eh non, nous ne nous sommes pas jetés l'un sur l'autre comme des amants torrides dans un film qui finit bien. Je suis restée dans le cadre de porte et Pascal n'a pas daigné soulever son derrière sans cellulite – pourquoi la cellulite est-elle le lot des femmes ? Dieu est vraiment un affreux macho – pour venir m'embrasser.

Comment agir dans une situation pareille ? Si j'avais lu *Les hommes viennent de Vénus, les femmes viennent de Mars* (ou le contraire ? Peu importe après tout puisqu'on se retrouve tous sur Terre), je l'aurais probablement su. À défaut de références suffisantes sur le sujet, je me suis exprimée avec autant de spontanéité qu'on puisse en avoir quand on garde en tête qu'il faut a) rester du côté gauche de la fenêtre pour éviter que le côté droit du visage – où pousse un horrible bouton – soit éclairé ; b) retenir une envie de pipi urgente – franchement pas le moment ; c) parler au «je», pour éviter que l'Autre ne se sente attaqué, même si ce qu'on veut, c'est justement l'attaquer ; d) résister à la tentation d'ouvrir le congélateur pour se jeter sur les contenants de Chocolate Therapy et les engloutir bruyamment en faisant abstraction de l'Autre, qui risque d'en rester muet de dégoût et de s'enfuir à jamais. «Pascal, je ne comprends pas ce qui nous arrive », ai-je dit avec détachement, pour casser la glace. Super, comme début. Je suis une championne de la thérapie de couple : utilisation du « je » *et* du « nous » – pour qu'il se sente concerné, ton neutre et diplomatique – alors que j'avais envie de sortir le rouleau à pâtisserie et de lui en flanquer assez de coups sur la tête pour qu'il ne se rappelle même plus comment jouer à Civilization. Pascal m'a répondu de façon mondaine, comme si nous étions en train de boire le thé au Ritz Carlton – avec le petit doigt en l'air et tout et tout. De toute évidence, il avait peur que je ne mette réellement le feu à l'appartement. « Je sais que ce n'est pas facile pour toi, Laurie. Mais il faut que tu me comprennes. Nous ne vivons pas la situation de la même manière. Pour vous, les filles, la maternité est quelque chose de naturel. C'est inscrit dans l'ordre des choses, ça vous arrive sans que vous viviez un choc. C'est normal, pour vous. » Pascal a certainement lu *Les hommes viennent de Mars, les femmes viennent de Vénus* pour sortir des clichés pareils. Normale, la maternité ? Naturelle ? Voyons donc ! Comme si j'étais préparée, moi, à devenir mère ! Il y a quelques mois seulement, je pensais entreprendre un programme intensif d'entraînement physique – j'étais même passée à deux doigts de m'acheter la cassette *Aérobie avec Jane Fonda*, je me préparais à devenir une femme de carrière accomplie – et une championne au solitaire – qui aurait suffisamment d'argent pour se faire remonter le visage une fois aux cinq ans. J'espérais même réussir à ne plus me ronger les ongles et à me payer un manucure tous les mois. J'avais l'intention d'accorder plus de place aux loisirs et pensais suggérer à Pascal d'essayer une relation sexuelle avec un troisième partenaire et/ou un fouet. Mais j'ai appris l'abnégation, j'ai fait mes devoirs d'adulte responsable – adulte : nom masculin ET féminin, je tiens à le préciser – et j'ai mis ces fantasmes de côté. Je m'apprête maintenant à laisser la jeunesse et le bonheur à d'autres. Je m'apprête à dire adieu aux sorties avec les copines, adieu au plaisir de me sentir séduisante, adieu au rêve d'avoir un jour une carrière intéressante et épanouissante qui justifierait les seize années que j'ai passées sur les bancs d'école. Et surtout, je m'apprête à adopter un rôle pour lequel je ne suis *pas du tout* préparée. Est-ce naturel? Normal? Je ne crois pas.

Mais Pascal semblait bien déterminé à souligner notre différence sexuelle:

— Pour nous, les gars…

— Parle au «je», Pascal, parle au «je».

Il a fait un petit geste d'agacement, puis a continué:

— Pour moi, c'est plus compliqué. Je n'ai pas vu ça venir. Je ne suis pas certain d'être prêt. J'ai besoin de me faire à l'idée.

— Et pour y parvenir, tu dois déménager? C'est quoi le rapport?

— J'ai simplement besoin d'avoir encore quelques instants de liberté.

— Pascal, oublie ça, la liberté. C'est fini! Regarde-moi: je vais accoucher dans trois mois et demi…

— Trois mois et demi? Il me semblait que tu en avais encore pour plus longtemps que ça.

— Peut-être seulement deux mois, en fait. Si tu continues à me causer du stress, je risque de mettre au monde un bébé prématuré.

— Raison de plus, Laurie. Je dois profiter du peu de temps qu'il me reste pour dire adieu aux choses que j'ai aimées avant.

— Arrête, Pascal. Je vais pleurer.

— Et toi aussi, tu as besoin de solitude. Regarde, tu es au bord de la crise de nerfs.

— Et à cause de qui je suis comme ça, d'après toi?

— Je ne sais pas… Ta mère?

— Non, Pascal. À cause de toi, toi, TOI!

Bon, tant pis pour l'utilisation du «je»…

— Je vois qu'il n'y a pas moyen de discuter, Laurie. Je le savais. Écoute, je voudrais tout simplement que tu me laisses quelques jours…

— Et si j'accouche avant terme, je te lâche un coup de fil sur ton cellulaire, c'est ça?

— Excellente idée!

— Pascal, tu n'as même pas de cellulaire.

Après plusieurs minutes de variation sur ce dialogue – de sourds –, nous sommes quand même parvenus à l'« entente » suivante :

• Pour le moment et pour une durée qu'il promet courte, Pascal continuera à vivre chez sa sœur (c'est là qu'il s'est réfugié. Étrange : avec Victor à ses côtés, ne s'enferme-t-il pas dans l'antre du dragon?). De mon côté, je suis libre d'habiter où bon me semble ;

• Nous entreprendrons une vraie thérapie de couple (c'est-à-dire que Pascal s'engage à lire les bouquins sur la paternité que je lui apporterai ET à exprimer ses émotions sur le sujet autrement qu'avec des onomatopées – le « Hhhuuun », interjection s'apparentant au jappement d'un bouledogue apathique ou au petit bruit rauque que fait un moteur quand il s'étouffe, est à proscrire) ;

• Pascal viendra avec moi aux cours prénataux ET écoutera ce que l'infirmière dira ;

• Je n'abîmerai aucun des objets appartenant à Pascal ;

• Nous payerons le compte d'électricité plus tard.

◆

9 juin

Réveillée en pleine nuit par les coups de pied de la petite et par une envie de pipi terrible.

◆

Je n'arrive pas à dormir. Il me semble que Pascal sort gagnant de notre entente. Je me suis encore fait manipuler.

La chambre d'invités de ma mère est remplie de revues de décoration intérieure avec d'immenses maisons, des chiens joyeux et des gens souriants qui boivent des cocktails sur leur patio. J'en feuillette quelques-unes en rêvant du jour où je serai heureuse, riche et célèbre, mariée à un prince charmant (Pascal?).

◆

Je déteste Pascal!

◆

Bon. Il faut que je respire par le nez, que je compte les moutons, que je me calme. Sinon, je risque de faire de l'hypertension et d'accoucher d'un enfant prématuré qui souffrira de troubles de l'attention et sera condamné au Ritalin à vie.

◆

Y a-t-il un remède contre l'insomnie – en douzième position dans *Les petits maux de la grossesse*? Évidemment, je parie que dans mon état tout est contre-indiqué, à part, peut-être, l'homéopathie. Ce n'est pas d'homéopathie dont j'ai besoin, mais de Valium – et, accessoirement, de Prozac!

◆

10 juin

J'ai enfin réussi à parler à Marc. «Laurie! Où étais-tu? Je n'ai pas eu de nouvelles depuis que tu m'as laissé un message. Tu paraissais complètement affolée. Ça va? J'ai essayé de te rejoindre

au moins cent fois, mais je tombais toujours sur le répondeur!»
Wow. J'aurais dû enregistrer ces paroles-là pour les réécouter les
jours de cafard. Enfin un homme qui se préoccupe de mon sort!
Je lui ai résumé l'essentiel de mes problèmes. «Pauvre Laurie!
Écoute, je n'ai pas Rex en fin de semaine. Si tu veux, on se voit
demain. Ça te fera du bien. Quand je pense qu'on a laissé une
belle fille comme toi! Et enceinte! Ce Pascal ne se rend vraiment
pas compte de sa chance!» Belle fille… C'est Marc qui ne se
rend pas compte. Je lui ai donné rendez-vous dans un bar
glauque et très, très sombre. De cette façon, il pourra peut-être
garder l'illusion que je suis une splendide créature de rêve. Et
j'espère qu'il payera la facture. J'ai rapporté quelques canettes de
7Up vides au dépanneur, mais ça ne m'a rapporté que soixante-
quinze sous. Avec le un dollar trente-quatre trouvé en explorant
tous les recoins du condo de ma mère, ça ne me fait que
deux dollars neuf. Même pas assez pour acheter un paquet de
cigarettes…

◆

11 juin

Marc me fait-il des avances? Ou était-ce l'ambiance du bar – et
les pintes de bière qu'il enfilait, ma foi, à une vitesse impression-
nante même pour une fille qui en a vu d'autres (tandis que je n'ai
bu qu'un seul verre de *bloody caesar* avec très peu d'alcool et
beaucoup de vitamines. Je fais très attention, je suis une très
bonne mère) – qui le rendait sentimental? Il a passé son temps
à faire des métaphores où il comparait ma soi-disant beauté à
celle des fleurs, du soleil, des insectes – des insectes? D'une
coquerelle, peut-être. S'il avait été Leonardo DiCaprio, j'ai
comme l'impression qu'il m'aurait emmenée à l'avant d'un navire
pour me serrer dans ses bras pendant que résonnerait au loin *My
Heart Will Go On* de Celine Dion.

Quand nous nous sommes séparés, il m'a baisé la main en vrai gentleman et a murmuré : « Ma maison est la tienne. Si tu cherches un endroit pour te reposer, appelle-moi. »

J'ai marché jusqu'au condo de ma mère. Je me suis arrêtée dans un dépanneur dans l'espoir d'acheter une cigarette à l'unité, mais le caissier m'a répondu, avec l'air de celui qui connaît et respecte les dix commandements, qu'il était illégal de vendre des cigarettes à l'unité. Alors que je mettais les pieds hors de la boutique, il m'a arrêtée : « Mais pour toi je peux faire une exception. » Une exception, oui. Vraisemblablement, ce gars-là connaissait aussi par cœur les règles du marché. Un dollar la cigarette, l'arnaque totale ! Mais que faire d'autre quand on a 2,09 $ en poche, des dettes partout et une envie incontrôlable de nicotine ? Vraiment, je suis une mauvaise mère. Je devrais garder cet argent-là pour acheter des céréales à ma fille puisque, au train où vont les choses, je risque d'être incapable d'acheter de quoi la nourrir.

J'ai savouré ma cigarette à un dollar comme un condamné à mort qui sait que c'est la dernière. Mmmmh, qu'aurait été ma vie si Marc avait été le père de mon bébé ? Je ne fumerais certainement pas, puisque sans les frustrations occasionnées par Pascal, j'aurais depuis longtemps arrêté.

SEMAINE 25

12 juin

Youpi ! Je suis passée à l'appartement et, parmi la tonne de factures – et une lettre particulièrement injurieuse du propriétaire qui menace de nous expulser si nous ne payons pas le loyer de juin, j'ai trouvé un nouveau chèque de chômage… pardon, d'assurance-emploi.

Je vais aller magasiner. J'en ai bien besoin : mes vêtements de grossesse – jeans et chandails de laine – ne sont pas du tout appropriés à la chaleur de juin. J'appelle Ève et je l'emmène à nouveau dans les boutiques de mode pour femmes enceintes.

◆

Quatre camisoles, deux pantalons, une robe, cinq minuscules pyjamas roses pour nouveaux-nés et un club sandwich extra bacon plus tard, il ne me reste presque plus un rond. Mais je suis fière de moi : j'ai résisté à la tentation de m'acheter un carton de cigarettes, j'ai fait passer ma fille en premier – quelle abnégation ! J'apprends déjà à être mère. Par contre, pour le loyer, Pascal devra s'arranger. Et le compte d'électricité attendra. De toute façon, on peut facilement vivre sans électricité durant l'été. Ça ne serait pas catastrophique qu'on nous débranche.

Ève a promis de me confectionner quelques vêtements de grossesse, quand elle aura le temps – je la connais, elle va m'arriver avec une superbe robe le lendemain ou le surlendemain de mon accouchement. Par contre, côté boulot, elle ne semblait pas très inspirée :

— Écoute Laurie, avec le ventre que tu as, je ne vois pas vraiment qui voudrait t'engager pour un travail sérieux. Tu accouches dans trois mois !

— Et demi.

— Trois mois et demi... Enfin, si ça t'intéresse, je sais que Rachel est encore à la recherche d'une gardienne.

— Mmmh. Pas très excitant... Mais j'imagine que c'est normal. Maintenant, je vais disparaître de la sphère publique, je vais être confinée au foyer, à faire des choses ennuyantes, à essayer de me faire oublier du monde entier...

— Arrête de jouer à la victime. Tu sais, c'est toi qui as décidé de le garder, cet enfant-là. Il faut bien que tu assumes maintenant.

179

Au fait, tu as lu mon livre ? Je suis certaine que ça t'aiderait à te réconcilier avec Pascal.

— Nous ne sommes pas en guerre. Il respire un peu, c'est tout.

— Ouais. Et il a besoin de respirer loin de toi…

— C'est ça. Bon. En attendant que je trouve un travail, est-ce que tu me prêterais un peu d'argent, Ève ? J'ai quelques dettes à rembourser.

— Franchement Laurie ! Tu viens de dépenser une fortune pour des fringues et tu… Maman a raison : papa et toi, vous êtes pareils. Tu sais qu'il m'a emprunté 500 $ pour s'acheter un nouvel appareil-photo ? Enfin, je peux te passer des sous… Mais tu me rembourses.

— Dès que je trouve un travail décent. Avec un bac en études littéraires et un bébé, j'imagine que je pourrais facilement devenir, je ne sais pas, moi, madame-pipi dans une garderie. C'est syndiqué, tu penses ?

◆

13 juin

J'essaie de ne pas penser à Pascal.

◆

16 juin

Journée formidable. J'ai invité les copines à passer l'après-midi chez ma mère, qui a une superbe terrasse et une vie amoureuse trépidante. Elle était partie rencontrer un nouveau prétendant – un chirurgien esthétique retraité. Ma mère va sans doute se faire remodeler le visage, remonter les seins et va finir par ressembler à une star d'Hollywood plus qu'à une grand-mère. Nous avons bu de la sangria, avec un tout petit peu d'alcool, juste pour dire – et j'ai fumé trois cigarettes, mais ce sont les dernières. D'ailleurs, Sarah assure qu'il y a trente ans, toutes les femmes prenaient un coup durant leur grossesse, à cette époque saine et bénie où les femmes n'étaient pas obsédées par les terribles effets secondaires de l'hédonisme :

— Et regarde-nous, Laurie, descendantes de hippies inconscientes. Nous sommes super équilibrées et en santé.

— Parle pour toi, Sarah, a rouspété Marie-Pierre.

— Toi, par contre, Marie-Pierre, tes parents ont sans doute pris trop de LSD !

— Mes parents ? Voyons donc ! Ils n'ont jamais consommé de drogues !

— Et bien, ils auraient peut-être dû, alors. Tu passerais moins de temps à t'inventer des problèmes, a conclu Sarah avant de s'allumer un joint.

Marie-Pierre ne déteste rien autant qu'on fasse allusion à sa névrose. Pour éviter un conflit armé, j'ai donc ramené la conversation à un sujet plus anodin : les relations homme/femme. Quoi de plus jouissif que de traiter Pascal de tous les noms d'animaux possibles en compagnie de mes amies ? Valérie s'est montrée ultra compatissante :

— Si jamais Pascal ne revient pas…

— Il va revenir, Valérie. Il n'aura pas le choix.

— Mais *supposons* qu'il ne revienne pas. On pourrait ouvrir une espèce de commune de femmes, et élever nos bébés ensemble.

— *Nos* bébés, a relevé Isabelle. De qui tu parles, là ?

— De… de moi, en tout cas. J'ai décidé d'avoir un enfant seule.

— Quoi ? Seule ? Tu es malade ?, s'est exclamée Sarah.

— Non, elle n'a pas l'air malade, a diagnostiqué Marie-Pierre. Un peu pâle et cernée, mais pas malade.

— Pâle et cernée ? Aaaaaah. C'est terrible, les filles. Je suis tellement vieille ! Et vous savez ce que fait Nicolas en ce moment ?

— Nooooon, avons-nous répondu en chœur même si nous
étions toutes au courant qu'il s'envoyait en l'air avec une petite
lolita aux allures de mannequin anorexique.

— Il couche avec une fille qui aura sa première ride dans
vingt ans ! Le salaud ! Mais je ne vais pas le laisser gâcher ma vie.
Donc, je vais faire affaire avec une clinique de fertilisation, et je
vais avoir un enfant sans père connu. Vous savez, c'est très fréquent aux États-Unis. À New York, par exemple, il y a des
paquets de femmes de carrière qui décident, à quarante ans
passés, d'avoir un bébé à elle. Sans s'encombrer d'un homme.

— Très peu pour moi, en tout cas, a dit Sarah en tirant sur
ce qu'il restait de son joint.

— Tu laisserais les médecins insérer le sperme d'un inconnu
dans ton corps ? s'est objectée Marie-Pierre. C'est dégoûtant.

Isabelle, qui va toujours à l'essentiel, a demandé :

— Et combien ça coûte ?

— Environ dix mille dollars, avec les traitements hormo-
naux.

— Dix mille dollars US ?

— Oui.

— Wow !

Sarah a demandé :

— À ce prix-là, tu ne préférerais pas plutôt t'acheter une
bagnole ? Au moins, quand elle ne fonctionne pas, tu peux aller
chez le garagiste. J'en connais justement un qui n'est pas mal, très
belles fesses, célibataire. Et très bon amant. Ça t'intéresse ?

— Je n'ai pas besoin d'homme ! a répliqué Valérie avant de
vider un plein verre de sangria.

— Et d'un bébé, es-tu certaine que tu en as besoin ? Voyons,
Valérie ! Tu t'es fait avorter deux fois pendant que tu étais avec
Nicolas. Ne viens pas me dire que tu as *toujours* rêvé d'être mère,

ou une connerie du genre. Qu'est-ce qui se passe, maintenant ? C'est l'horloge biologique qui vient de te rattraper ? C'est Laurie qui t'a endoctrinée ?

J'ai essayé de me défendre, ce qui n'était pas facile puisque j'avais la bouche remplie de bretzels et de crottes au fromage :

— Ça va, Sarah, ça va, tu n'es pas obligée de me mêler à ça. Je n'ai rien fait !

— C'est vrai, Laurie. Tu ne t'es pas fait avorter, tu as laissé les choses aller. Et regarde où tu en es.

Marie-Pierre, visiblement désireuse de se joindre à la conversation – ou de me protéger à son tour – a lancé :

— Moi, je ne me suis jamais fait avorter. Mais j'ai fait au moins une cinquantaine de fausses couches.

Sarah l'a dévisagée :

— Voyons, Marie-Pierre, ce ne sont pas des fausses couches que tu as eues, mais des menstruations !

— Moi, j'ai eu un avortement. Et une fausse couche, a continué Isabelle, comme si nous faisions un concours pour savoir laquelle s'était débarrassée du plus grand nombre d'embryons.

Sarah a continué :

— Ouais, bien, écoutez, les filles : si nous avions toutes eu les bébés que la nature et l'inconscience ont fait germer dans notre ventre, nous ne serions pas ici, à profiter du soleil et à se la couler douce. Tu penseras à ça, Valérie, quand tu te retrouveras seule à donner un biberon à quatre heures du matin.

— Et toi, Sarah, tu penseras à moi quand tu seras dans ta pension de vieillesse, seule avec tes pétards et ton emphysème.

— Bon, ça va, les filles ? Vous avez toutes vos SPM en même temps ou quoi ?, a coupé Isabelle. Allez, moi, je suggère une chasse à l'homme au Bílý Kůň. Laurie… tu viens ?

Elle a regardé ma posture typiquement femme enceinte – une main appuyée contre le bas du dos, l'autre occupée à caresser le ventre – et, sans me laisser le temps de répondre, a conclu :

— Bon. Je suppose que tu préfères rester ici.

Fin de soirée pas trop géniale : j'ai ramassé les verres sales et les cendriers pleins en me demandant comment j'allais pouvoir réquisitionner des gardiennes parmi mes copines.

Que fait Pascal ? Je l'appelle ? Non, je DOIS attendre (conseil d'Ève, experte en relations foireuses mais qui connaît par cœur les enseignements judicieux contenus dans *Les hommes viennent de Mars, les femmes viennent de Vénus*).

◆

17 juin

Impossible de résister à la tentation d'appeler Pascal. Il n'était pas là – évidemment, c'est vendredi. Il travaille. J'aurais dû y penser. Je suis tombée sur Dominique qui m'a ordonné d'accélérer le processus de réconciliation entre son frère et moi :

— Écoute, Laurie, vous allez avoir un bébé ensemble. Tu peux bien trouver le moyen de convaincre mon frère de rentrer à l'appartement, non ? Parce que moi, je commence à en avoir ras-le-bol. Tu sais ce qu'il fait, ton Pascal, depuis qu'il vit ici ? Il laisse traîner ses affaires, il se fait vivre, il apprend à Victor des trucs tout à fait grotesques, genre comment imiter le cri de l'orignal. Tu imagines un peu ? Victor passe ses journées à crier comme un orignal. Tu as déjà passé une semaine avec un enfant qui imite un orignal ?

— Non.

— C'est insupportable, crois-moi ! Je n'en peux plus ! Le pire, c'est que quand j'ai menacé Pascal de le renvoyer, il m'a dit que si je faisais ça, il enseignerait à Victor le cri du chihuahua en rut. Quel manque de reconnaissance pour ma bonté ! Et, évidemment, il monopolise l'ordinateur. Il joue à Civilization jusqu'aux petites heures du matin ! Il est retardé ou quoi, mon frère ?

— Ça... Il sort beaucoup ?

— Non, à peine, à part pour aller au boulot ou au dépanneur s'acheter des chips et de la bière. C'est hallucinant la quantité de chips BBQ qu'il mange ! Tout un exemple pour Victor ! Et il laisse traîner des miettes partout. Non, franchement, Laurie, je veux bien vous aider à passer à travers une période creuse, mais si tu ne trouves pas le moyen de lui faire débarrasser le plancher d'ici une semaine, je risque de l'étrangler, et tu serais accusée de complicité.

— Si tu ne veux pas qu'il habite chez toi, Dominique, tu n'as qu'à t'arranger avec lui. Ne me mêle pas à ça. C'est ton frère après tout.

— À le voir aller, j'en suis de moins en moins convaincue.

Pfff ! Quand je pense que Pascal devait PRENDRE DU RECUL, RÉFLÉCHIR À LA SITUATION, et dire adieu aux choses qu'il a tant aimées. Est-ce que sa vie se résume à une longue partie de Civilization accompagnée de bière et de chips ? Au secours !

Je vais passer un coup de fil à Marc. Lui, au moins, c'est un adulte responsable et intelligent.

◆

18 juin

Horreur. J'aurais dû m'en douter. L'homme parfait n'existe pas. Marc est un psychopathe.

La soirée avait pourtant plutôt bien commencé. Nous sommes allés voir *Histoire de robots* ensemble, sélection fort discutable, mais j'avais demandé à Marc de choisir et, bon, il faut bien laisser s'exprimer l'enfant qui sommeille en l'homme, non ? Marc semblait quelque peu étrange, il y avait dans son regard une lueur inhabituelle, mais j'ai mis ça sur le compte du travail – il m'avait dit que sa journée avait été particulièrement chargée. Au début du film, il m'a demandé s'il pouvait placer sa main sur mon ventre, pour sentir les mouvements du bébé. J'ai accepté, bien entendu. J'étais trop contente d'avoir enfin trouvé un homme assez intéressé par ma fille pour prendre le temps de sentir ses petits mouvements. Il a laissé sa main sur mon ventre durant tout le film. C'était un peu long, un peu inconfortable, plutôt moite et énervant, mais Marc est un garçon sensible, et il paraissait si ébahi devant les merveilles de la nature que je n'allais pas lui enlever ce plaisir.

Après le film, Marc m'a invitée chez lui, pour la première fois. Maison spacieuse, maladivement propre – certain qu'il est du genre à repasser ses chaussettes et à uriner assis pour éviter les petites gouttes sur le plancher. La décoration murale a attiré mon attention : des reproductions laminées de Van Gogh partout – avec boîtes de Kleenex assorties à proximité. Seul le salon détonnait. Trois cadres, bien alignés, se trouvaient sur le mur. Le premier montrait un enfant souriant – Rex, de toute évidence – mais les deux autres étaient vides.

— Il y avait un solde trois pour un sur les cadres ? ai-je demandé.

Le visage de Marc s'est éclairé :

— J'ai l'intention d'y mettre les photos des enfants, Laurie.

— Des enfants ?

J'étais surprise. Marc m'avait-il caché quelque chose ? Une nouvelle relation ? Une copine déjà enceinte de jumeaux ?

— Tu comptes avoir d'autres enfants bientôt ?

— Oui, bien sûr.

Il m'a pris la main et a continué, avec un léger trémolo dans la voix :

— Écoute, Laurie, des gars comme Pascal, j'en connais plein. Des inconscients, incapables d'aimer et de donner. Je ne suis pas comme eux. J'ai beaucoup réfléchi depuis quelque temps. Je sais que tu as besoin d'aide, même si tu n'oses pas trop en parler. Eh bien, je suis prêt à t'aider. Entre toi et moi, je le sens depuis le début, il y a quelque chose… Une famille à fonder.

J'étais bouche bée. Marc s'imaginait-il vraiment que nous allions éventuellement former UNE FAMILLE ? Ensemble ? Lui et moi ? Il m'a fallu encore une dizaine de minutes avant de constater l'ampleur de sa fabulation. Non seulement il avait prévu des cadres pour les photos de NOS enfants, mais il avait aussi déjà aménagé des chambres pour NOS enfants. Il m'a fait visiter sa maison avec un grand naturel, ne lâchant pas ma main, comme si nous étions de jeunes mariés visitant leur nouvelle demeure.

« Ici, c'est la chambre de Rex. Et là, tu vois, celle d'Uma. J'ai tenu compte de tes goûts en décoration. Mais si tu veux changer des choses ici et là, ne te gêne pas. Et regarde, ici, c'est la chambre du troisième, parce qu'évidemment, notre famille ne pourra pas compter moins de trois enfants, non ? Trois, ça forme une belle tribu. Si tu en veux quatre, je suis ouvert à la discussion. On n'aura qu'à mettre les deux plus jeunes dans la même chambre. Ça ne pose pas de problème, n'est-ce pas ? Évidemment, je comprendrais que tu veuilles rester à la maison et ne pas recommencer à travailler. Je suis tout à fait pour. Une femme, ce n'est jamais aussi beau qu'à la maison, entourée d'enfants. Oh, et j'ai déjà contacté mon avocat pour avoir la garde de Rex. Je suis certain que tu l'aimeras comme ton propre fils. Tu es tellement merveilleuse, Laurie. »

Incroyable ! Ce type est un fou qui se donne des allures d'homme parfait. S'attendait-il à ce que je fasse « Ahan, ahan » et que je lui donne un bisou en lui pinçant les fesses ? Il fallait à tout prix que je trouve un moyen de me sortir de là.

— Euh… Marc ?

— Oui.

— Je… Les toilettes sont où ?

— Oh, désolé, j'aurais dû y penser. Première porte à droite, chérie.

Chérie ? J'ai fait un sourire à Marc, qui a enfin lâché ma main, ai pris mon sac à main et ai filé à l'anglaise, sans faire pipi.

Une fois dehors, je suis passée à deux doigts d'appeler la police ou les pompiers, me suis ravisée et ai pris la direction de chez Rachel. J'ai attendu deux bonnes minutes avant qu'elle ne vienne m'ouvrir :

— Laurie ? Qu'est-ce que tu fais là ? Il est onze heures du soir ! Tu t'es perdue ? Dans mon quartier ?

— J'espère que je ne te réveille pas Rachel ! Je peux appeler un taxi ?

Quelle honte. Non seulement Rachel et son mari se sont-ils moqués de moi comme si j'étais la pire des innocentes quand je leur ai raconté ma mésaventure mais, en plus, il a fallu que je leur emprunte des sous pour payer le taxi.

— Tu me rembourseras en gardant les enfants, a lancé Rachel.

Plutôt mourir, oui.

◆

À mon retour, nouvelle surprise : ma mère avait fait mes bagages et laissé une note sur ma valise :

Ma puce,

La sœur de Pascal a téléphoné pour dire qu'elle avait forcé son frère à rentrer chez lui. Il est temps que tu retournes aussi t'occuper de ta vie d'adulte.

Ne me remercie pas : il était de mon devoir de t'accueillir ici. Par contre, j'aimerais bien que tu me rembourses les bouteilles que tu as vidées avec tes copines.

Maman

P. S. Je n'ai pas retrouvé la balance que je t'ai offerte. Tu sais où elle est ? N'oublie pas de contrôler ton poids, même si je ne suis pas toujours là. Le dernier trimestre est le pire.

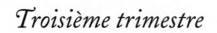

Troisième trimestre

SEMAINE 26

19 juin

C'est le début d'une nouvelle époque. Pascal et moi allons rede-
venir des êtres unis et heureux, qui se comporteront comme deux
membres d'une même équipe de nage synchronisée : le nez
bouché, les yeux fermés, nous sourirons et ferons bloc contre
l'adversité. Youpi.

Nous avons eu une touchante scène de réconciliation. Je n'y
crois pas encore… Dominique a dû jeter son frère hors de chez
elle à coups de rouleau à pâte et d'injures pour qu'il devienne
aussi sentimental. Pascal a avoué en regardant le plancher que
je lui avais *beaucoup* manqué – sans doute surtout quand venait
le temps de se lever pour aller chercher lui-même une bière dans
le frigo, qu'il considérait encore avec perplexité l'idée d'être père
mais qu'il était prêt à se lancer dans l'aventure – même s'il s'est
d'abord renseigné sur la possibilité d'un avortement tardif. N'est-
il pas étrange que Pascal, homme assez irresponsable pour
m'abandonner, se mette à parler de la sorte ? A-t-il lu *Les hommes
viennent de Mars, les femmes viennent de Vénus* pendant son séjour
chez Dominique ou a-t-il tout simplement réalisé qu'il était plus
simple de revenir vers moi et d'assumer sa paternité que de
changer d'identité et de lieu de résidence aux trois mois afin
d'échapper à ma hargne de Mère abandonnée ? Enfin, peu
importe. Il est de retour et, merveille des merveilles, NOUS
AVONS MÊME FAIT L'AMOUR ! Il me touchait avec autant
de délicatesse que si j'avais été une poupée de verre – ou une

chose molle et humide collée sous une table, dont on ne sait trop s'il s'agit d'une gomme ou d'une crotte de nez – mais il n'a pas crié «Héloïse!» en jouissant et la présence du bébé ne semble pas l'avoir trop dérangé. De toute façon, j'avais stratégiquement choisi une position qui lui cachait mon ventre, lui donnant peut-être ainsi l'impression que j'étais aussi mince que Claudia Schiffer. Néanmoins, je dois noter qu'il s'est injustement énervé quand je lui ai demandé, trente secondes après l'orgasme – j'ai compté – s'il était maintenant d'accord pour appeler le bébé Uma.

— Franchement, Laurie! Tu ne peux pas attendre un peu avant de me parler de ça? J'ai déjà eu assez de difficulté à faire abstraction du bébé pendant qu'on faisait l'amour! Est-ce qu'on va vraiment devoir en parler tout le temps, maintenant? On ne peut pas juste profiter du temps qu'il nous reste, fumer une cigarette en silence et s'endormir après?

— Il me semblait que tu voulais que j'arrête de fumer. Et il faut bien que tu t'habitues à la présence du bébé. Tu sais, dans trois mois, il sera tout le temps là. Tu n'auras pas vraiment le loisir de l'oublier.

— Justement. On ne peut pas essayer d'être ensemble tous les deux, là?

— Pascal, c'est comme si ça ne t'intéressait pas de parler du bébé.

— Oh, Laurie! Écoute, je suis fatigué. On verra ça demain.

Il s'est retourné et, quinze secondes plus tard, il ronflait.

Bon. Il n'y a rien là de très romantique mais je dois apprendre à me contenter de ce que j'ai. De toute façon, la preuve a été faite, l'homme parfait n'est qu'une invention de jeunes filles ayant écouté trop d'épisodes de *Candy*.

◆

Alléluia! Dieu existe et est attentif à mon malheur – à *mes* malheurs: au cours du souper, entre deux bouchées, Pascal m'a annoncé comme si de rien n'était: «Oh, j'ai oublié de te dire: Héloïse est mutée en Allemagne. Elle part dans dix jours.» Tout de suite, j'ai imaginé Dieu, muni d'une énorme tapette à mouches, qui prenait son élan pour écraser Héloïse. Alléluia! Je ferai baptiser ma fille.

21 juin

À partir d'aujourd'hui, maintenant que ma vie se stabilise, que Pascal et Dieu sont à mes côtés, je vais me prendre en main. Je me suis inscrite à des cours prénataux et à des cours de yoga. Et je fais le serment de ne pas dépasser cent-vingt-cinq millilitres de crème glacée par jour. Et fini le café. Et la cigarette. Et pas plus d'un verre de vin et d'une Kit Kat Chunky par semaine.

Bon, il ne faut pas exagérer quand même. Disons un contenant de crème glacée par jour (cinq cents millilitres, mais contient beaucoup d'agar-agar, cette algue qui assure la longévité et la peau lisse des Japonais depuis des millénaires. Très bon pour moi et plus économique qu'un *facelift*). En plus, j'ai droit à trois cafés par jour, c'est écrit dans tous les livres de maternité. Je ne vais quand même pas couper complètement la caféine. Je ne peux pas être plus catholique que le pape, même si Dieu veille spécialement sur moi. Par contre, pour la cigarette, c'est décidé: j'arrête. Marie-Pierre m'a parlé d'un kit pour arrêter de fumer en cinq étapes rapides. C'est un peu cher mais, paraît-il, très efficace. Je recevrai l'équipement dans moins d'une semaine. En attendant, je fume un peu, mais je n'inhale pas. C'est beaucoup moins dommageable.

◆

Suite et fin de cette journée mémorable passée à reprendre le contrôle de ma vie : je suis allée passer un test pour le diabète de grossesse. Beurk ! On m'a demandé d'avaler un écœurant liquide orange, à l'apparence et au goût trompeurs de Crush, et on m'a piqué suffisamment de sang pour remplir la mer Rouge. J'ai mal au cœur et les bras aussi abîmés que ceux d'une junkie – l'infirmière stagiaire n'était vraiment pas douée – mais je saurai enfin si ma consommation abusive de Kit Kat a laissé des traces ailleurs que sur la balance.

◆

22 juin

Aïe. Marc a téléphoné et, puisque nous n'avons pas d'afficheur, j'ai fait la gaffe de répondre. Qui sait ? Ça aurait pu être une charmante dame qui m'appelait pour m'annoncer qu'un vieil oncle inconnu venait de me léguer sa fortune. Marc avait manifestement attrapé une dépression durant les derniers jours. Il articulait des phrases confuses, sans verbe mais avec une quantité effarante de compléments. Je ne comprenais rien, à part, peut-être, ceci : ce n'est pas parce que le loup porte le bonnet de la grand-mère qu'il devient tout doux, tout doux. Malgré sa gentillesse apparente, c'est clair, Marc est un DÉSAXÉ obsédé par les enfants, sans doute un PÉDOPHILE et un VIOLEUR. Un MALADE MENTAL, comme on disait quand j'étais petite, avant le *politically correct*. Voilà. Je n'ai pas de temps à perdre avec des hommes pareils. Pascal me suffit amplement.

◆

23 juin

Huit messages de Marc. Je ne le rappellerai pas. De toute manière, Pascal me l'interdit. Hmmm, j'aime quand je sens mon homme jaloux. J'ai d'ailleurs sauté sur lui à son retour du travail. Je suis une bombe sexuelle – une grosse, grosse bombe. Bientôt, Héloïse ne fera même plus partie de mes préoccupations. Si Pascal finissait par comprendre à quoi servent la machine à laver et le balai, mon bonheur serait complet.

Aïe! La petite a du nerf. Certain qu'elle deviendra championne de tae kwon do – ou «drummeuse» dans un groupe rock spécialisé dans l'interprétation des chansons de Metallica.

◆

25 juin

Maintenant que nous sommes devenus l'incarnation même du jeune couple dans la trentaine super heureux et dynamique qui s'apprête à fonder une famille, j'ai décidé d'entreprendre l'aménagement de la chambre de notre fille.

D'ailleurs, où diable va-t-on l'installer? Dans le bureau? Pascal n'acceptera jamais de perdre SA pièce, le lieu béni où il passe *encore* de longues heures à jouer à Civilization – je le répète: l'homme parfait n'existe pas – et à regarder les bandes-annonces de toutes les mégaproductions américaines qui joueront prochainement dans un cinéma près de chez nous. Mais bon, j'imagine qu'entre les couches et les biberons, Pascal n'aura bientôt plus de temps à perdre devant son écran d'ordinateur. Et de toute manière, nous n'avons pas d'autre choix, compte tenu de la taille de notre appartement.

Pour débuter l'opération Aménagement de la chambre de bébé, j'ai d'abord convaincu Pascal de m'accompagner – avec sa carte Visa – dans une boutique spécialisée où l'on trouve de tout pour rendre le bébé heureux. Garanti que si nous achetons le bon équipement, notre fille ne pleurera jamais, changera ses couches toute seule et improvisera sa première symphonie en *la* mineur à dix mois. Pascal et moi avions l'air d'une vraie publicité d'une caisse populaire – taux d'intérêt *avantageux* pour les jeunes familles endettées : main dans la main, nous nous sommes lentement dirigés vers le paradis des bébés, public cible que les vendeuses reluquaient en se frottant les mains. Dans la boutique, par contre, Pascal a commencé à se lamenter, à se plaindre de mal de dos, de faim, d'envie de pipi. Notre gentille vendeuse payée au salaire minimum, qui tentait tant bien que mal de nous refiler tout ce que contenait le magasin, semblait découragée par le manque d'intérêt de Pascal. Quand, après cinq minutes, il m'a tirée vers la sortie, j'ai éprouvé une immense compassion pour cette jeune femme se tenant devant nous les bras chargés d'objets que nous n'allions pas acheter. Je lui ai expliqué : « Désolée, mademoiselle, mon copain s'impatiente. Vous savez, il déteste magasiner. Après une demi-heure, il s'achète un sac de chips, s'assoit sur un banc et attend que j'aie terminé. Ne le prenez surtout pas personnel. Allez, je repasserai plus tard. Merci beaucoup. » La vendeuse m'a lancé le petit sourire fatigué de celle qui n'aura pas de commission, et a murmuré un « À la prochaine ! » peu convaincu. Dès que nous nous sommes trouvés assez loin pour qu'elle ne nous entende plus, Pascal a grogné :

— Tu es vraiment obligée de raconter ma vie à une inconnue ? Elle est là pour nous servir, nous n'avons pas besoin de justifier notre départ.

— Voyons, Pascal, c'est un être humain, il faut la traiter comme tel.

— Attends, je n'ai pas dit qu'il fallait la torturer. Je dis simplement que tu n'as pas à lui expliquer en détail pourquoi nous partons sans acheter toutes les cochonneries qu'elle vend.

— Les cochonneries ! Pascal, je te ferai remarquer que ces cochonneries vont devenir essentielles à notre vie.

— Essentielles à notre vie ? Un mobile électrique qui, au choix, joue du Mozart, récite l'alphabet ou reproduit le cri de tous les animaux du monde ? Franchement, je ne vois pas en quoi c'est essentiel. D'abord, ce n'est pas parce qu'on lui fera entendre du Mozart que notre fille deviendra un petit prodige. Ensuite, essayer d'apprendre l'alphabet à un nouveau-né, c'est complètement cinglé.

— Mais non, la vendeuse a expliqué que c'était du conditionnement. Le jour où notre fille apprendra vraiment l'alphabet, à l'école, elle associera ça au bien-être de la petite enfance et…

— N'importe quoi. Et finalement, si notre fille veut savoir comment crient l'éléphant, le singe et le boa constrictor, elle ira en Afrique… Bon. Moi, je vais m'acheter des chips. Tu veux que je te trouve une pomme ?

— Une pomme ?

— Tu es enceinte, il faut que tu manges bien.

— Et toi, tu vas être père. Veux-tu vraiment que ton enfant devienne orphelin parce que tu as fait un infarctus à quarante ans ? Allez, une pomme pour moi et une pour toi.

Pascal est revenu avec deux sacs de chips et nous avons remis l'aménagement de la chambre du bébé aux calendes grecques. Misère. Nous sommes tellement désorganisés ! Je parie que notre fille va arriver avant que nous ayons préparé quoi que ce soit pour l'accueillir, et qu'à défaut d'avoir un lit adéquat nous allons devoir la coucher dans le tiroir d'une commode ou dans une vieille boîte de chaussures.

◆

Vive l'énergie de la femme enceinte ! J'ai organisé une corvée de peinture dans la future chambre de notre fille – et dans tout l'appartement, tant qu'à y être. Tous les *extraordinaires* amis programmeurs de Pascal étaient là, avec l'air de ne pas trop savoir quoi faire du pinceau que je leur remettais en entrant. J'ai joué à la contremaître pendant une demi-heure, le temps d'attribuer une tâche à chacun, puis je me suis éclipsée. Pas question que je respire les vapeurs toxiques de la peinture ou que je me fasse un tour de reins en déplaçant des meubles ! Je suis allée profiter du soleil de juin en m'organisant pour faire des achats utiles.

J'ai acheté quelques livres pour Pascal – avec sa carte de crédit :

- *L'art d'être un père* cool ;
- *L'accouchement : guide du futur père* ;
- *La paternité pour les nuls* ;
- *Et si votre enfant était autiste ?* ;
- *La sexualité des adolescentes* ;
- *Le père vert* – Zut ! Je viens de remarquer qu'il s'agit d'un livre érotique ! Mmmmh. Aura son utilité en temps et lieu ;
- L'œuvre complète de Françoise Dolto ;
- L'œuvre complète de Caillou.

En tout, plus de trois milles pages de lecture fascinante.

◆

Pour dissimuler l'odeur de la peinture – horrible, mais l'appartement est impeccable –, Pascal a cuisiné un plat inédit : *chili con carne*. Il m'a par ailleurs promis d'apprendre une recette par semaine durant les deux prochains mois. Pascal fait son prince charmant, mais je sais que c'est surtout pour que je ne lui reproche pas d'avoir perdu son temps à jouer à Civilization au lieu de se prendre en main et de faire un homme de lui. Il ne voit pas l'intérêt de lire tous les bouquins que je lui ai trouvés :

— Un livre sur la sexualité des adolescentes ? C'est quoi le rapport ?

— C'est quoi le rapport, c'est quoi le rapport ! Il faut bien que tu te prépares un peu à l'avance, Pascal. Comment tu vas réagir quand ta fille va te demander vingt dollars pour s'acheter un paquet de pilules contraceptives ?

— Laurie, elle n'est pas encore née !

— Ce n'est pas une raison pour ne pas être prêt. Tu vas voir, tout le monde le dit : à partir du moment où on a des enfants, on ne voit plus le temps passer. Et la puberté arrive très tôt de nos jours.

— Et le livre sur les enfants autistes ?

— Il faut être prêt à tout.

— Tu ne trouves pas que tu es un peu para… ?

— Parano ? Non. Pascal, on dirait que tu n'as pas conscience des dangers qui guettent notre fille.

— Une chance que tu es là pour me les rappeler. Mais tu n'as pas trouvé un livre sur la ménopause ? Ça, ça m'aurait été utile pour comprendre ma fille… et sa mère.

Vraiment, Pascal a un humour fou. C'est à se demander pourquoi il n'est pas devenu *stand-up* comique. On lui aurait sûrement lancé assez de tomates pour qu'il cuisine du *chili con carne* jusqu'à la fin de ses jours.

27 juin

Je suis fantastique et Dieu m'aime. Audrey a téléphoné pour m'annoncer que René voulait me réengager! J'ai cru comprendre, entre les lignes, que la fameuse Alice, celle qui tapait deux cent mille mots/minute, a été surprise à piquer de l'argent dans la petite caisse. Franchement. Et dire qu'on a préféré une voleuse à la femme responsable et honnête que je suis! J'ai fait celle qui hésite, qui se demande si elle a vraiment le temps et l'envie d'accepter ce type d'offre-là.

— Je comprends ton hésitation, a dit Audrey. Je sais que tu n'as pas été traitée à ta juste valeur, mais tu sais, il y avait une rumeur qui courait au bureau et qui a sans doute causé ton renvoi… Enfin, je dis ça comme ça, je ne suis pas certaine…

— Une rumeur? me suis-je poliment enquise.

— Oui. On disait que tu étais enceinte. C'est sûr que ça ne justifie pas un congédiement, mais j'ai comme l'impression que ça a un peu joué dans la balance.

Ah, ha! Le chat sort du sac! Je n'ai pas parlé de ma grossesse et ai accepté de revenir au Festival dès le lendemain. Moyennant une importante augmentation de salaire.

Ils vont en faire une tête quand ils vont me voir le ventre! Tant pis pour eux.

◆

28 juin

Retour REMARQUÉ au Festival. Je pense qu'Audrey et René sont encore en état de choc post-traumatique.

Je suis arrivée avant tout le monde et me suis installée à mon bureau, qui ne portait aucune trace du passage furtif d'Alice la pickpocket. J'ai vérifié si mon jeu de solitaire était bien en place – super! J'ai encore une partie en attente – et j'ai tranquillement lu le nouveau contrat d'embauche, en deux copies parfaitement identiques, qui attendait patiemment ma signature et celle de René. J'ai signé, ai déposé les copies sur le bureau de René et ai attendu que les autres créatures stressées qui donnent un sens à leur vie en travaillant ici fassent leur apparition. René a mis les pieds dans le bureau à 9 h 05, alors que je lisais le compte rendu des dernières réunions de programmation avec l'air sérieux et préoccupé d'un pilote qui tente d'éviter le crash de son avion en feu. René m'a saluée – «Bonjour cocotte!» – et s'est jeté sur le contrat pour le signer à son tour, comme s'il avait peur que je me volatilise avant qu'il n'ait officialisé le retour de notre superbe collaboration. Après les brèves formulations d'usage, du genre de celles que l'on fait lorsqu'on retrouve une employée qu'on a injustement congédiée quelques mois plus tôt – «On a une quantité incroyable de travail en retard. Ne crois pas que tu vas passer ton temps à rêvasser et à parler au téléphone avec tes copines.» –, René m'a demandé :

— Tu peux aller me chercher un café, cocotte? Deux sucres, une crème.

C'est merveilleux de constater que, quoiqu'il arrive dans le monde, les habitudes de certains individus ne changent pas. Ça donne des points de repère. Par contre, René a été forcé de reconnaître que j'avais changé, moi. Légèrement. Je me suis extirpée de ma chaise avec l'élégance d'un pingouin unijambiste souffrant de troubles de l'équilibre et, tadam!, j'ai présenté à mon nouveau patron un abdomen fort impressionnant. C'est ce moment-là qu'a judicieusement choisi le destin pour faire réapparaître Audrey dans le décor. J'ai ainsi pu croquer en un même instant le regard parfaitement éberlué de René derrière son bureau et d'Audrey dans le cadre de la porte. Quel charmant portrait! «Bien… Bienvenue, Laurie», a articulé péniblement

Audrey, avec la voix rauque de celle qui vient d'avaler une énorme gorgée de vodka alors qu'elle croyait boire de l'eau.

Puis, elle a disparu sans demander son reste. Je suis allée acheter un café – déca, suivant les conseils de Marie-Pierre, – je l'ai bourré de crème et me suis payée un *latte* et un croissant aux amandes à même la petite caisse – un truc que j'aurais pu donner à Alice : toujours piquer de petits montants. Personne ne s'en aperçoit. De retour aux locaux du Festival, j'ai été arrêtée par une Audrey rouge de colère.

— Laurie ! Tu ne m'avais pas dit que tu étais enceinte !

— Ah non ? Bah, chacune ses petits secrets, n'est-ce pas ? ai-je répliqué avec détachement, avant d'ajouter : Dis donc, ma vieille, tu aurais besoin d'un nouveau fond de teint. La teinte Rouge tomate séchée au soleil ne t'avantage pas. Ça ne va pas ? Tu sembles avoir besoin de repos. Tu devrais peut-être prendre congé. Si ça t'intéresse, j'ai des contacts au bureau d'assurance-emploi. Et ne t'en fais surtout pas, ici, on pourra facilement te remplacer. J'ai justement quelques copines qui cherchent du travail.

Et paf ! Dans les gencives ! C'est fou ce que j'étais en forme, ce matin. Audrey ne m'a pas répondu et a foncé vers les toilettes. Je suis allée voir mon patron, qui était visiblement trop perturbé par l'ampleur de ma panse pour remarquer les changements apportés à son café matinal.

— Bon, cocotte… Et tu comptes accoucher quand ?

— Dans onze semaines.

— Dans onze semaines ! Mais le Festival commence dans trois mois !

— Ah oui ? Ah bon. C'est dommage, j'aurais tellement voulu rencontrer les participants. Surtout les poètes scandinaves. J'adoooore la poésie scandinave.

René se retenait sans doute pour ne pas me traiter de tous les noms possibles ou ne pas se ruer sur moi toutes griffes dehors et me tirer les cheveux. Mais j'avais décidé d'adopter une inattaquable attitude sereine-au-dessus-de-toutes-les-petites-misères-ordinaires-des-gens-qui-n'enfantent-pas. « Pas trop chaud, le café ? me suis-je informée avant de me replonger dans les comptes-rendus, sans attendre de réponse. » Le reste de la journée a été merveilleux. René s'est adressé à moi le moins souvent possible, tout à sa bouderie, et Audrey n'est pas réapparue. Peut-être s'est-elle noyée dans le bol de toilette. Ou dans ses larmes de rage.

◆

29 juin

Journée infernale au travail. Il fait chaud et tout le monde semble s'être passé le mot pour m'embêter. René m'a confié trente mille dossiers en retard, j'ai reçu une carte de condoléances anonyme – très drôle – et un poète scandinave m'a appelé pour me reprocher je ne sais quoi – il parlait suédois ou norvégien, langues que personne ne connaît, à part les Suédois et les Norvégiens (et encore, ça reste à prouver). J'ai des reflux gastriques.

Le début de soirée s'annonçait plutôt mal aussi : 5 à 7 pour fêter le départ d'Héloïse. Je ne figurais pas au nombre des illustres invités et suis donc restée à la maison à examiner mon kit *Arrêtez de fumer en cinq étapes*, que j'ai reçu par la poste ce matin – et qui, à mon sens, pourrait tout aussi bien s'appeler *Le guide du parfait sadomasochiste*. Le mode d'emploi est très simple :

• Étape 1, dite *étape de la douceur* : Avalez un bonbon chaque fois que l'envie de fumer vous prend – voir enveloppe 1, contenant un sac de bonbons. Si ça ne fonctionne pas, passez à l'étape deux.
Les bonbons sont aux fraises. Misère.

- Étape 2, dite *étape de la projection* : Chaque fois que l'envie de fumer vous prend et que vous avez échoué l'étape 1, regardez attentivement la photo placée dans l'enveloppe 2, et pensez au sort qui vous attend si vous continuez à fumer.

  L'enveloppe 2 contient la photo d'un homme qui semble sourire mais qui en fait – tel qu'expliqué à l'endos de la photo – a tout simplement perdu son maxillaire inférieur, complètement grugé par les métastases. Le cliché a été pris quelques jours avant que le pauvre homme succombe à son cancer.

- Étape 3, dite *étape de la flagellation* : Prenez l'élastique qui se trouve dans l'enveloppe 3 et gardez-le constamment au poignet. Chaque fois que l'envie de fumer vous prend et que vous échouez les étapes 1 et 2, faites-le claquer TRÈS fort sur votre peau. Attention : il est possible que des ecchymoses apparaissent sur la peau. Il est donc suggéré de changer de poignet à chaque semaine.

  J'ai pris l'élastique – vert, couleur de l'espoir – et ai essayé l'étape 3. Pas de doute, ça fait mal. Mais, hélas, ça ne m'a pas vraiment enlevé l'envie de fumer. Au contraire. Zut.

- Étape 4, dite *étape de l'empoisonnement homéopathique* : Prenez quelques cigarettes, déposez-les dans le contenant que vous trouverez dans l'enveloppe 4. Ajoutez de l'eau. Laissez mijoter pendant quelques heures. Chaque fois que l'envie de fumer vous prend et que vous échouez les étapes 1, 2 et 3, avalez une petite gorgée d'eau brunâtre. Attention : ne pas dépasser 5 ml/3 heures, 8 fois par jour, sous peine d'intoxication. Cessez le traitement si des vomissements répétitifs se produisent.

  Non mais, c'est quoi ce traitement ? Et moi qui essaie de bien me nourrir !

- Étape 5, dite *étape du désespoir* : Si vous avez encore envie de fumer à ce stade-ci, c'est que vous êtes sans doute un cas irrécupérable. Rédigez votre testament sans plus attendre.

Merde alors ! Combien ai-je payé pour ce ridicule kit ? Pffff. Et dire que j'aurais pu m'acheter un coffret de Gainsbourg et l'écouter en me disant que si je continuais à fumer, je finirais par avoir la même voix que lui. Ça aurait été sans doute plus efficace. Et bien moins cher.

J'ai quand même résisté à la tentation de fumer en passant une quinzaine de minutes, couchée dans mon lit, à observer le visage de l'Homme sans maxillaire (étape 2). Résultat : après ça, impossible de dormir. Dès que je fermais les yeux, l'horrible image apparaissait. Brrrr. Comme si j'avais besoin de ça : je souffre déjà d'insomnie ! J'ai voulu me faire une tisane à la camomille, histoire de faciliter le sommeil, mais ai remarqué qu'on avait inscrit sur la boîte, en lettres majuscules : CONTRE-INDIQUÉ POUR LES FEMMES ENCEINTES. Misère. Si la camomille peut nuire au bébé, qu'en est-il des Kit Kat, des biscuits Oreo et des sandwichs au saucisson et à la mayonnaise que j'ai dévorés ce soir – dans cet ordre ?

◆

D'ailleurs, il n'est que 9 h 30. Ce n'est pas l'heure de dormir.

Je me sens mal. Le bébé qui arrive ? Avec dix semaines d'avance ? Possible. J'appelle un taxi et je vais chercher Pascal au Boudoir. Pas question que j'accouche seule.

◆

Je suis agréablement surprise. Pascal n'a rien dit quand je suis apparue au Boudoir – telle la grosse Kathy Bates qui s'apprête à casser les jambes de James Caan dans le film *Misery*. Apparemment, il n'a pas cru une seconde que j'étais sur le point d'accoucher, mais il a suggéré sans rechigner de me ramener à l'appartement. Il a fait des adieux polis à Héloïse – qui sont restés sans réponse, puisqu'elle avait la bouche occupée à embrasser le patron de Pascal. De retour chez nous, nous avons ENCORE fait l'amour, comme s'il était tout à fait naturel de s'adonner à ce type d'activité acrobatique plus d'une fois par semaine, même – et surtout – quand on est enceinte de six mois et demi.

Oh, en passant, mes malaises divers se sont miraculeusement résorbés quand Pascal a murmuré : «Je vous aime», avant de s'endormir.

◆

Je *vous* aime ?

Manifestement, il s'adressait à moi et au bébé.

◆

Je *vous* aime ?

À moins qu'il n'ait décidé de me vouvoyer, histoire de me montrer à quel point il me respecte.

◆

Je *vous* aime ?

Il pensait à Héloïse autant qu'à moi, c'est clair. Le fumier !

◆

Respirer par le nez, expirer lentement. Ne pas fumer. Visualiser des choses positives – des petits papillons qui papillonnent, un congélateur rempli de crème glacée, Héloïse qui embrasse le patron de Pascal. Pascal n'aime que moi. Et sa fille. Je suis moche et obèse, mais cet état est temporaire et, de toute manière, Pascal m'aime surtout pour ma beauté intérieure.

Dors, Laurie, dors.

◆

Pascal m'a répété au réveil : « Je vous aime », en posant un bisou sur mon ventre. Je savais bien que son « vous » s'adressait au bébé et à moi. En plus, il a pris congé pour m'accompagner chez le médecin. Quel homme *presque* parfait !

C'était la première fois que Pascal mettait les pieds dans un bureau d'obstétricien. Ça l'a impressionné. Il observait les femmes enceintes sans un mot, la bouche ouverte, comme un enfant au zoo qui découvre l'enclos des éléphants. Il a refermé la bouche quand nous sommes entrés dans le bureau du médecin et a soufflé : « Fiouf ! Retour au vrai monde. Je me sens beaucoup mieux. » J'imagine que le décolleté du docteur L'agace a un effet thérapeutique sur tous les hommes. Enfin, passons. Doc L'agace a regardé mon dossier et a froncé les sourcils.

— Je vois que tu as fait le test d'hyperglycémie provoquée. J'ai reçu tes résultats.

— Et… ?

— Mmmmh. Il va falloir te surveiller de près.

— Je suis diabétique ? Je vais devoir me piquer à l'insuline ?

— Pas nécessairement. Mais je veux que tu refasses le test. Si nécessaire, je te verrai ensuite et nous prendrons les mesures qui s'imposent. D'ici là, je te conseille de faire très attention à ton alimentation. Consommes-tu beaucoup d'aliments sucrés ?

— Non, pas trop…

Pascal m'a donné un coup de pied en me faisant de gros yeux.

— Enfin, un peu.

— Essaie de limiter ta consommation de sucre au minimum. C'est très important. Allons, maintenant, sur la balance !

Enfer et damnation ! Je pèse soixante-huit kilos, sans chaussures et en petite robe de coton – pour ainsi dire toute nue. Plus moyen de faire croire à Pascal que mon embonpoint n'est qu'une illusion d'optique. Il a lui-même constaté, *de visu*, ma prise de poids phénoménale. Zut. Est-ce que cette visite sonne le glas de notre nouvelle et trépidante vie sexuelle ? Pascal sera-t-il capable d'oublier qu'il fait l'amour à une fille de soixante-huit kilos ? Il doit bien comprendre que c'est pour le bien de l'humanité, non ? Non ?

SEMAINE 28

3 juillet

Dimanche paresseux. Pascal cuisine – mal – pendant que je laisse sonner le téléphone, sans répondre. Deux messages injurieux du propriétaire, qui menace de nous traîner à la Régie du logement si nous ne payons pas le loyer des derniers mois. Un message de Marc – pour un total de trente-huit depuis deux semaines, à une fréquence qui commence à diminuer – où il me parle comme si nous avions passé la moitié de notre vie à jouer à saute-mouton ensemble. Un message d'Ève, qui me demande de la rappeler le plus tôt possible parce qu'elle est « dans la merde jusqu'au cou » depuis qu'elle a entrepris une relation « extra-conjugale » avec l'un des animateurs de l'émission de Sébastien, qui ne la trouve pas drôle. Un message de Marie-Pierre qui s'inquiète de ne me trouver ni chez moi ni chez ma mère. « J'en déduis donc que tu dois être à l'hôpital… Laurie, j'espère que ce n'est pas trop grave ! En tout cas, ça ne peut pas être pire que pour moi. Imagine-toi donc que je viens de découvrir que je suis allergique au soya. Moi qui ne buvais que du lait de soya depuis que j'ai réalisé que je suis allergique aux produits laitiers ! » Un message de Valérie, me demandant si j'aurais objection à ce que Pascal lui refile quelques spermatozoïdes pour fertiliser ses ovules.

208

«Je sais que c'est délicat, Laurie, mais tu comprends, je préférerais savoir d'où vient le sperme…» Un message de mon père, qui m'annonce que je lui dois cinquante dollars pour le lit de bébé déglingué qu'il m'a trouvé dans une vente de garage : «Il n'y a plus de fond, mais je suis certain que Pascal pourra réparer ça facilement. Oh, j'oubliais : pour l'essence, j'apprécierais une contribution volontaire… en plus des cinquante dollars pour le lit, évidemment.» (Je reste perplexe. Mon père ne possède *pas* de voiture. Et si ça se trouve, il a pris le lit – qui ne respecte certainement pas les normes de sécurité actuelles – dans la poubelle d'un de ses voisins.)

Je ne rappelle personne et finis la journée dans un bain tiède – il fait une chaleur écrasante dehors – à manger les restes calcinés du repas préparé par Pascal, en regardant la photo de l'Homme sans maxillaire (super : pour l'instant, je m'en tiens avec succès à l'étape 2).

◆

4 juillet

Lunché avec Sophie, la secrétaire, ex-alliée d'Audrey. Elle s'est adonnée avec un plaisir évident au sport extrême du potinage en milieu de travail – on ne sait jamais si la collègue dont on dit du mal va apparaître, armée d'un coupe-papier affilé ou d'une déchiqueteuse à papier, et tenter de nous réduire en petites languettes de chair. J'ai appris que Sophie avait elle-même un enfant de sept ans et ai ainsi découvert la force de la solidarité des Mères. Ma nouvelle amie – que je soupçonne malgré tout capable de changer son fusil d'épaule aussi facilement qu'Audrey – m'a confié qu'Audrey a été en quelque sorte tenue responsable de la conduite de sa copine Alice, puisque cette dernière volait de l'argent pour s'acheter des produits Yves Rocher dont elle avait bien besoin, à ce qu'il paraît, «quoiqu'une chirurgie plastique aurait été plus efficace », selon Sophie. Audrey, accusée de complicité, prise de court, a essayé de recoller les pots cassés en suggérant de me réengager.

— Mais elle est enceinte, lui a-t-on fait remarquer. C'est toi qui nous l'as appris.

Audrey a patiné :

— Enfin, oui… Mais non… Euh… Elle a fait une fausse couche. Je crois.

La suite, je la connais : mon retour – en compagnie d'un fœtus dont personne ne doute plus – avec la ferme intention de ne pas faire d'heures supplémentaires, d'accumuler néanmoins les heures nécessaires pour avoir droit au congé de maternité, et de continuer, ni vu ni connu, à me payer des croissants et des cafés à même la petite caisse.

◆

Premier cours prénatal. Ça commence mal : la prof était malade et a dû se faire remplacer à la dernière minute par une infirmière stagiaire qui trébuchait sur ses mots et dans les fils de la télévision qu'elle avait apportée dans le local pour nous présenter un film sur les beautés de la maternité. Les gaffes succédaient aux gaffes, si bien que nous nous sommes tapé quinze minutes d'une reprise de *Beverly Hills 90210* avant qu'elle trouve le moyen de faire fonctionner le magnétoscope. Et là, malheur, elle a constaté, mais un peu tard, qu'elle n'avait pas la bonne cassette. Elle avait pris le documentaire réservé au dernier cours : *L'accouchement. Les complications possibles.* « Oups ! s'est exclamée la remplaçante en rougissant – c'était d'ailleurs la seule chose qu'elle réussissait à faire comme il faut. Je me suis trompée de cassette ! Bon, tant pis. Vous prendrez un peu d'avance… » Donc, au lieu d'avoir droit à une demi-heure de témoignages de femmes enceintes souriantes et épanouies, nous avons regardé un film d'horreur où des femmes hurlantes se faisaient charcuter, où des bébés bleus se faisaient réanimer pendant que des papas livides se rongeaient les ongles en fumant cigarette sur cigarette (se ronger les ongles et fumer en même temps, il faut être stressé pour y arriver). Sympathique comme tout.

Quand je pense que le titre du cours est *Les joies de la maternité et de la paternité*. Misère. J'ai besoin de nicotine ! Vite ! Où ai-je foutu la photo de l'Homme sans maxillaire ?

◆

6 juillet

Cauchemars toute la nuit. J'ai rêvé que j'accouchais d'un schtroumpf, mais que sa tête ne passait pas − à cause du chapeau. Le médecin m'incisait le ventre et en sortait un horrible et sautillant petit bonhomme bleu. Au secours !

Je me suis réveillée en hurlant et ai raconté mon rêve à Pascal, qui a essayé de me réconforter. Comme toujours, il a su trouver les paroles adéquates :

— Laurie, ne t'inquiète pas. Il y a chaque année des millions de femmes qui passent par là. Et, en plus, tu peux demander l'épidurale. Il n'y a rien là.

Depuis quand le fait de savoir que les autres souffrent aussi a-t-il un effet calmant ? J'ai demandé à Pascal :

— Et toi, si tu avais à te faire circoncire, est-ce que ça te réconforterait de savoir qu'il y aura des millions de gars qui vont aussi partager ton sort ?

— Laurie, ça n'a rien à voir. Tu ne peux pas comparer des pommes et des oranges. L'accouchement, c'est super gratifiant. Toi, au moins, après l'épreuve, tu rapportes quelque chose à la maison, un genre de trophée que tu peux montrer à tout le monde. Alors que le gars circoncis, tu l'imagines, lui, rentrer avec son petit bout de peau et le montrer fièrement à tous ses amis ?

◆

8 juillet

Nouvelle nuit d'insomnie. J'ai passé des heures à lire des récits d'accouchements sur Internet. J'en ai encore des frissons. Si j'avais lu tout ça il y a quelques mois, je me serais fait avorter, c'est certain. Selon les statistiques, j'ai une chance sur cinq d'avoir une césarienne – ce qui réduit de beaucoup mon espérance de porter à nouveau fièrement un bikini. Pas envie de passer pour Frankenstein – une chance sur trois d'avoir une épisiotomie – une quoi ? Ça doit faire très mal… Mais ne pas oublier de demander définition à Marie-Pierre – et une chance sur quatre mille d'avoir une hémorragie mortelle. Et c'est sans compter la bactérie C. difficile, la fièvre typhoïde, le choléra et autres cochonneries que je risque d'attraper à l'hôpital. Par ailleurs, un premier accouchement dure en moyenne douze heures. Douze heures ! Ça fait quarante-trois mille deux cents secondes à souffrir le martyre, ça ! Je suis certaine que tous les prisonniers qu'on torturerait aussi longtemps finiraient par avouer leurs liens avec la mafia, le réseau Al-Qaeda, ou, je ne sais pas, moi, les raëliens. Pfff, en plus, je parie que l'anesthésiste va profiter de la situation et s'arranger pour que je lui cède l'ensemble de mes économies contre une épidurale. C'est bien connu : les médecins spécialistes d'ici sont prêts à tout pour avoir le même salaire que les médecins américains. Misère.

Y a-t-il moyen d'avoir un bébé *sans* passer par l'accouchement ? Télétransportation de cellules ?

◆

9 juillet

Brunch avec ma sœur – célibataire à nouveau –, ma mère et son chirurgien plastique, qui m'a appris que même la chirurgie esthétique ne venait que difficilement à bout des vergetures. Au retour, Pascal et moi rentrons à pied. Il fait chaud, humide, je suis énorme et tout le monde me regarde avec un petit sourire attendri et fraternel, l'air de dire : « Vas-y, ma grande, tu es capable. » Les madames me posent des questions alors que je ne les connais même pas, les monsieurs sourient en lançant des regards coquins à Pascal. Tout le monde m'observe, tout le monde me parle, tout le monde touche mon ventre. Adieu Laurie, je ne suis plus qu'une femme enceinte. J'EN AI ASSEZ ! Ils n'ont rien d'autre à faire, ces gens-là ? Ils ne pourraient pas rester chez eux et me laisser tranquille ?

Finalement, c'est moi qui me suis enfermée à la maison, le nez collé au ventilateur, les pieds enflés plongés dans un bol d'eau glacée. Pascal a loué des épisodes de *24 heures chrono* pour me montrer qu'il existe des choses bien plus apeurantes qu'un accouchement – une bombe nucléaire, par exemple.

SEMAINE 29

11 juillet

Ce soir, premier cours de yoga prénatal. La prof me donnera peut-être un truc infaillible pour accoucher sans douleur en une demi-heure ou pour m'extraire de mon corps et assister à l'accouchement en buvant un verre avec les anges.

◆

12 juillet

Gros stress au boulot. René ne comprend pas que je prenne autant de temps pour préparer mon accouchement – je me suis absentée hier après-midi pour assister au cours de yoga, qui ne commençait qu'à 5 h, mais il fallait que j'achète des vêtements adéquats (résultat : nouvelle dépense excessive pour des pantalons en coton ouaté, beaucoup trop chauds pour la saison mais pas question que je porte des shorts et expose ainsi mes poils aux autres filles) et que je me prépare psychologiquement (le yoga, c'est un sport très mental, il fallait que je fasse des étirements d'âme et des réchauffements de mantra). Vraiment, René n'a aucune compassion pour les femmes enceintes. Quand je pense que moi, j'ai déjà fait preuve d'une exemplaire compréhension quand, l'année dernière, il a pris une semaine de congé *complète* pour sa greffe de cheveux ET trois jours pour se faire extraire les cheveux implantés – la greffe n'avait pas réussi. Je ne donne pas de détails, mais ce n'était vraiment, vraiment pas beau à voir. Enfin, il ne faut pas s'attendre à ce que les autres nous traitent aussi bien que nous les avons traités, hein, sinon à quoi servirait l'ONU ?

Ceci dit, je ne sais pas pourquoi j'ai investi autant pour un cours où on m'enseigne principalement à *respirer*. Comme si je ne savais pas déjà respirer ! Hé, oh, qu'est-ce qu'elle pense que je fais à longueur de journée, la prof ? Que je me bouche le nez, que je ferme la bouche et que j'attends que ça passe ? Franchement. Enfin, toujours est-il que j'ai passé une heure et demie à inspirer et à expirer – j'ai fait le calcul : ça me coûte environ dix sous la respiration. Moi qui pensais que ce cours-là me donnerait des trucs pour faciliter l'accouchement ou, à tout le moins, pour perdre quelques calories vite fait, bien fait. Je me suis complètement fourvoyée. « Allez les filles ! soufflait la prof, d'une voix quasi inaudible qui se voulait sans doute l'exemple même de la voix zen-connectée-à-la-galaxie. Tu bloques ta narine gauche avec ton index, tu inspires et tu retiens ton souffle. Une, deux, trois, quatre, cinq, six. Relâche. Expiiiiire. OK, maintenant, la narine droite...» J'avais une toute autre idée de ce qu'était le yoga. Est-ce vraiment *ça* qui mène des centaines de personnes au nirvana, à la sagesse? Respirer avec une narine à la fois jusqu'à provoquer une crise d'hyperventilation? Les voies de la sagesse sont impénétrables – et bloquées –, comme disait l'autre.

◆

13 juillet

Aujourd'hui, Audrey est arrivée au bureau avec un sourire – rouge à lèvres Rose glacée – de conquérante, et m'a lancé un «Hello!» tellement enjoué que j'ai tout de suite senti que quelque chose clochait. Avait-elle trouvé le moyen de me faire mettre à la porte de nouveau? Non, impossible. Je m'accroche et suis devenue essentielle à René, qui m'a gentiment confié le rôle de bouc émissaire. Dès qu'un écrivain est mécontent, il me l'envoie. Je me retrouve donc tous les jours avec une boîte vocale remplie d'insultes et de menaces de mort, et mon ordinateur déborde de courriels agressifs. Certain que si j'avais une voiture, elle aurait déjà explosé, et moi avec. Mais quand les auteurs apprennent que je suis enceinte – surtout ceux qui le découvrent en me voyant –, leur attitude change du tout au tout. Je deviens l'une des leurs, en quelque sorte. Une créatrice. Une artiste. Je sens même une légère touche d'envie dans leur voix. Pas qu'ils voudraient se taper un accouchement, non. C'est le processus créateur qui les fascine. Ce qui se passe dans mon corps les intrigue. Je crée sans réfléchir, je touche à quelque chose de tout à fait archaïque, de mortel et d'immortel à la fois, je suis une déesse de l'Éternité, de la Fertilité, de la Joie, de la Beauté. À côté de Moi, le petit torchon qu'ils s'évertuent à écrire a l'air d'un pet dans le vent. Enfin, ces narcissiques d'auteurs ne se disent peut-être pas ça, mais c'est ce que je me plais à imaginer quand je rentre au bureau, presque certaine qu'ils ne me laisseront pas le temps de jouer tranquillement une petite partie de solitaire ou de regarder l'Homme sans maxillaire – qui commence à me devenir sympathique, à force – en méditant sur les affres de la maternité et de la vie sans cigarettes.

Mais ce matin, avant même que j'aie le temps de prendre mes messages, Audrey s'est imposée dans mon champ de vision – et dans mon champ olfactif. Vraiment, elle devrait se mettre un peu moins de ce parfum Yves Rocher qui pue encore plus depuis que je suis enceinte (numéro 372 dans la *Liste des petits maux de la grossesse :* hypersensibilité olfactive).

— Salut Laurie !

— Tiens, Audrey. Ça va ?

— Oui, super. Écoute, je sais que tu m'en veux un peu pour tout ce qui s'est passé.

— Moi ? Voyons !

— Je n'ai pas voulu te nuire, je te le jure ! Tu sais, les gens sont vraiment méchants et je pense que Sophie a dû te raconter un peu n'importe quoi. Enfin, passons l'éponge, si tu veux bien. D'ailleurs, pour te prouver que je suis de ton côté, je t'offre un petit cadeau… Une babiole, mais je sais que ça risque de t'inspirer durant les prochaines semaines.

Elle voulait acheter la paix ? OK. J'ai regardé le sac qu'elle me tendait en me disant que si j'y trouvais mon compte, je ne voyais vraiment pas de raison de m'objecter à cette réconciliation. J'ai joué le jeu. « Oh, merci ! Il ne fallait pas, vraiment ! » J'espérais bien recevoir un paquet cadeau Yves Rocher, rempli de crèmes capables de me transformer en sosie de Brigitte Bardot – à vingt ans, bien sûr – après l'accouchement. Déception. Audrey m'avait acheté un livre. Titre : *Récits d'accouchement : 30 femmes racontent.* « Tu vas voir, Laurie, c'est super intéressant, a lancé Audrey avant de disparaître. Il y a plein de détails et beaucoup, beaucoup de photos. »

◆

Incapable de répondre aux auteurs aujourd'hui. J'ai commencé à feuilleter le livre d'Audrey et n'arrive plus à bouger depuis. Je suis pétrifiée d'horreur. Récits d'accouchement. Trente histoires à faire frémir même les femmes les moins impressionnables. Et illustrées de façon tout à fait explicite. La cerise sur le sunday de mon angoisse.

Au secours !

Je ne veux pas accoucher ! Et j'ai BESOIN de nicotine !

◆

Quelqu'un a dû parler à Audrey de ma peur de l'accouchement. Qui ? Sophie ? C'est certainement Sophie ! Ma vengeance sera terrible.

◆

Pffff. Je suis trop fatiguée pour me venger.

◆

14 juillet

Ai fait un autre cauchemar. J'ai rêvé que j'étais la Schtroumpfette et que je mettais au monde des centaines de petits schtroumpfs. Ils sortaient de mon ventre les uns après les autres pendant que, comme Jésus sur la croix, je criais : « Seigneur, pourquoi m'as-tu abandonnée ? »

◆

15 juillet

Misère. J'ai fait une crise d'angoisse et ai brusquement quitté le bureau à 11 h pour aller fumer une clope – eh oui – avant de me rendre à l'hôpital passer un nouveau test d'hyperglycémie provoquée. J'ai profité de l'absence de René – serait-il allé s'acheter un café *tout seul*? – pour disparaître.

Et si j'accouchais aux États-Unis? Il paraît qu'on peut avoir une césarienne sur demande, si on y met le prix. La banque me ferait-elle un prêt pour cette cause louable? Est-ce déductible d'impôts? Me renseigner.

SEMAINE 30

20 juillet

Souper avec les filles. Puisque ça se passait chez moi, et non au resto – Marie-Pierre tenait *absolument* à faire la cuisine et à limiter ainsi les chances que je souffre d'intoxication alimentaire –, Pascal a eu le droit de rester avec nous, seul et digne – digne? – représentant de sa race. Depuis qu'il m'a fait le coup du gars qui doit prendre de l'air en abandonnant sa copine enceinte, mes amies ne le portent pas dans leur cœur. Et il le sait. Il a donc fait des efforts remarquables pour passer pour un homme rose, ce qui s'est manifesté de diverses manières. Il a mis la table – n'importe comment mais on ne peut pas demander à un novice de se comporter comme un pro. Il a parlé de ses émotions en public – c'est-à-dire qu'il a répondu «Oui» quand Isabelle lui a demandé s'il était heureux d'avoir une fille. Il m'a embrassée devant tout le monde et il a même essayé de consoler Valérie quand elle s'est écriée, à la fin du repas:

— Quand je pense qu'en ce moment, Nicolas s'envoie en l'air avec une gamine! Lui qui répétait sans arrêt qu'il aimait les femmes matures, comme moi. C'est quoi, une femme mature pour un homme, Pascal?

— Euh… Une femme… intelligente.

— Mais non! C'est une vieille biquette dont personne ne veut plus! Une frustrée! Une préménopausée! Comme moi!

— Voyons, Valérie, tu es…

— Ça va, Pascal, n'essaie pas de faire semblant que tu ne penses pas comme Nicolas. Pffff. C'est injuste! Une femme célibataire de quarante ans est une femme finie, qui n'a plus d'autre solution que de renoncer au sexe et à la séduction, alors que les hommes commencent à être vraiment sexy à quarante ans.

Toutes les copines ont approuvé et ont porté un toast à la vraie beauté, celle des femmes de quarante ans. Pascal en a profité pour s'éclipser, supposément pour aller passer un coup de téléphone à son père qui a des problèmes informatiques, mais je l'ai retrouvé trois heures plus tard en train d'essayer une nouvelle version de Civilization en mangeant les chips de maïs bleu bio apportées par Marie-Pierre.

Entre-temps, j'ai eu le temps d'entendre les différentes histoires d'horreur que les copines ont tenu à me raconter après que je leur eusse confié mon appréhension devant l'imminence de l'accouchement. Sarah connaît une fille qui a accouché chez elle, aidée d'une amie infirmière qui a oublié de faire un petit nœud dans le cordon ombilical, si bien que le bébé s'est vidé de son sang et est mort avant d'arriver à l'hôpital. Isabelle connaît une fille qui connaît une fille qui a appris qu'elle avait le cancer du sein à la fin de sa grossesse et dont les traitements de chimiothérapie ont provoqué un accouchement prématuré. Le bébé est né avec de graves problèmes pulmonaires et il est mort quelques semaines après… le décès de sa mère. Valérie connaît une fille qui connaît une fille qui connaît une fille dont l'utérus s'est déchiré à cause de la force des contractions. Elle est passée à un poil de mourir et n'a jamais plus pu faire l'amour par la suite – en quoi c'est lié? Valérie ne le savait pas trop, mais elle m'a assuré qu'elle tenait cette histoire de source sûre. Et Marie-Pierre, toujours la spécialiste des récits épouvantables, a ajouté quelques cuillerées de Tabasco à ces anecdotes fort suaves.

Les filles sont parties tard, éméchées, en me garantissant qu'il ne m'arriverait rien de grave, à moi, que j'étais au-dessus de tout ça et que j'étais née sous une bonne étoile. « Et de toute manière, a déclaré Isabelle, tout ça n'est qu'une question de confiance en soi. Si tu sens que ça va bien se passer, si tu es relax, il n'y a aucun doute que tu vas avoir un accouchement facile. Il ne faut pas s'énerver avec ça. » On voit bien qu'elles ne sont pas sur le point d'accoucher, elles. Je n'ai pas fermé l'œil de la nuit et ai dû avoir recours à l'étape 3 – dite *étape de la flagellation* – pour résister à la tentation de fumer une cigarette. Aïe !

◆

21 juillet

Incapable de me lever ce matin. Je suis crevée, j'ai les jambes lourdes, des ecchymoses au poignet et des pensées morbides. J'ai envoyé un courriel à René pour lui dire que je ne pouvais pas rentrer au bureau. Deux minutes plus tard, le téléphone a sonné. Je n'ai pas répondu, ai attendu quelques minutes avant de prendre le message. René. « Laurie ! hurlait-il – quand il est vraiment en colère, René a tendance à appeler les gens par leur prénom, comme si les autres n'accédaient au statut d'individus que lors-qu'ils s'opposent à lui –, si tu n'es pas capable de travailler, va voir le médecin, demande-lui un congé pour invalidité, mais arrête de nous faire perdre notre temps et notre argent ! Si tu continues à t'absenter ainsi, j'appelle la Commission de la santé et de la sécurité du travail et je m'accuse de te donner trop de travail. Comme ça, tu n'auras pas le choix de partir en congé préventif. En passant, je viens de parler à un poète suédois qui assure que tu n'as jamais retourné son appel. À quoi penses-tu ? La soirée de poésie scandinave est un des événements majeurs du Festival! Je ne sais pas si tu t'en rends compte, mais nous avons un festival à réaliser dans moins de deux mois! C'est demain, ça!» «C'est demain, ça.» Misère. Le Festival, je m'en fiche. Mais dans moins de deux mois, j'accouche! C'est demain, ça. Au secours! Où est l'Homme sans maxillaire? L'élastique vert? Zut, je ne les trouve pas. Je vais faire une séance de respiration yogique, ça me calmera peut-être…

◆

22 juillet

Arrivée en retard à mon cours de yoga. Quand j'ai mis les pieds dans le local moite, les femmes enceintes étaient déjà en état d'hyperventilation avancé. La chaleur était insupportable – ici, que du naturel. L'air climatisé ne fait sans doute pas partie des règles de l'art yogique. J'ai enfilé mes vêtements de coton ouaté trop chauds pour la saison et me suis installée dans un coin, sur un tapis de rotin rêche. Puis, tel que conseillé par la prof, j'ai tenté de «faire abstraction du monde extérieur», de «me concentrer sur la vie qui bouillonne en moi» et de «visualiser l'accouchement». Pfff. C'est tellement abstrait, tout ça. J'ai essayé, comme la prof le suggérait, d'imaginer que mon bébé était dans une petite maison, qu'il ouvrait la porte et qu'il sortait vers le soleil, mais l'image d'une maison m'a fait penser qu'il faudrait vraiment que nous fassions le ménage de l'appartement et que nous réparions le lit du bébé et que nous payions le loyer et que je fasse les courses pour le souper et que j'essaie de ne pas acheter trop de crème glacée et de Kit Kat. Quand j'ai recommencé à l'écouter, la prof nous incitait à faire le vide, à ne plus penser à rien. J'ai décidé de compter les moutons, moyen détourné de faire le vide. En bonne cancre, je me suis endormie.

Quand je me suis réveillée, une heure plus tard, la prof en était à son cours *post*natal. J'ai eu une vision terrible en ouvrant les yeux : une dizaine de mères cernées faisaient prendre des positions invraisemblables à des bébés qui, de toute évidence, avaient autre chose à faire de leur vie – baver sur des jouets *made in China* en plastique mou, comprendre pourquoi on leur parle comme s'ils étaient débiles, saisir le fonctionnement du subjonctif, la fonction des adverbes, le rôle des prépositions, et je ne sais trop quoi d'autre.

— Bonjour Laurie, m'a saluée la prof avec sa voix suave et bienfaisante – ça m'éneeeerve ! Tu as bien dormi ?

— Oui, oui, ai-je répondu avant de quitter rapidement le local, sous le regard jaloux des mères fatiguées.

Dans le corridor, j'ai croisé une maman aux prises avec un nouveau-né particulièrement sonore. Elle m'a lancé, exaspérée : « Profites-en pendant qu'il est dans ton ventre ! » C'est fou ce que les mères peuvent être encourageantes.

◆

À l'appartement, une mauvaise nouvelle m'attendait : le docteur L'agace m'avait laissé un message : « Laurie, j'ai reçu tes nouveaux résultats de glycémie. Il faut absolument que tu surveilles ton alimentation si tu ne veux pas développer de diabète. À partir de maintenant, tu devras limiter ta consommation de sucre. C'est très important, pour toi et pour le bébé. On se voit la semaine prochaine. D'ici là, pas de sucre ! » Pas de sucre, pas de sucre. Facile à dire… Pascal s'est fait un plaisir de manger toutes les Kit Kat que j'avais achetées en revenant du cours de yoga, pendant que je grignotais sans enthousiasme un bout de concombre mou en dévisageant l'Homme sans maxillaire, qui avait l'air de la trouver bien bonne.

◆

Rachel nous a invités à souper chez elle, Pascal et moi, chose qui m'aurait paru complètement loufoque il y a quelques mois mais qui me semble aujourd'hui aller de soi. C'est comme si, maintenant que nous faisons partie de la même race, il était devenu tout à fait normal que nous nous fréquentions, et même, éventuellement, que nous nous retrouvions tous les dimanches pour jouer une partie de bridge pendant que les enfants s'entretuent à coup de hochets. Malgré ma crainte de croiser Marc, je me suis donc gaillardement rendue avec Pascal dans ce quartier extraordinaire où il fait bon boire un martini les pieds plongés dans une piscine bourrée de chlore et entourée d'une pelouse verte inondée d'insecticide, en reniflant les effluves de l'énorme barbecue familial – Marie-Pierre n'approuverait pas : tout ça a un potentiel cancérigène très élevé.

Nous avons passé une soirée extraordinaire. Pendant que je profitais de mon état pour ne rien faire, Pascal s'est tapé une formation intensive sur l'Art du barbecue que Sylvain, le mari de Rachel, a tenu à lui donner après avoir constaté son inexpérience dans le domaine. «Quoi ? Tu n'as jamais fait cuire un *t-bone* sur le barbecue ? D'où tu viens, toi ? De la planète Mars ? s'est joyeusement enquis ledit Sylvain, l'air de penser qu'il avait devant lui un cas rare de mâle dégénéré. Pascal aurait pu répondre qu'il venait de la planète Mercure (beaucoup plus chaude que Mars, et donc plus propice à développer des talents de maître en barbecue), ou demander à Sylvain si, à ce propos, il avait lu l'excellent livre *Les hommes viennent de Mars, les femmes viennent de Vénus*, ou lui dire qu'il n'avait jamais fait cuire de *t-bone* mais que son père était plus fort que le sien. Mais non, il a souri comme un mâle dégénéré et a suivi sans sourciller le cours de Sylvain, pendant qu'un petit morveux – Antoine – s'amusait à lui tirer dessus avec un fusil à eau avec canons multiples. Même trempé, Pascal ne s'est pas énervé. Je sens qu'il va être un excellent père – à défaut de devenir un champion du barbecue.

Côté femmes, c'était tout aussi palpitant. Rachel, le petit Nathan appuyé contre la hanche, enfilait les verres de martini à un rythme régulier en m'interrogeant sur les effets secondaires de la grossesse.

— Tu as beaucoup de vergetures?

— Pas mal, oui.

— Des varices?

— Quelques-unes.

— Bah, dis-toi qu'une fois que le bébé sera là, tu n'auras plus le temps d'y penser ou de te regarder dans le miroir. Puis tu sais, quand on est mère, on ne se préoccupe plus tellement de ces choses-là. On devient vraiment moins superficielle, on prend conscience des vraies choses.

— Ah? Tant mieux.

— Ouais. Résultat, on devient horriblement moche. Tu as vu mes cheveux? Et regarde mon ventre, il est tout ratatiné. Et je ne te parle pas de mes seins. Après trois bébés allaités, ils ressemblent à des gourdes vides. C'est super décourageant. Je te jure, je n'ose plus me montrer nue devant Sylvain. Qu'est-ce que je ne donnerais pas pour une nouvelle paire de seins et un ventre ferme!

Que disait-elle quelques secondes plus tôt? Quand on est mère, on prend conscience des vraies choses? Génial.

Mais le moment fort de la soirée a sans contredit été le souper. Les enfants étaient adorables. Pendant qu'Antoine lançait des petits pois à Nathan, Léa crachait des morceaux de *t-bone* dans la piscine. Quand sa mère lui a demandé d'arrêter, elle s'est mise à hurler: «Nooooon! Maman, laisse-moi nourrir mes requins! Sinon, je te jette dans l'eau et ils vont te dévorer et je vais trouver une autre maman, plus gentille que toi.» L'idée a paru si inspirante à Antoine qu'il a commencé à scander: «Maman, aux requins! Maman, aux requins!» Nathan, que plus personne n'observait, s'est emparé d'un *t-bone* et a entrepris de le faire entrer dans sa bouche. Sans le secours de Pascal – un héros –, il finissait étouffé (chaque fois que je le vois, cet enfant passe à deux doigts de mourir. Est-ce que tous les bébés vivent aussi intensément leur phase orale?). Rachel a alors décidé qu'il était temps d'aller prendre un bain et a disparu avec la marmaille, qui continuait à hurler: «Maman, aux requins! Maman, aux requins!» Sylvain a profité du moment de calme relatif occasionné par le départ des petits anges pour nous confier, en avalant d'un trait son centième verre de vin – les parents boivent-ils tous autant? C'est un genre de thérapie, ou quoi?:

— Ne vous inquiétez pas. Les enfants des autres nous paraissent toujours insupportables.

— Et quand ce sont les nôtres? ai-je demandé.

Mais Sylvain n'a jamais eu le temps de répondre, puisque ma question a été suivie d'un grand bruit, de quelques secondes de silence puis d'un long cri strident. «Merde! On ne peut pas avoir la paix cinq secondes dans cette maison!» s'est exclamé Sylvain avant de partir prêter main forte à Rachel.

Alors que nous étions seuls avec les t-bone et le ronron du filtreur à piscine, Pascal m'a lancé un regard rempli d'épouvante, genre naufragé sur un radeau observant l'océan rempli de requins pendant que des angelots de la mort crient: «Le papa, aux requins! Le papa, aux requins!» «*Oh my god!*» a-t-il soupiré, avant de remplir son verre et de l'avaler aussi rapidement que l'avait fait Sylvain.

SEMAINE 31

25 juillet

Ce soir, au cours prénatal, l'infirmière nous a entretenus de l'importance capitale d'effectuer des exercices du périnée pour éviter de mouiller notre culotte au moindre éternuement après l'accouchement. Avec un sérieux incroyable, toutes les filles – les sourcils froncés et la langue sortie – ont suivi les instructions de la prof : « Vous devez imaginer que vous êtes sur la toilette et que vous retenez une envie de pipi. Ça y est ? Serrez, relâchez. Serrez, relâchez. Serrez, relâchez. Vous recommencez comme ça plusieurs fois par jour et vous pouvez faire vos exercices partout. Dans le métro, au travail, en attendant l'autobus. » Pendant que les futures mamans s'appliquaient à se muscler l'intérieur comme si leur existence en dépendait, les quelques mâles n'ayant pas trouvé d'assez bonnes raisons pour s'absenter du cours – Pascal s'est essayé, mais je lui ai lancé mon regard de la mort qui tue, il a rentré sa queue et m'a suivi comme un bon toutou –, les futurs papas, donc, regardaient ailleurs en méditant sur les mystères de la vie : la météo, les défaites consécutives de Jacques Villeneuve aux courses de Formule 1, l'inconstance érectile de l'homme de plus de trente-cinq ans. Autrement dit, ils ne se sentaient pas trop concernés. On voyait bien que l'incontinence urinaire périnatale n'était pas leur préoccupation première. Un seul papa bienveillant a osé demander comment il pourrait aider sa copine. Tous les autres l'ont dévisagé comme s'il venait d'avouer son homosexualité ou sa préférence pour les Benson menthol – ce qui revient au même. L'infirmière, elle, a eu l'air enchantée.

— Excellente question ! Eh bien, pour éviter que les mamans n'aient une épisiotomie…

— Une quoi ?

— Une épisiotomie, une incision du périnée. Donc, pour éviter cela, je suggère aux papas de faire régulièrement des massages du périnée à leur copine. C'est très simple.

Pendant un moment, j'ai cru que la prof allait demander à l'une d'entre nous de monter sur la table pour qu'elle puisse nous montrer comment nous y prendre. Heureusement, elle est passée à un autre sujet après une brève description du massage en question. Mais le mal était fait. Les papas bougeaient sur leur siège, soudain inconfortables. Un massage du périnée. C'est super érotique, ça. Je me vois bien demander à Pascal : « Chéri, tu me masses le périnée, s'il te plaît ? On fera l'amour après. » Des plans pour qu'il s'achète un billet d'avion pour aller rejoindre Héloïse en Allemagne.

◆

Au fait, c'est où, le périnée, au juste ? J'ai manqué ce cours-là de bio en secondaire 4 ou quoi ?

J'imagine que c'est le genre de chose qui n'existe que chez la femme — comme un utérus ou une prothèse mammaire en silicone —, qui cause beaucoup de dommages lorsque endommagé, et qui semble avoir été spécialement conçu pour être endommagé, pour causer des dommages et compliquer la vie de la femme.

◆

26 juillet

Rendez-vous avec le docteur L'agace. J'ai promis à René que je repasserais au bureau après pour répondre aux courriels de tous les auteurs qui trouvent que je tarde à donner suite à leurs questions existentielles. Comme si je n'avais que ça à faire…

Le docteur est catégorique : si je ne veux pas finir avec des petites bouteilles d'insuline plein mon frigo et des trous plein les bras, il faut que j'arrête les Kit Kat – Chunky, pas Chunky, la Chocolate Therapy –, quitte à me payer un vrai psy maintenant que j'ai un travail et donc une paye aux deux semaines, et tout ce qui peut ressembler de près ou de loin à du sucre, glucose, fructose, canne à sucre, sirop de malt, sirop d'érable, sirop de poteau. Elle m'a félicitée pour la cigarette, a observé l'Homme sans maxillaire et mes poignets bleuis en secouant la tête, et m'a suggéré de ne jamais essayer l'étape 4 – dite *étape de l'empoisonnement homéopathique* – à moins de tenir absolument à accoucher prématurément. D'ailleurs, cette union en apparence anodine d'un verbe – *accoucher* – et d'un adverbe – *prématurément* – a instantanément fait rejaillir en moi un immense, un incommensurable besoin de nicotine. Misère. Je suis prise dans un cercle vicieux infernal : la cigarette est mauvaise pour le bébé et risque de provoquer un accouchement prématuré, mais la seule pensée d'un accouchement, prématuré de surcroît, me donne une envie folle de fumer.

Docteur L'agace m'a aussi recommandé de bien me nourrir – j'ai encore pris trois kilos ! – et de me reposer. Je ne suis pas retournée au boulot – repos – et, pour souper, j'ai mangé une salade et bu un verre de lait – bien mangé – pendant que Pascal avalait une sandwich merguez, une bière et un baklava – salaud.

Je note en passant que Pascal, qui a demandé au docteur L'agace de le peser – ce qui lui donnait une vue imprenable sur son décolleté – a pris quatre kilos et demi depuis le début de ma grossesse. Si ça continue, il va devenir aussi gros que moi. Il est temps qu'il se prenne en main.

◆

27 juillet

Selon Sarah, Pascal fait ce qu'on appelle une grossesse sympathique. « C'est bien connu. Les hommes se mettent souvent à grossir au même rythme que leur copine enceinte. C'est leur façon de participer à cette grande aventure. Touchant, non ? Le problème, c'est qu'ils n'accouchent pas, eux. »

Aïe. À partir d'aujourd'hui, je nous mets au régime.

◆

Il est des aliments que j'ai appris à aimer uniquement parce qu'ils contiennent peu de calories. Le céleri : il paraît qu'on dépense plus de calories qu'il n'en contient en le mâchant. Les cœurs de palmier. Les cornichons. Et le café, bien entendu.

En revenant du travail, j'ai acheté tout ce qu'il fallait pour faire une BELLE salade de céleri, de cœurs de palmiers et de cornichons. Pour dessert : du café déca et de l'eau citronnée. Mmh, très appétissant. Misère.

Malheureusement, Pascal, qui avait fini plus tôt que moi – quelle coïncidence : il ne fait plus d'heures supplémentaires depuis qu'Héloïse est partie – avait déjà préparé des pâtes aux boulettes de veau frites. Je n'allais quand même pas décourager son intérêt naissant pour la cuisine en refusant de goûter à ce repas. Et j'en ai pris une deuxième ration, parce qu'il paraît qu'en Afrique, on doit absolument se resservir pour montrer qu'on a apprécié un mets. Ces Africains, ils savent vraiment comment vivre.

À partir de demain, je nous mets au régime.

◆

28 juillet

Entre deux brins de luzerne – nous sommes au régime –, je propose à Pascal :

— Uma.

— Non.

— Emma.

— Non.

— Thelma.

— Non.

— Léa?

— Non.

— Mia?

— Non. C'est quoi, cette obsession des prénoms en A?

— Ce n'est pas une obsession, Pascal, c'est juste… c'est juste que j'aime ça. Et puis, suggère des prénoms, toi aussi!

— Juliette.

— Non.

— Colette.

— Non!

— Bernadette.

— Ouach! Pascal, à quoi penses-tu? Pourquoi pas Bobinette, tant qu'à y être? Cigarette, mauviette, tapette. Beurk, beurk, beurk! Uma, c'est tellement plus beau. Uma. Uma.

— Non.

Décourageant. Trouver un prénom est un exercice si difficile que je crois que nous allons finir par laisser à notre fille le soin de choisir elle-même le nom qu'elle préfère. D'ici là, nous l'appellerons X. À moins que XX ne soit plus approprié pour une fille, histoire de montrer que nous connaissons ça, nous, les chromosomes.

◆

29 juillet

J'ai l'impression que la luzerne me rend agressive. À moins que ça ne soit le manque de nicotine. J'arrête le régime ou je recommence à fumer? J'arrête le régime ET je recommence à fumer?

230

◆

30 juillet

Horreur. J'ai rêvé que j'accouchais d'un bébé minuscule – bleu comme un schtroumpf, mais sans le chapeau, cette fois-ci. Le docteur La Mort – qui ressemblait étrangement à Gargamel – s'en emparait en ricanant : «Tu vois ce qui arrive quand on mange autant de luzerne !» Au réveil, je n'ai pas pu m'empêcher de fumer une clope, pour me détendre. Mais c'est la première depuis un siècle. Et ce n'est quand même pas si mal : si je m'étais écoutée, je me serais aussi versé un grand verre de porto, que j'aurais avalé avec un kilo de Chocolate Therapy. Je contrôle mes envies : j'ai regardé la bouteille de porto sans y toucher et n'ai mangé qu'un carré de chocolat mi-amer – presque pas sucré, presque pas mangeable.

Franchement, j'en ai ras le bol de toutes ces privations. Ça me rend dingue ! Peut-être serait-il plus judicieux d'attendre la naissance du bébé pour faire un régime ? D'ailleurs, la luzerne – qui ressemble à s'y méprendre à l'aliment préféré des bovins, l'herbe – n'est certainement pas très bonne pour le développement du cerveau humain. Je ne suis pas une vache – folle – après tout !

SEMAINE 32

31 juillet

Visite impromptue d'Ève, qui était tellement bavarde que j'ai cru pendant un instant qu'elle faisait une overdose de Quick. Mais non, elle était seulement excitée par sa vie tumultueuse et tenait à tout prix à m'en faire un récit détaillé. Elle est arrivée à l'appartement à 8 h 53, ce qui correspond *grosso modo* à mon heure de coucher depuis quelques semaines. Je commence à habituer le bébé à un rituel strict : 8 h : bain, 8 h 30 : histoire – deux pages de *L'Iliade* ou trente pages de roman Harlequin – 8 h 50 : exercices du périnée (serre, relâche, serre, relâche), 9 h : dodo. Parfois, quand je me sens assez en forme, et quand Pascal arrive à faire abstraction de mon ventre, ce qui est de plus en plus difficile, nous *essayons* d'avoir une relation sexuelle. Mais j'ai la libido en baisse depuis quelques jours – cause : impression que je suis un mammifère marin resté trop longtemps hors de l'eau ou, autrement dit, fatigue et souffle court – et Pascal aussi – cause : impression que sa copine est un mammifère marin resté trop longtemps hors de l'eau ou, autrement dit, malaise et préférence marquée pour des activités plus paisibles, comme les casse-tête ou les mots croisés. Bref, quand Ève a mis les pieds chez nous, j'étais déjà en robe de nuit et je lisais les aventures de Jenny et Bob – du livre *Prisonnière des montagnes*. Mon masque hydratant Yves Rocher au thé des bois biologique, pour les peaux sèches mais grasses par endroits, terminait son action réparatrice – effet visible après cinq semaines ou, chez certains sujets récalcitrants (moi), après cinq ans – et je sirotais une tisane tiède aux framboises censée faciliter l'accouchement.

— Salut, Laurie ! Je ne te dérange pas, j'espère ?

— Mais non, Ève, mais non. (Serre, relâche, serre, relâche.)

— Il faut que je te raconte… J'ai un nouveau copain fantastique. Et tellement ouvert d'esprit ! Pas comme Sébastien ! Sais-tu ce que nous avons fait ?

— Non. (Serre, relâche, serre, relâche.)

— Imagine-toi donc que nous avons baisé avec son ex !

— Tu as couché avec un gars et une fille ? (Suspension des exercices.)

— Non. Son ex est un gars. J'ai fait l'amour avec deux gars ! Tu te rends compte ? Laurie, il faut vraiment que tu essaies ça !

Et Ève s'est lancée dans la description de son aventure sexuelle, n'omettant aucun détail, me répétant sans arrêt : « Il faut que tu essaies ça. » C'était vraiment sympathique de sa part de penser à moi, mais j'ai l'impression qu'elle ne se rendait pas compte que : a) dans mon état, je n'avais pas du tout envie de me faire tripoter par une armée de mâles ; b) j'étais vraiment trop fatiguée pour l'écouter ; c) j'étais en pleine séance d'exercices du périnée. D'ailleurs, j'espérais qu'après deux cents serrements de muscles, elle aurait fini son récit, se lèverait et partirait.

Quand, à 9 h 58, elle s'est enfin décidée à rentrer chez elle – en passant sans doute chez Costco acheter une boîte de condoms format famille nombreuse –, Pascal est sorti de l'ancien bureau/ chambre du bébé en devenir/bordel en permanence. Il a sifflé :

— Wow !

— Tu n'as pas pu t'empêcher de tout écouter, c'est ça ?

— Euh… Juste quelques mots. En tout cas, je suis content que tu ne sois pas ta sœur.

— Qu'est-ce tu veux dire par là ? Que je ne serais pas capable de satisfaire autant d'hommes ?

J'aurais voulu convaincre Pascal que j'avais aussi un potentiel sexuel très développé mais, à ce moment de la soirée, l'attrait de mon lit était devenu beaucoup plus grand que mon attirance pour n'importe quel homme, eusse-t-il été un hybride de Tom Cruise et Brad Pitt. Alors Pascal…

◆

1ᵉʳ août

Ce soir, au cours prénatal, nous avons eu droit au témoignage du papa bienveillant, qui a raconté son expérience « très enrichissante » de massage du périnée. Pendant son récit, sa copine souriait sereinement, comme s'il était aussi normal de raconter ça en public que de parler de l'entretien de sa voiture. Vraiment, certaines femmes enceintes n'ont aucune pudeur. C'est comme si leur identité fondait au fur et à mesure que le fœtus grossissait. Elles finissent par n'être que de grosses poches à bébé ambulantes. Et dire que pendant ce temps-là, des filles comme ma sœur s'envoient en l'air avec une horde d'hommes capables de masser des parties du corps féminin beaucoup plus intéressantes que le périnée ! Mais moi, j'appartiens à la première catégorie, celle qui attend le moment où un énorme bébé violacé décidera de passer par le périnée et, une fois sur trois, sans aucune délicatesse, le déchirera.

Déprimant.

◆

3 août

Quelle soirée !

Nous nous sommes à nouveau aventurés dans le quartier de Rachel où, dois-je le rappeler, habite aussi Marc. Le copain de Rachel semblait juger nécessaire de continuer la formation de Pascal sur l'art du BBQ. Dans cette optique, il avait acheté suffisamment de poitrines de poulet pour nourrir des centaines de femmes enceintes, et assez d'alcool pour soûler des centaines de futurs pères. Quand nous sommes arrivés, les enfants semblaient plutôt sages : enfermés dans le sous-sol avec des chips et du jus, ils écoutaient tranquillement un film de Disney – sans doute complètement débile et hypermoralisateur. J'ai laissé Pascal terminer sa formation – en espérant qu'il obtiendrait un diplôme, ne serait-ce que pour sa patience – et suis allée me tremper les pieds dans l'eau ultra chlorée de la piscine, après m'être assurée, bien entendu, qu'il n'y avait pas trace de requins ou de morceaux de *t-bone*. Rachel m'a rejointe.

— C'est pour bientôt, hein, Laurie ? Pas trop angoissée par l'accouchement ?

— Non, non, pas trop, ai-je menti.

— Tant mieux ! Tu vas voir, c'est un moment inoubliable ! Mais ce n'est pas facile… Surtout pour le premier. Tu sais combien de temps il m'a fallu pour mettre Antoine au monde ?

— Non.

— Trente-deux heures !

Et Rachel a fait ce que font *toutes* les mères que je croise, sans exception aucune – à croire que c'est une maladie nerveuse. Elle s'est lancée dans une description *détaillée* de son premier accouchement : contractions tolérables mais trop lentes, Pitocin pour accélérer le travail, contractions hyper douloureuses mais travail encore trop lent, augmentation de la dose de Pitocin, accentuation des douleurs, anesthésiste trop occupé pour donner l'épidurale, arrivée de l'anesthésiste dans un tonnerre d'applaudissements, épidurale, vomissements une fois l'épidurale administrée, poussées pendant des heures, évacuation de fluides divers mais non du bébé, pleurs, sang, tremblements, perte de conscience. Césarienne. « Mais ce qui est super, a conclu Rachel, c'est que j'ai pu demander une césarienne pour mes deux autres accouchements. C'est tellement plus propre ! D'ailleurs, tant qu'à avoir une cicatrice sur le ventre, autant faire sortir les autres bébés par le même endroit, non ? Mais tu sais, c'est quand même toute une opération, une césarienne. Ils te coupent la peau, les muscles, l'utérus, ils t'ouvrent le ventre au grand complet, quoi ! » Je déteste qu'on me donne ce genre de détails, surtout quand je sais qu'il y a une chance sur cinq pour que je me retrouve dans une situation similaire à celle que l'on me décrit. Mais les mères sont vraiment des sadiques quand il s'agit de parler de leur accouchement, surtout à une femme enceinte. Devant mon faciès livide, Rachel s'est quand même informée : « Ça va, Laurie ? Tu ne te sens pas bien ? C'est ce que je te raconte qui te met dans un état pareil ? Allons, ne t'en fais pas ! Ce n'est pas si mal. Sauf si on a des complications, évidemment… Moi, pour Nathan, j'ai eu une infection. Ce n'était vraiment pas très chic : pendant un mois, j'ai eu des écoulements de pus. C'était jaunâtre, épais et… » C'est plus fort qu'elles, elles ne peuvent pas s'empêcher. Incroyable ! Une maladie nerveuse, que je dis. J'ai interrompu Rachel avant qu'elle n'aille plus loin :

— Rachel ?

— Oui ?

— On peut changer de sujet ?

— Euh… Oui, bien sûr. Mais tu sais, Laurie, il faut en parler, de ces choses-là. Si tu gardes tout à l'intérieur, tu vas avoir beaucoup de difficulté à passer à travers cette épreuve. Un accouchement, crois-moi, ça ne se déroule jamais comme on le voudrait. Tu dois garder ça en tête. Sinon, bonjour la déprime post-partum. Tu sais, moi, ça m'a énormément aidée d'en parler. Et soit dit en passant, il ne faut surtout pas que tu idéalises ton accouchement. Sinon, tu risques d'être très déçue.

— Mais je n'idéalise rien…

— Allons ! J'étais comme toi. Nous idéalisons toutes notre premier accouchement.

Comment expliquer à Rachel que a) j'imagine toujours le pire, que je ne suis vraiment, mais vraiment pas une idéaliste, contrairement à *toutes* celles auxquelles elle m'associe ; b) d'« en parler » ne fait qu'accroître mon angoisse ; c) à voir la réaction qu'elle a eu quand Sylvain, au souper, lui a servi une salade César, elle ne semble pas elle-même tellement *guérie*. En effet, dès qu'elle a entendu le mot « César », elle s'est remise à parler de ses *césar*iennes et à nous faire un récit précis de toutes les charcuteries subies par son corps, la poitrine de poulet et le couteau à steak l'aidant à illustrer ses paroles. Résultat : je n'ai pas réussi à avaler une bouchée du souper. Et puisqu'il y avait des fraises au dessert, j'ai dû me contenter d'eau tiède. Heureusement, Rachel est descendue au sous-sol tout juste après le repas, et la soirée a brutalement pris fin quand elle a réalisé qu'Antoine avait trouvé une chaîne diffusant un film porno – mauvais, mais quand même bien plus intéressant qu'un Walt Disney – et que Léa avait quant à elle débusqué un marqueur noir indélébile dont elle s'était servie pour refaire la décoration murale – une vraie Martha Stewart. Seul Nathan n'avait pas troqué ses ailes d'ange contre des cornes de diable : couché sur le tapis, il dormait. Sa sœur avait d'ailleurs profité de son immobilité pour lui faire un charmant maquillage – avec le marqueur indélébile, bien sûr. Nous avons pris la poudre d'escampette avant que le tonnerre ne nous tombe dessus, ce qui, à voir la couleur du visage de Sylvain – rouge vif – n'allait pas tarder.

La soirée aurait pu se terminer ainsi, ce qui aurait été très bien. Nous serions rentrés à l'appartement, n'aurions pas fait l'amour, Pascal aurait joué à Civilization pendant que j'aurais rêvé à des césariennes et à des bébés Schtroumpfs. Mais non. J'ai suggéré à Pascal que nous marchions un peu avant de prendre un taxi. J'avais besoin de digérer l'eau et les histoires de Rachel. Et qui avons-nous croisé ? Marc, bien entendu ! Et là, tout s'est déroulé très vite, un peu comme dans un film avec Keanu Reeves. Marc a foncé sur Pascal – qui, d'ailleurs, n'avait aucune idée de l'identité de cet hurluberlu qui se dirigeait vers lui à toute vitesse –, il a fait quelques mouvements de karaté, de kung-fu ou d'un quelconque autre art martial, ce qui a beaucoup impressionné Pascal, qui a été encore plus impressionné par le coup reçu, une seconde plus tard, dans le ventre. Puis, Marc s'est immobilisé, m'a regardée et m'a dit d'un ton très convaincu : « J'aurais été un bien meilleur père que lui, Laurie. Un de ces jours, tu regretteras de ne pas avoir accepté mon offre. » Sur ces belles paroles – prophétiques ? – Marc est parti en joggant, laissant Pascal à quatre pattes, complètement ahuri. La scène avait duré à peine une minute.

— C'était qui, ce malade ? a demandé Pascal.

— Mister Perfect, ai-je répondu avec, quand même, une légère – très légère – touche d'admiration. J'ai toujours eu un faible pour Keanu Reeves.

SEMAINE 33

8 août

Pas de cours prénatal aujourd'hui. Mieux que ça : nous sommes allés visiter le centre des naissances.

L'endroit est sans conteste très joli. Éclairage tamisé dans les chambres, système de son mis à la disposition de la future maman et de son conjoint, murs joliment colorés. On a l'impression d'être dans un hôtel. On voit qu'on a fait un effort pour rendre le décor chaleureux, afin que les patientes puissent oublier la douleur, le sang, la déprime post-partum et l'énorme ventre qui ne dégonfle pas, même une fois vidé de son contenu. Une infirmière sympathique nous a parlé du déroulement normal d'un accouchement et, vraiment, à l'écouter, j'ai presque oublié ma peur. D'ailleurs, les méthodes utilisées pour combattre la douleur semblent si efficaces et portent des noms si agréables – papules d'eau, bain tourbillon et, mon préféré, gaz *hilarant* – qu'on finit par se demander pourquoi les femmes ne deviennent pas toutes mères porteuses pour le seul plaisir d'accoucher.

La visite du centre a été assez brève. Et limitée : une aile du département nous est restée invisible, celle où se déroule le travail actif, c'est-à-dire le lieu où les filles hurlent à s'en fendre l'âme et le périnée – malgré les super papules d'eau et autres méthodes *hihi*hilarantes – pendant que le fruit de leurs entrailles se fraie un passage vers le monde extérieur. Pour nous attendrir, l'infirmière nous a plutôt menés vers la pouponnière. Quel choc !

Je n'avais jamais vu un nouveau-né. C'est étrange, non ? À trente et un ans et des poussières, je n'avais jamais été en contact direct avec un nouveau-né. J'ai vu des bébés, oui, des bébés endormis emmitouflés dans des poussettes, des bébés rachitiques dans les reportages sur les pays du tiers-monde, des bébés potelés dans les pubs de couches jetables, et peut-être, une fois ou deux, le bébé d'une cousine ou d'une connaissance éloignée. Mais ils avaient tous deux points en commun : ils étaient nés depuis quelques mois et, surtout, n'avaient *aucun* rapport direct avec ma vie. Alors que les nouveau-nés de la pouponnière, eux, sont censés ressembler à ma fille, celle avec qui je m'apprête à partager pendant de longues années mon intimité – ma pinte de lait, mon papier de toilette, et peut-être même mon rouge à lèvres Rose glacée. Normalement, j'aurais donc dû m'attendrir devant les petites choses qui gesticulaient au fond des lits de plastique transparent – des aquariums recyclés ? D'ailleurs, *tous* les futurs parents s'attendrissaient, les « Oh ! » et les « Mignons ! » fusaient de tous bords. Même Pascal avait un sourire de débile accroché au visage. Alors pourquoi moi, future mère, femme équilibrée et en santé – surtout depuis que je ne fume plus –, pourquoi ne ressentais-je qu'une vague répulsion pour les minuscules souris qu'on nous présentait comme étant le summum du *cute* ? Suis-je devenue complètement insensible ? Ma fille aurait répondu non, elle qui a profité de ce moment pour me lâcher quelques coups de pied bien sentis dans la région de la vessie, comme pour me signifier qu'il me restait encore plusieurs zones sensibles, même si ce n'était pas celles que j'aurais préférées. J'ai sauté sur l'occasion : j'ai profité de mon envie de pipi pour m'éclipser et aller m'acheter un paquet de cigarettes à la boutique cadeaux de l'hôpital – c'est de la provocation ou quoi ? Vendre des clopes dans un hôpital ! Franchement. J'ai fumé une cigarette, cachée dans un petit coin en compagnie d'un fort sentiment de culpabilité et de l'Homme sans maxillaire, à qui je suis vraiment de plus en plus attachée. À mon retour, la visite était terminée. Pascal m'attendait, seul, debout entre un gros sein – affiche sur les vertus de l'allaitement maternel – et un panneau «Interdit de fumer». Il m'a tendu la main et, dans un geste très, très surprenant, m'a prise dans ses bras, en me chuchotant: «J'ai hâte de rencontrer la deuxième femme de ma vie!» Ce beau moment de tendresse – sans doute commandité par une compagnie de caméras cachées. Pascal n'aurait jamais pensé tout seul à être aussi expressif – n'a pas duré très longtemps, puisque Pascal s'est écrié, après m'avoir embrassée: «Laurie! Tu as fumé! Vraiment, tu me décourages! Tu pourrais penser au bébé, merde!» Mais je ne fais que ça, penser au bébé! Merde.

◆

Après la visite du centre des naissances, nous sommes rentrés à l'appartement où Pascal a jeté mon paquet de cigarettes avant de préparer le souper en maugréant contre la mère de *son* enfant – la paternité commence à lui entrer dans la tête. J'ai englouti deux énormes rations de *fusilli* au parmesan – maintenant que je surveille ma consommation de sucre et que je ne fume plus que dans les moments d'*extrême* anxiété, je mange deux fois plus qu'avant, quand je mangeais déjà pour deux. Pas génial pour les kilos, mais au moins je soigne ma santé et celle de ma fille.

Pendant le souper, animé par le vin qu'il buvait tout seul pour deux, Pascal est revenu sur l'arrivée du bébé.

— Ça fait un choc, hein, de voir des nouveau-nés? Wow! Dire qu'on va avoir un petit bébé comme ça ici! Je... Je commence à avoir hâte de rencontrer notre fille. Pas toi?

J'ai pensé aux nouveau-nés rougeauds qui gesticulaient dans leur couchette.

— Tu te rappelles, Pascal, quand on est allé au zoo de Toronto, et qu'on a vu des rats d'Afrique?

— Les affreux rats sans poils, tout rabougris, avec d'horribles yeux globuleux ?

— Oui.

— Je m'en souviens très bien. Pourquoi ?

— Tu ne trouves pas que les bébés leur ressemblaient ?

— Laurie, franchement ! Tu dérailles un peu, là…

Mon Dieu ! Je suis monstrueuse. Je vois des rats quand j'observe des nouveau-nés, je fume, j'ai envie de prendre un coup, je rêve déjà du moment où je vais pouvoir faire garder mon bébé et aller magasiner en paix, je ne suis pas en complète admiration devant le miracle de la vie, je suis terrorisée à l'idée d'accoucher… et j'ai PEUR de ne pas aimer la chose qui va sortir de mon ventre ! Que vais-je devenir ? Ah, si j'avais écouté ma mère !

◆

9 août

La prof de yoga a passé la moitié du cours à nous parler de la douleur de l'accouchement – l'autre moitié, nous l'avons passée, bien entendu, à respirer. « OK, là, les filles, aujourd'hui tu vas apprendre à apprivoiser ta douleur pour te préparer à l'accouchement. Tu vas apprendre à lui parler, à la comprendre. » Apprivoiser ma douleur ? Lui *parler* ? La *comprendre* ? C'est quoi ces idées de fou ? Est-ce qu'on demande à qui que ce soit d'apprivoiser un ours féroce ? Non. On dit : « Prends tes jambes à ton cou et va-t-en. » La douleur, c'est pareil. Je n'ai pas le moins du monde envie de faire amie-amie avec elle. Il existe d'excellentes drogues pour la dompter, non ? Pour la faire disparaître. Je ne vois pas pourquoi je m'en priverais. J'ai confié ces pensées – des évidences – à l'une des filles, pendant que nous buvions une petite tisane d'herbes bonnes pour nous, à la fin du cours. J'ai aussitôt regretté mes paroles.

— Quoi ? Tu vas demander une épidurale ? s'est écriée la fille comme s'il y avait là matière à scandale. Tu sais qu'il y a *plein* de risques ?

— Ah oui ? Lesquels ?

— Personne ne le sait vraiment. Les médecins gardent ces informations-là cachées, pour que les compagnies pharmaceutiques continuent à vendre leur drogue et à les inviter à des conférences dans des hôtels cinq étoiles. Mais je sais qu'il y a *vraiment* beaucoup de risques.

— Mais je n'ai pas du tout envie de souffrir.

— Pourquoi ? C'est naturel, accoucher dans la douleur. Nos mères et nos grands-mères sont toutes passées par là.

Quelques autres filles se sont mêlées de ce qui ne les regardait pas et ont ajouté des commentaires du même genre en me dévisageant comme si j'étais indigne de donner la vie. Pffff. C'est incroyable, quand même. Sont complètement rétrogrades, ces filles. Youhou, avez-vous remarqué que nous sommes au vingt et unième siècle ?

Me renseigner quand même sur complot possible entre médecins et compagnies pharmaceutiques.

◆

10 août

Misère. Je n'ai pas pu résister à la tentation de goûter aux nouvelles Kit Kat à la banane. Mais quelle idée aussi de sortir une nouvelle sorte de Kit Kat alors que je suis censée m'abstenir de manger du sucre ! Et de vendre des paquets de quatre seulement !

SEMAINE 34

15 août

Je pense que si René avait réalisé à quel point il est difficile de travailler avec une femme enceinte, il aurait installé mon poste de travail dans les toilettes du Festival. J'y passe le plus clair de mon temps, surtout que ma fille prend maintenant tellement de place que ma vessie ne peut supporter plus d'un verre d'eau à la fois. Cette fréquentation assidue du petit coin m'a permis de constater que les toilettes sont LE lieu de rencontre par excellence des employées. J'y croise sans arrêt Audrey qui, à voir le nombre de fois où elle se rend au petit coin, doit avoir de graves problèmes de consommation de cocaïne ou de transit intestinal. Elle continue à me parler comme auparavant, mais je ne me laisserai pas amadouer : je sais que si je lui en donne l'occasion, elle va me relancer sur l'horrible livre qu'elle m'a donné et qui, soit dit en passant, a fini dans le bac de recyclage. C'est Pascal qui l'a jeté, écœuré de me voir passer mes soirées à lire les témoignages d'accouchement des mamans en me rongeant les ongles et en passant de l'étape 2 – dite *étape de la peur* – à l'étape 3 – dite *étape de la flagellation*. Quand il m'a vu ouvrir l'enveloppe 4, signe que j'étais prête à passer à l'étape 4 malgré les conseils du docteur L'agace – dite *étape de l'empoisonnement homéopathique* –, il a jugé qu'il était temps que je me départisse du bouquin.

Ceci dit, mes autres collègues semblent ravies de savoir qu'elles me trouveront invariablement au poste quand elles iront faire leur petit pipi. Elles en profitent pour me parler des bébés qu'elles ne veulent pas/dont elles ne veulent plus, de poids – la seule fois où le mot « livres » est prononcé dans ce festival *littéraire*, c'est pour parler de surplus de poids –, des vacances d'été qu'elles n'auront pas et du fait qu'elles se cherchent un autre travail. C'est incroyable, ça : elles veulent toutes partir d'ici et se trouver un boulot plus payant, avec plus de jours de congé. Et une fois sur deux, elles concluent : « Tu as de la chance, toi. Tu vas avoir un an de vacances ! » Dois-je préciser que le fait de passer à deux doigts de mourir en couches pour ensuite se faire triturer les seins pendant des mois par un mioche affamé à la couche trop souvent dégoulinante, tout en faisant des redressements assis et des *push-up* pour essayer de retrouver son poids-santé n'est pas exactement ce que je considère des *vacances* ?

◆

17 août

Mal dormi. Pourquoi ne suis-je pas une poule ? Les poules, au moins, ne trimballent pas leur fœtus partout. Elles peuvent forcer le coq à couver une petite heure ou deux pendant qu'elles se reposent ou vont se faire manucurer. Et elles ont le loisir de regarder avec sérénité leur progéniture fendre la coquille pour venir au monde. La coquille ne ressent rien, la poule non plus, et tout va pour le mieux dans le meilleur des mondes. Pffff ! L'être humain est tellement mal fait.

◆

Quoique pondre un œuf tous les matins doit être relativement douloureux.

◆

18 août

Je ne lis jamais les journaux, d'habitude. Mais ce matin, exceptionnellement, j'ai ouvert *La Presse* alors que j'attendais qu'on me serve mes cafés – un déca quatre crèmes, trois sucres pour René (j'essaie maintenant aussi de le rendre diabétique) et un *latte* glacé pour moi. Lire un journal est un excellent divertissement quand une dizaine de personnes scrutent votre corps de femme enceinte en vous souriant comme si vous étiez de bons amis en train de partager un excellent moment.

C'est comme ça que je suis tombée sur un article dans lequel il était mentionné que «plus d'un demi-million de mères meurent chaque année dans le monde pendant leur grossesse ou leur accouchement», selon l'OMS. Un demi-million de mères! Garanti que je suis l'une d'entre elles. À l'aide!

◆

19 août

Encore un rendez-vous avec docteur L'agace. C'est fou, la belle relation que nous sommes en train de développer. Je la vois plus souvent que mes copines, qui semblent toutes très occupées par leurs activités estivales, comme aller boire un nombre incalculable de pichets de sangria sur une terrasse pendant que je vais chez le médecin ou que je reste à la maison à me taper les émissions lénifiantes de la programmation d'août, en compagnie de mon ventilateur et de Pascal qui, je le sens, préférerait accompagner mes amies.

Quand doc L'agace a appris que j'avais mangé des Kit Kat à la banane – Pascal m'a dénoncée, le traître –, elle m'a fait un sermon de douze minutes – ce qui est extrêmement long, compte tenu qu'un rendez-vous dure quinze minutes maximum, incluant le déshabillage et le rhabillage. À l'entendre, il faudrait que je me nourrisse uniquement de brocoli et de tofu d'ici la fin de ma grossesse... «Laurie, tu dois penser au bébé. Si tu as vraiment envie de sucre, mange un bon fruit, mais pas des tablettes de chocolat! Rappelle-toi toujours que la modération a bien meilleur goût.» Misère. Comment peut-on me demander de faire preuve de modération alors que tout, chez moi, est devenu excessif: mes seins – à faire pâlir d'envie Samantha Fox –, mon ventre – si on était en décembre, on m'engagerait comme père Noël dans un centre d'achats –, mes états d'âme – j'ai la larme à l'œil pour un oui et pour un non, si bien que je prétexte des allergies pour justifier mes yeux constamment rouges à ceux qui me regardent de travers –, mes vergetures, ma cellulite, ma fatigue, mes maux de dos, MON ANGOISSE. Parlant d'angoisse, doc L'agace a tenté de calmer mes craintes en m'assurant qu'il y a très peu de mortalité périnatale dans les pays occidentaux. « À peine un cas sur mille. » Mais ça ne me rassure pas du tout, moi ! Elle ne fait que confirmer qu'il est possible – et donc probable, je me connais – que je meure en accouchant.

◆

Oh, en passant, la balance du docteur L'agace est formelle : j'ai encore pris deux kilos. Mais, au point où j'en suis, ça n'a plus tellement d'importance : je vais mourir en couches dans un mois. J'espère seulement que mon embaumeur aura la délicatesse de m'habiller en noir et avec des rayures verticales pour l'exposition. Je trouverais vraiment désolant que les gens sortent du salon funéraire en disant : « Elle était gentille, Laurie, mais tellement grosse. »

◆

20 août

Trêve de pensées morbides. Tout va bien se passer et je serai la plus heureuse des mères quand naîtra ma fille. Je me remettrai bien de l'accouchement, et Pascal et moi adopterons l'air vaguement bêta-heureux-déconnecté de la réalité qu'ont les toxicomanes et les jeunes parents.

Aïe. J'ai mal au ventre. Une contraction ? Ça y est ? Oh non ! Ma dernière heure est venue !

◆

Fausse alerte. La douleur s'est arrêtée dès que j'ai quitté le bureau. Tant qu'à y être ou, plutôt, à ne plus y être, j'ai décidé de me changer les idées et d'aller magasiner. Par une chaude journée d'été, rien ne vaut l'air climatisé des centres d'achats, surtout quand on traîne une quinzaine de nouveaux kilos qui viennent d'on ne sait trop où – le bébé ne pèse qu'environ deux kilos – qui se sont installés très facilement mais qui ne disparaîtront qu'après d'innombrables séances de torture au gym.

◆

Zut. Je n'ai pas pu résister à l'appel des rabais de fin de saison chez Thyme maternité. Résultat : mon compte Visa, que j'avais réussi à baisser à un solde raisonnable, atteint à nouveau des sommets astronomiques. Une raison de plus pour angoisser… Mais je dois avouer que mes trois nouvelles robes sont plus confortables que les jeans super ultra sexy taille basse que je portais encore même s'ils étaient devenus si serrés que je risquais un accouchement prématuré chaque fois que je les enfilais.

Après cet épisode de magasinage compulsif, j'ai choisi le moins cher des casse-croûte du centre d'achats – vive la culpa-bilité – et me suis retrouvée avec deux hot dogs vapeur mous, une frite tiède, un Coke diète dégazé et un groupe d'adolescents obèses en mal de stimulations intellectuelles qui fai-saient un boucan d'enfer. Décourageant, même si j'ai ressenti un certain réconfort à me trouver avec plus gros que moi. C'est déjà ça de pris. Autre aspect positif – je fais des efforts : ce qui est génial avec la grossesse, c'est qu'on passe tellement de temps à observer la partie avant de son corps qu'on finit par oublier la partie arrière. J'ai aperçu mes fesses dans la cabine d'essayage de chez Thyme. Elles sont énormes, gigantesques, éléphantesques MAIS c'est le cadet de mes soucis. C'est super : il y a un an, j'en aurais fait tout un plat. Je me dirige à toute vitesse vers la sagesse.

SEMAINE 35

21 août

Marie-Pierre me suggère de prendre une accompagnatrice pour l'accouchement. Une accompagnatrice, je l'ai appris récemment, c'est une fille qui exerce un métier tout à fait parasitaire, comme agent d'immeuble ou psychologue et dont le but est d'exploiter de pauvres mères tourmentées par les aléas de la vie – comme moi. Est-ce là le placebo dont j'ai besoin ? La respiration yogique ne me réussit pas, l'accouchement approche, Pascal n'a pas encore daigné entamer la lecture de *L'accouchement : guide du futur père* – alors qu'il a passé des heures à lire son nouveau guide de programmation LabVIEW. Sans commentaire. Donc, impossible de compter sur mon amoureux ou sur les miracles du yoga. Ou sur l'anesthésie, d'ailleurs, puisque le docteur L'agace m'a appris que je ne pourrais pas jouir des bienfaits de l'épidurale avant que le col ne soit dilaté de sept centimètres – c'est-à-dire, après des heures et des heures de souffrance. Une accompagnatrice pourrait donc être utile afin de m'éviter une série de crises de panique avant le jour D – D comme dans Dieu-pourquoi-donc-faut-il-diantre-que-dans-la-douleur-j'accouche ? Évidemment, ça coûte la peau des fesses, mais comme le dit Marie-Pierre, on n'accouche pas tous les jours – et de la peau de fesse, j'en ai à revendre. Reste à convaincre Pascal que la présence d'une tierce personne à l'accouchement est souhaitable. Et que l'investissement en vaut la peine.

◆

J'aurai dû m'en douter : Pascal ne veut rien savoir d'une accompagnatrice.

— Une accompagnatrice ? C'est quoi l'idée ? s'est-il écrié dès je lui ai confié mon projet. Et pourquoi pas ta mère tant qu'à y être ?

— Ah, tiens, je n'y avais pas pensé… Mais non, Pascal ! Ce n'est pas la même chose, voyons. Une accompagnatrice, c'est quelqu'un de professionnel, un peu comme une infirmière.

— Ah oui ? Il y a des diplômes dans le domaine ? Elle a une formation ? En tout cas, à voir le prix qu'elle demande, elle doit avoir un post-doc de la Sorbonne.

— Elle n'a pas de diplôme, mais il paraît qu'elle a beaucoup d'expérience. Marie-Pierre m'a dit qu'elle était elle-même maman.

— Super. Si c'est le seul prérequis, tu viens de te trouver un nouvel emploi : après l'accouchement, tu pourras t'improviser accompagnatrice toi aussi et nous deviendrons riches.

— Pascal, tu ne comprends pas…

— Non, je ne comprends pas, Laurie. Nous vivons dans une société où le système de santé est gratuit. Il faut en profiter. Il va y avoir des infirmières DIPLÔMÉES pour t'aider à accoucher. Gratuitement. En plus, je serai là, moi. Et je ne t'enverrai pas de facture à la fin du mois, promis.

Pour finir, Pascal m'a demandé, sur un ton *très, très* tragique, de choisir entre l'accompagnatrice et lui. D'après moi, il préférerait secrètement que j'opte pour l'accompagnatrice. Ça lui permettrait de lire le dernier *Pif Gadget* en fumant une cigarette pendant que je me tordrai de douleur – quoique dans ces occasions-là, je crois que les hommes fument des cigares, c'est plus viril, ça donne l'impression d'être plus qu'un figurant. D'ailleurs, ce n'est peut-être pas une si mauvaise idée. Après tout, je ne suis pas certaine d'avoir envie que Pascal me voie me vider de mon contenu en beuglant. C'est peut-être très noble, mais plutôt inélégant. Il vaudrait mieux qu'il entre dans la chambre alors que, les cheveux coiffés et le maquillage refait, dans un déshabillé en satin bleu pâle, sage mais sexy, je donne sereinement la tétée à un bébé tout lavé, tout beau, et que je l'accueille avec un « *Hi darling!* » ému. C'est une image plus inspirante que celle d'une fille rouge tomate qui hurle, les jambes écartées, les fesses baignant dans une mare de fluides corporels, laissant sortir de son corps une énorme bête gluante, en criant des choses comme « Pourquoi tu n'accouches pas à ma place, salaud? » ou « Arrête de me regarder comme ça, imbécile! » Mais si je meurs en accouchant, ne vaudrait-il pas mieux que Pascal soit à mes côtés pour entendre mes dernières volontés?

◆

Mes dernières volontés? Que Pascal me reste fidèle jusqu'à sa mort? Que ma fille ne devienne jamais gérante dans un McDonald's, programmeuse en informatique ou assistante de production dans un festival de littérature? Que la rue où j'habite prenne mon nom?

◆

22 août

Téléphone de ma mère alors que je rédige une émouvante lettre d'adieu à tous mes proches et amis – on n'est jamais trop prudents. Elle m'annonce, comme si de rien n'était, qu'elle part en croisière avec son nouvel amoureux pour trois semaines.

— Et tu ne devineras jamais quoi, ma puce!

— Quoi, maman?

— Juste avant le voyage, je vais me faire faire une petite cure de Jouvence. Une toute petite chirurgie. Je vais être un peu bleue pendant quelques jours, mais ce n'est pas trop grave. En fait, nous faisons le voyage pour que je me repose et me remette plus rapidement.

— Et si j'accouche pendant ton absence, je te contacte comment ?

— Voyons, Laurie. Ta date prévue d'accouchement n'est que le... Quand déjà ?

— Le 15 septembre.

— C'est ça, le 15 septembre. Je rentre le 11, quatre jours avant. Et le premier bébé arrive toujours plus tard que prévu. Je serai là, c'est certain, ma puce.

Parfait. Ma mère part sur un bateau se faire bronzer en buvant des *pina colada* alors que je m'apprête à mourir en couches. Et mon père, lui, que prévoit-il pour les prochaines semaines ?

◆

23 août

Coup de fil à mon père.

— Ah, Laurie. Ça va ? Je suis un peu pressé, là. Imagine-toi donc que j'ai été invité par l'Association artistique des mineurs de Rouyn-Noranda à participer au soixante-quinzième anniversaire de leur mine. Ils ont vu mon site Internet et sont tombés complètement amoureux de mon œuvre. Je dois préparer une exposition de mes meilleures photos. Une exposition solo, tu imagines ! Je savais qu'on reconnaîtrait un jour mon talent.

— Et... tu pars quand, papa ?

— Le 15 septembre.

— Le 15 septembre. Super.

— Bon, je ne veux pas te brusquer, mais j'ai du pain sur la planche.

— Ahan.

— Ça n'a pas l'air d'aller fort fort. Rien de grave, j'espère ?

— Oh, rien. Je suis censée accoucher le 15 septembre, mais à part ça, tout va bien.

— Parfait, parfait. Bon, on se rappelle, hein ? Ciao !

— Ciao, papa.

◆

24 août

J'ai préparé mon sac pour l'hôpital. Quelques petites couches, deux pyjamas roses, une suce, un soutien-gorge d'allaitement, des tonnes et des tonnes de serviettes sanitaires. Mon Dieu. Tout cela est tellement *réel*. N'y a-t-il pas moyen de s'échapper de cette réalité-là ? De changer de chaîne et de revenir une fois l'accouchement terminé ?

SEMAINE 36

29 août

Dernière semaine de travail avant mon congé de maternité. Enfin. Le boulot était vraiment en train de me tuer. D'ailleurs, le travail ne me procure plus aucun plaisir : je n'ai plus le temps de jouer au solitaire et René s'est mis au thé – qu'il prépare lui-même.

Pendant cette ultime semaine à faire profiter René de mon expertise, de mon bon sens, de ma lucidité et de mon dynamisme, je suis chargée de divertir un poète scandinave angoissé qui tenait mordicus à arriver ici quelques semaines avant le Festival pour, si j'ai bien compris, « sentir l'ambiance du coin » avant de clamer sa prose dans l'air de notre charmante cité – alerte de smog en vigueur depuis cinq jours, ça commence mal. Il vit chez René mais j'ai été choisie pour lui servir de guide. À vrai dire, je soupçonne ledit poète d'être une ancienne flamme dont René tente de se débarrasser par tous les moyens. J'en profite : on m'a donné un généreux forfait quotidien pour lui faire visiter tous les lieux que je jugerai dignes d'intérêt. Premier arrêt : le Tunisien. Ce poète est décidemment bien trop maigre. Un bon couscous à l'agneau le remettra d'aplomb.

Cours sur les soins du nouveau-né. J'ai des reflux gastriques – je n'ai même plus assez de place pour stocker un couscous à l'agneau dans mon estomac – et tout ça a l'air très compliqué. Avoir su, je me serais inscrite à des cours il y a quelques années, quand j'avais encore assez de neurones pour gober ce qu'on m'enseignait. Mais là, je ne retiens rien, avec mes douleurs, mes angoisses, le bébé qui donne beaucoup moins de coups qu'avant – manque de place – mais qui pousse plus que jamais sur ma vessie. Et je ne peux pas compter sur Pascal pour retenir l'information. Il a la tête ailleurs, je le vois bien. Il pense sans doute à la carte postale que lui a envoyée Héloïse, avec trois petits X dans le bas – comme dans « XXX ! Vivez vos fantasmes avec Linda, Vanessa ou… Héloïse ! »

Ah, si j'étais Celine Dion ! Au moins, j'aurais les moyens de me payer une gouvernante et je ne me serais jamais confrontée à ma complète incompétence à prendre soin d'un nouveau-né.

Mais il y a pire que moi : le papa bienveillant a demandé si, une fois le bébé lavé, on pouvait utiliser un séchoir à cheveux pour le sécher. D'après moi, les massages du périnée lui ont fait perdre la tête. Une autre bonne raison pour ne pas demander à Pascal de s'y mettre.

Décidément, le poète scandinave est un casse-pieds. Non seulement il n'aime pas le couscous et les Kit Kat – j'ai été obligée de manger toutes les Kit Kat que je lui avais achetées. Je n'en dirai rien à Pascal, cette fois-ci –, mais il ne parle aucune langue connue en ce coin du monde, et fume comme… un poète scandinave. Très mauvais, ça, très mauvais. Ce n'est pas une bonne fréquentation pour une personne aussi faible et influençable que moi. Si je n'avais pas l'Homme sans maxillaire – qui était peut-être Suédois ou Norvégien, allez savoir –, je succomberais à la vile tentation du tabac. Heureusement, les cigarettes scandinaves puent encore plus que les cigarettes mexicaines. Je m'abstiens donc de fumer et m'empiffre de croissants, de couscous et d'autres aliments à faible taux de glucose.

1ᵉʳ septembre

Attendre, après presque neuf mois, le moment où le bébé va décider d'apparaître devrait être quelque chose de tout à fait épanouissant. Je devrais me sentir comme une fleur qui s'apprête à s'ouvrir, comme un écrivain qui met le point final à son manuscrit, comme un alchimiste qui se prépare à changer un bout de ferraille en or.

Misère. J'ai plutôt l'impression d'être comme une grosse, grosse dinde couchée au beau milieu d'une rue, attendant qu'une voiture lui rentre dedans.

C'est super épanouissant.

2 septembre

Dernier jour de travail! Pour mes «vacances», et parce que je n'aurai vraisemblablement pas la chance d'assister au Festival, René m'a remis une collection de recueils de poésie scandinave, dont un dédicacé par le poète avec qui j'ai passé la semaine à tuer le temps dans des cafés, en le regardant gribouiller des vers incompréhensibles sur des bouts de papier. Les filles se sont cotisées et m'ont acheté dix bâtons de rouge à lèvre Rose glacée et de la crème raffermissante pour le ventre Yves Rocher. Audrey, très généreuse, a ajouté un antisudorifique: «Pour tes séances de gym postnatal», a-t-elle précisé malicieusement en regardant mon gigantesque corps.

J'ai fait mes adieux aux collègues le cœur léger, avec la ferme intention de ne *jamais* revenir fréquenter ces lieux après mon congé de maternité.

◆

3 septembre

Je sens que Pascal est à bout. Hier soir, il est revenu du boulot avec une quantité phénoménale de chips BBQ – il surveille sa grossesse sympathique en optant désormais pour des chips faibles en gras et cuites au four – de la bière et *tous* les épisodes de *24 heures chrono* disponibles au vidéo du coin. J'ai soudain une terrible certitude: Pascal est devenu aussi anxieux que moi, à force de m'entendre répéter aux deux heures: «Pascal, je crois que c'est ça, là! Je pense que j'ai eu une contraction! Je vais accoucher!» Il faut dire que nous n'arrivons plus à parler d'autre chose, surtout depuis que l'infirmière nous a appris qu'un bébé peut arriver n'importe quand à partir de la trente-huitième semaine – donc à partir de *tout de suite*. J'essaie de ne pas trop bouger, histoire de ne pas entamer le processus avant la date officielle. Pascal reste à mes côtés le plus possible, il en profite pour jouer encore plus souvent que d'habitude à Civilization – il fait des provisions en vue du jeûne à venir – pendant que je feuillette les revues *Bébé* usagées que mon père a trouvé dans une boîte de recyclage. Nous avons payé le loyer et le compte d'électricité, le garde-manger est rempli de conserves et de pâtes, le lit du bébé est réparé, nous avons une quantité industrielle de rouleaux de papier hygiénique, les couches sont installées sur la table à langer, à côté des tétines et du médicament homéopathique contre les coliques. À la guerre comme à la guerre. Nous sommes prêts.

Mais sommes-nous vraiment prêts? Prêts à devenir des *parents*? Des *adultes responsables*? Misère… Je crois que nous ne serons *jamais* prêts.

SEMAINE 37

5 septembre

Le docteur L'agace est partie en vacances. Le docteur L'agace EST PARTIE EN VACANCES! Eh oui, il faut bien que les médecins prennent des vacances pour dépenser leur salaire dans des hôtels cinq étoiles, avec des jacuzzis et des bouteilles de champagne qui font un beau pof! quand on les ouvre – à distinguer du pof! beaucoup moins élégant que feront les bouteilles de vin mousseux que Pascal a achetées pour célébrer la naissance du bébé… ou ma mort, je ne sais trop. Je n'ai pas à en vouloir au docteur L'agace. Elle mérite ses vacances. Mais… c'est quoi l'idée de prendre des vacances à quelques jours de *ma* date prévue d'accouchement? Misère. J'ai besoin de sa présence, moi, pas de me faire dire par la secrétaire: «Le docteur L'agace ne vous a pas avertie ? Elle est partie pour deux semaines. C'est le docteur Lien qui prend le relais. » Le docteur Lien m'a observé l'entre-jambes en échangeant une recette de rouleaux impériaux avec l'infirmière. J'adore me sentir aussi importante. Quand je me suis retrouvée devant son bureau, jambes serrées et pantalons relevés, il m'a dit : « Vous êtes dilatée à deux centimètres et votre col est encore haut. On se voit la semaine prochaine, si vous n'accouchez pas avant. » Dilatée à deux centimètres et col encore haut. Super. Ça vaut dire quoi, au juste ? Devrais-je me réjouir ?

◆

6 septembre

Selon Marie-Pierre, si je suis dilatée à deux centimètres, c'est que je risque d'accoucher à tout moment. Au secours !

Passé la journée à attendre que quelque chose se passe. Mais rien n'a bougé.

Je ne réponds plus au téléphone. J'en ai assez des « Puis, est-ce que tu as accouché ? » Il semble impossible d'aborder d'autres sujets que mon accouchement. Même les détails pourtant si croustillants de la récente rupture entre Uma Thurman et Ethan Hawke ont perdu tout intérêt.

Je suis morte d'angoisse.

◆

7 septembre

Pour me changer les idées et m'assurer une certaine respectabilité avant/pendant/après l'accouchement, je suis allée voir mon coiffeur, le seul être que je connaisse qui me donne le même surnom que ma mère. On trouve du réconfort où on peut. « Quel ventre tu as, ma puce ! Et quelle tête ! Je vais t'arranger ça… Pour la tête, je veux dire, pas pour le ventre.» Il a rigolé, comme seuls savent rigoler les gais quand ils font une blague liée à la grossesse. Avec quelque chose qui ressemble à du soulagement, le soulagement de ne pas être condamné à voir sa tendre moitié – ou soi-même – grossir et grossir et grossir, jusqu'à ressembler à une boule de Noël.

— Tu veux encore une coupe à la Uma Thurman? Moi, je te suggère plutôt Meg Ryan. C'est plus ton genre.

— Comme tu veux.

— Parfait, ma puce!

Je suis sortie du salon de coiffure avec une coupe affreuse, plusieurs dizaines de dollars en moins et la certitude que je ne ressemblerai jamais à Uma Thurman ou à Meg Ryan. Une chance que les bébés sont presque aveugles à la naissance!

◆

Pascal, par contre, n'est pas aveugle. Ni très diplomate. «Tu ressembles à ta mère a été son seul commentaire.»

Est-ce une insulte?

◆

Franchement, ma vie serait beaucoup moins compliquée si les permanentes étaient encore à la mode.

◆

Peut-être pourrais-je acheter une perruque, que je porterais pendant l'accouchement? Ainsi, je n'aurais pas à penser à ma mise en plis. Ça me ferait une préoccupation de moins.

Ne pas oublier: donner précision sur arrangements funéraires dans ma lettre d'adieu. Je tiens à être exposée avec vêtements amincissants et perruque.

◆

8 septembre

Ça y est. Ma dernière heure est venue.

Pascal et moi étions avachis sur le sofa beige du salon, écoutant le deuxième épisode de la troisième série de *24 heures chrono* quand j'ai commencé à ressentir des douleurs lancinantes dans le dos. Des contractions. Des vraies.

— Pascal, je pense que cette fois-ci, c'est le moment! Sans blague…

— Mais non, Laurie. Calme-toi. Tu accouches le 15. Il nous reste encore une semaine. Et plusieurs épisodes de *24 heures chrono*.

— Non, non! Ça y est! Cette fois-ci, c'est différent.

J'ai à peine eu le temps de prononcer ces paroles qu'un liquide poisseux a commencé à couler le long de mes jambes.

— Mes eaux, Pascal! Je perds mes eaux!

Je me suis mise à trembler. Mais Pascal, flegmatique, ne s'est pas laissé impressionner par si peu:

— Ne t'en fais pas, ça doit être une petite perte urinaire. As-tu fais tes exercices du périnée dernièrement?

— Euh… Plus ou moins.

— C'est sûrement une perte urinaire. Pas de quoi s'affoler.

— Mais j'ai quand même des contractions!

— Es-tu certaine que ce sont des contractions?

— Oui…

— Vraiment certaine?

— Oui.

— Sûre et certaine?

— Pascal, merde. OUI!

— Laurie, reste calme. Ce n'est pas le temps de s'énerver. Bon. Compte la fréquence des contractions. L'infirmière a dit qu'il ne fallait pas aller à l'hôpital avant d'avoir des contractions aux cinq minutes. Allez, on va terminer cet épisode, ça va te changer les idées.

Visiblement, Pascal était plus préoccupé par le sort de Jack Bauer, le héros de *24 heures chrono*, que par l'imminence de mon accouchement.

— Mais Pascal, l'infirmière a aussi dit qu'on devait se rendre à l'hôpital dès qu'on perdait ses eaux!

— Mais tu n'as pas l'air convaincue que c'est ça…

— Pascal! Tu m'énerves!

— Calme-toi, Laurie. Sérieusement, je pense que ça vaudrait la peine que tu regardes dans tes notes de cours, juste au cas où…

J'ai essayé de retrouver mes notes, mais la nervosité me faisait perdre mes moyens. Misère. Dire que j'ai déjà écrit dans mon CV que «je réagis très bien aux situations de stress». C'est absolument faux! J'ai décidé de me servir un verre de gin et de fumer une cigarette. Au moins, pour me détendre, c'était indéniablement plus efficace que le yoga… ou qu'un épisode de *24 heures chrono*.

— Laurie, qu'est-ce que tu fais? m'a demandé Pascal, scandalisé.

— J'essaie de me calmer!

— Mais le bébé!

— Pascal, j'ai des contractions, je perds mes eaux et je vais passer les prochaines heures à souffrir le martyre. ALORS S'IL TE PLAÎT, LAISSE-MOI ME DÉTENDRE!

— Bon, bon. Veux-tu que j'appelle un taxi et que nous nous rendions à l'hôpital avant que tu ne sois complètement soûle?

— Excellente idée!

◆

À l'hôpital, on m'a encore forcée à enfiler une hideuse jaquette bleu pâle – alors que j'avais apporté avec moi une panoplie de jolies robes de chambre. C'est déprimant. Pourquoi tient-on absolument à ce que les femmes accouchent en affreuse tenue de *malade*? Puis, une infirmière nous a conduits à une chambre où, derrière un rideau, une femme hurlait. «Il n'y a plus de chambre individuelle, m'a expliqué l'infirmière comme si j'étais responsable de la situation. On dirait que vous vous êtes toutes passées le mot pour accoucher ce soir. Dès que quelque chose se libère, nous vous préviendrons.» Il a donc fallu que nous nous farcissions les cris d'une inconnue, que dis-je?, de *trois* inconnues avant qu'on ne nous place dans une chambre individuelle, quatre heures plus tard. Fantastique. Heureusement, le bébé n'était pas pressé de sortir, si bien que j'en ai profité pour écouter mes voisines meugler et pour feuilleter le *Paris-Match* que Pascal m'a acheté avant d'aller prendre une petite marche de santé – plutôt longue d'ailleurs, la marche. Je soupçonne Pascal d'en avoir profité pour rentrer à l'appartement écouter un épisode de *24 heures chrono*, ni vu ni connu. Se retrouver seule dans un hôpital à se préparer à accoucher en lisant un article sur le combat de Brigitte Bardot pour sauver les bébés phoques, pendant que résonnent les cris perçants d'une inconnue qui, elle, accouche, aurait pu être plutôt angoissant. Par chance, mon horoscope, à la page 103 du *Paris-Match*, me prédisait du succès dans toutes mes entreprises, ce qui avait somme toute quelque chose de rassurant.

Par contre, quand Pascal est revenu et que nous avons finalement eu notre chambre à nous, les choses se sont corsées. Le travail n'avançait pas, les contractions étaient au point mort, et on n'allait certainement pas me laisser me prélasser pendant des heures en lisant un magazine et en suçant des glaçons – on m'a interdit de manger, quel supplice! Un hôpital, ce n'est pas un hôtel, après tout! Bref, alors que je commençais à me dire que finalement, un accouchement, ce n'était pas si désagréable, on m'a donné une bonne dose de Pitocin et, bang!, je me suis retrouvée du côté de «tu enfanteras dans la douleur». Et alors – quelle révélation – j'ai enfin compris pourquoi *toutes* les mères ressentent l'intempestif besoin de parler de leur accouchement. À cause de la DOULEUR. Sentir un bébé se frayer un chemin à travers son corps, c'est… indescriptible. Et c'est pour ça que les mères veulent toujours en parler, après, dans l'espoir de trouver un jour le mot juste pour définir cette douleur-là et enfin la reléguer aux oubliettes. Parce que vraiment, cette douleur ne ressemble à rien de connu. C'est comme avoir un schtroumpf costaud emprisonné dans le ventre, qui se servirait d'une massue pour faire un trou assez grand pour sortir. D'ailleurs, en fait, ce n'est pas douloureux, c'est insupportable. INSUPPORTABLE! Et que l'on ne me parle pas de nos grands-mères, qui faisaient des enfants par dizaine et accouchaient sans bruit. Et que l'on n'essaie pas de me faire croire que l'accouchement est le plus beau moment de la vie d'une femme. Et, surtout, que l'on ne vienne *plus jamais* me dire que les hommes et les femmes sont égaux! Après avoir vécu neuf mois de grossesse et un accouchement, je sais, et je l'écris en majuscules qu'IL N'Y A PAS D'ÉGALITÉ DES SEXES. D'ailleurs, Pascal s'en est bien rendu compte, lui qui n'a même pas su tenir convenablement son rôle de figurant. En effet, au moment où l'infirmière a finalement annoncé: «C'est le moment de pousser, Laurie!», il est devenu si paralysé d'angoisse, si décontenancé qu'il est passé à deux doigts de s'évanouir. Il s'est effondré dans une chaise en soupirant: «Je ne suis plus capable!» L'infirmière a dû lui éponger le visage avec une débarbouillette d'eau froide – la mienne, je le note comme ça au passage – pour qu'il réussisse à se tenir debout à mes côtés. Franchement. Et moi alors?

Nous formions un couple très contrasté, c'est le moins qu'on puisse dire : lui, blême et immobile comme une poupée de cire, moi, gesticulante et rouge comme un père Noël épileptique. Mais la scène n'a vraiment été complétée que lorsque le médecin est arrivé. Même si le docteur L'agace était encore en vacances, j'avais bon espoir de tomber sur un médecin sympathique et chaleureux, dont je garderais un souvenir reconnaissant durant toute ma vie. Cruelle déception. Comme si Dieu tenait absolument à me rendre le moment plus difficile, c'est le docteur La Mort qui s'est présenté dans la chambre. Horreur ! Il était de garde cette nuit-là ! C'est donc son image que je devrai évoquer à chaque fois que je repenserai à la naissance du bébé, puisque c'est lui qui, comme dans mes cauchemars, a recueilli le fruit de mes entrailles.

Par contre, contrairement à ce qui se passait dans mes rêves, je n'ai pas accouché d'un schtroumpf.

Non.

À 23 h 43 très exactement, après trente-deux minutes de poussée, des millions de hurlements de douleur – l'unique anesthésiste de garde, trop occupé, n'a jamais eu le temps de venir m'injecter ses bonnes drogues –, dans un cri primal retentissant, j'ai mis au monde… un *garçon*.

Un garçon !

◆

10 septembre

Voilà. J'ai le visage enflé et couvert de veinules rouges, le ventre flasque et ballotant, mes cheveux sont gras, je suis épuisée. Je dois inspirer l'horreur, la pitié ou, plus certainement, les deux. Mais franchement, ça me passe trois kilomètres au-dessus de la tête.

J'ai un fils. Il a dix doigts, dix orteils, et un minuscule zizi que l'échographie n'avait pas révélé.

◆

Tout le monde est venu me voir :

Ma sœur, qui a confectionné en vitesse un petit pyjama *brun*. « Tu ne vas quand même pas lui faire porter du rose ! »

Mon père, qui a daigné photographier son petit-fils : « Il est photogénique, ce petit. Mais il est tellement… vivant ! »

Marie-Pierre : « Ne t'en fais pas, Laurie, j'ai acheté une bouteille de gel antibactérien et je vais me poster à l'entrée de la chambre pour forcer tout le monde à se désinfecter avant de toucher à ton bébé. »

Isabelle : « Ça te va super bien, ta nouvelle coupe de cheveux ! C'est la même coupe que Meg Ryan, non ? »

Valérie : « Il a l'air tout à fait normal. Pascal a de bons gènes. Avez-vous pensé à ma suggestion ? Je peux piquer quelques spermatozoïdes à Pascal ? »

Sarah : « Wow ! Un garçon ! Dans dix-huit ans, tu me le donnes en mariage ? »

Dominique : « Tu vas voir, les petits garçons, c'est tellement essoufflant ! Moi, si j'avais eu une fille, je suis certaine que je ne serais pas mère monoparentale. »

Et même les parents de Pascal : « Il a une tête de médecin, non ? Ou de professeur d'université. Oui, il sera certainement professeur de médecine. »

Seule ma mère manquait à l'appel. Elle a quand même trouvé le moyen de me faire parvenir un énorme bouquet de fleurs et une carte, sur laquelle elle a écrit : « Ma puce, c'est merveilleux ! Je suis si heureuse que tu aies un garçon ! Moi, j'ai toujours rêvé d'avoir un fils. Le complexe d'Œdipe, ça doit être tellement agréable ! »

Malgré sa piètre performance au moment de l'accouchement, Pascal est devenu, en vingt-quatre heures – chrono – un excellent papa… et mon plus grand fan. Depuis la naissance du bébé, il me regarde avec des yeux pleins d'admiration et raconte à tout le monde l'exploit de mon accouchement. J'ai l'impression qu'à côté de ça, les performances des héros de *Pif Gadget* ont pris de l'ombre.

Puis, au centre de tout ce monde, il y a notre garçon – un garçon! Il est rouge, braillard, il a un nez énorme, des yeux enfoncés, il fait des bruits de cochonnet. Pourtant, depuis qu'il est avec nous, je ne peux pas le quitter des yeux. Je passe mon temps à l'admirer, à m'attendrir devant ses minuscules pieds, ses cheveux noirs, ses petits pleurs que moi seule peux calmer. Et je me répète sans arrêt qu'il est quand même franchement épatant que deux êtres aussi imparfaits que Pascal et moi aient pu réussir à créer un tel chef-d'œuvre. Étrangement, plus rien n'a d'importance, si ce n'est ce petit bonhomme, si fragile que j'ai envie de le couver, de le protéger contre tous les maux du monde. Et je sais déjà que même s'il devient un jour comptable – ou programmeur – et acnéique, s'il décide de s'habiller en brun, de jouer au golf et d'écouter Celine Dion à plein volume, quoiqu'il arrive, je vais l'aimer. C'est bête, hein?

Eh oui, me voilà maman.

MEMBRE DU GROUPE SCABRINI

Québec, Canada
2006